Published by
DREAMSPINNER PRESS

5032 Capital Circle SW, Suite 2, PMB# 279, Tallahassee, FL 32305-7886 USA
http://www.dreamspinnerpress.com/

Küss Mich, Bulle
Urheberrecht der deutschen Ausgabe © 2015 Dreamspinner Press.
Originaltitel: Cop Out
Urheberrecht © 2011 KC Burn.
Original Erstausgabe. November 2011
Übersetzt von Teresa Simons.

Umschlagillustration
© 2011 Reese Dante.
http://www.reesedante.com
Die Illustrationen auf dem Einband bzw. Titelseite werden nur für darstellerische Zwecke genutzt. Jede abgebildete Person ist ein Model.

Deutsche ISBN. 978-1-63477-201-3
Deutsche Erstausgabe. April 2016
Deutsche eBook Ausgabe. 978-1-61372-960-1
Deutsche Erstausgabe. Juni 2015

Gedruckt in den Vereinigten Staaten von Amerika.

KC Burn

KÜSS MICH, BULLE

Für die Freunde und Familienmitglieder, die mich bei der Verwirklichung dieses Manuskripts unterstützt haben, vor allem Chudney, Jax, Dottie und Alex. Ohne euch wäre es mir nie gelungen.

1

KURT KAUERTE hinter dem Auto und wartete auf Bens Zeichen. Wie kugelsicher war so ein Auto eigentlich? Vor dreißig Jahren waren sie eher wie kleine Panzer gebaut worden. Sein Vater besaß noch so eins und bezeichnete es als seine alte Landjacht. Heutzutage ... tja, aus Titan bestanden sie nicht gerade.

Die Sonne brannte auf ihn herab und erhitzte sein Gesicht so sehr, dass Schweiß von seinem kurzen Haar in seinen Kragen tropfte. Sein marineblaues Hemd war bereits völlig durchnässt – kugelsichere Westen, so warm und schwer sie sich auch anfühlten, waren leider ein notwendiges Übel. Doch an diesem letzten Dienstag im Mai kam die Temperatur der eines Julitages nahe und er hasste Einsätze an sommerlichen, sonnigen Tagen wie die Pest. Das Licht machte es ihnen schwer, ungesehen zu bleiben, und konnte im entscheidenden Moment blenden.

Er wischte sich mit dem Handrücken den Schweiß von der Stirn. Als verdeckter Ermittler hätte er sich wenigstens ein Stirnband umbinden können, um den Schweiß aufzufangen. Stattdessen hockte er hier, während um ihn herum die beißenden Gerüche des Teers des erhitzten Asphalts und der Fischabfälle des nicht weit entfernten Marktes miteinander konkurrierten. Hätten sie doch nur auf Verstärkung gewartet. Da er allerdings erst seit drei Jahren Detective war und Ben das Ganze schon viel länger machte, beugte er sich der größeren Erfahrung seines Partners. So wortkarg und zurückhaltend dieser auch sein konnte, war er doch ein engagierter und erfolgreicher Polizist, dem Kurt bedingungslos vertraute.

So, wie es sein sollte.

Endlich hatte Ben seine Position neben der Eingangstür des Gebäudes erreicht und gab ihm das Zeichen. Mit einem letzten Zupfen am Kragen seiner Weste schlich Kurt am Haus entlang auf den Hintereingang zu, wobei er sich möglichst dicht an der Wand hielt, um nicht von einem der Fenster aus gesehen zu werden.

Gustav, einer von Bens Informanten, hatte Ben mit einem Hinweis zu einem Verdächtigen kontaktiert, dem Ben augenblicklich hatte nachgehen wollen. Kurt vertraute darauf, dass Ben das Richtige tat, obwohl der Hinweis eigentlich nichts mit ihren aktuellen Fällen zu tun hatte. Doch Bens Kontakte waren überall und es konnte nicht schaden, den Drogenfahndern ein bisschen unter die Arme zu greifen.

Das vertraute Gefühl der Waffe in seiner Hand beruhigte ihn, während er auf den Fluchtversuch durch die Hintertür wartete, der üblicherweise folgte, wenn sich am Vordereingang ein Polizist bemerkbar machte. Er richtete sich etwas auf, um einen Blick durch das schmutzige Fenster zu werfen. Niemand war zu sehen. Nichts bewegte sich. Es gab keinen Hinweis darauf, dass der Raum in letzter Zeit benutzt worden war. Tisch und Stühle waren von einer Staubschicht bedeckt.

Bens lautstarke Aufforderung, hereingelassen zu werden, lenkte Kurts Aufmerksamkeit wieder auf den Hintereingang. Er hörte noch, wie Ben mit lautem Krachen die Vordertür eintrat, bevor das Gebäude plötzlich explodierte und ihn durch die Luft schleuderte.

DAS LICHT ließ seine Augen schmerzen, obwohl diese fest geschlossen waren. Am liebsten hätte er auch seine Ohren verschlossen, um diesem höllischen Gepiepe zu entkommen.

„Sind Sie wach?", verlangte eine durchdringende Frauenstimme zu wissen.

Er zuckte zusammen.

„Kommen Sie, Zeit zum Aufwachen."

Es war ein gleichmäßiges und rhythmisches Piepen … wie das eines Herzmonitors. Genau. Der Geruch von Desinfektionsmittel hätte ihn gleich darauf bringen sollen: Er befand sich in einem Krankenhaus. Der Monitor musste jemanden darauf aufmerksam gemacht haben, dass er bei Bewusstsein war.

„Was ist passiert?" Gott. Das klang kein bisschen nach ihm. Es klang nach jemandem, der einen Haufen Kies gefrühstückt hatte. Und es tat verdammt weh.

„Können Sie die Augen aufmachen, Detective O'Donnell?"

Auf keinen Fall. „Zu hell", brachte er hervor. In seinen Schläfen breitete sich ein pochender Schmerz im Rhythmus seines Herzschlags aus. Andere Körperteile schienen mit einstimmen zu wollen, worauf er sich nicht gerade freute. Wenigstens bedeutete es, dass er nicht tot war.

Das Licht nahm ab, woraufhin Kurt es wagte, seine Augen einen Spalt weit zu öffnen. Eine Schwester mit – seine Augen hatten Mühe, sich darauf einzustellen – Teddybären auf ihrem Kittel schaute auf ihn herunter, während sie mit dem lautesten Stift der Welt etwas auf ihrem Klemmbrett notierte.

„Durst."

Trotz ihrer Stimme, die vermutlich Glas zum Zerspringen bringen konnte, lächelte sie ihm freundlich zu. „Ich weiß. Aber ich kann Ihnen nichts geben, bevor Sie von einem Arzt untersucht wurden."

Nachdem sie ihm sanft die Schulter getätschelt hatte, verließ sie mit quietschenden Gummisohlen, die ihn erneut zusammenzucken ließen, den Raum.

Was zum Teufel war nur passiert?

Auf der Suche nach Verletzungen bewegte er nacheinander vorsichtig alle Körperteile. Nichts protestierte so schmerzhaft wie sein Kopf, auch wenn mit seinem linken Arm und Bein etwas nicht zu stimmen schien. Er schaute sich im Zimmer um, konnte aber nirgendwo etwas entdecken, das ihm Datum oder Uhrzeit verriet. Er erinnerte sich noch daran, wie er mit Ben ins Auto gestiegen war, nachdem dieser einen Hinweis von seinem Informanten erhalten hatte. Waren sie danach in einen Unfall verwickelt worden? Oder hatte man ihn angeschossen? Darüber nachzudenken löste in Kurts Kopf einen stechenden Schmerz aus. Seufzend gab er es auf und entspannte sich stattdessen so gut es ging auf der Granitplatte, die ihm das Krankenhaus als Bett zur Verfügung gestellt hatte.

Auch wenn er sich am liebsten den Tropf abgerissen hätte und aus dem Zimmer gestürzt wäre, um eine Erklärung zu verlangen, fürchtete er sich davor, seine Schmerzen noch zu vergrößern. In seinem ganzen Leben hatte er sich noch nie so schlecht gefühlt – er wollte nicht wissen, wie viel schlimmer es noch werden könnte.

Die unüberhörbar laut protestierenden Stimmen eines irischen Paares, die ihm plötzlich aus dem Flur entgegenschallten, beruhigten ihn. Sollte es seinen Eltern nicht gelingen, die Ärzte davon zu überzeugen, sich bald um ihn zu kümmern, musste er nur auf den Einmarsch seiner Brüder und Schwestern warten. Dann würde das Krankenhauspersonal einfach alles tun, um die lärmende Brut schnellstmöglich loszuwerden.

„Mein Junge ist da drin!"

Oh. Sie kamen näher. Kurt konnte nur hoffen, dass man seine Mutter entweder beruhigen oder zu ihm lassen würde. Sie schien nämlich gerade erst richtig in Fahrt zu kommen und ihre Stimme gab ihm das Gefühl, jemand würde auf seinem Gehirn Stepp tanzen.

„Mrs. O'Donnell, Mr. O'Donnell, die Frau Doktor ist bereits auf dem Weg, versprochen. Bitte kommen Sie doch mit in den Wartebereich, es wird nicht mehr lange dauern."

Die eindringliche Stimme gehörte seinem Vorgesetzten. Was machte der hier? Bedeutete es, dass er wirklich während eines Einsatzes verletzt worden war? Warum konnte er sich nicht erinnern? Und wo zum Teufel war Ben?

Kurt hob seine rechte Hand an die Stirn und massierte sie vorsichtig. Gott, er brauchte ein Schmerzmittel. Eine Enthauptung würde vielleicht auch helfen.

„Detective O'Donnell." Eine zierliche Frau in einem weißen Kittel betrat das Zimmer. „Ich bin Doktor Sarwa. Wie geht es Ihrem Kopf?"

„Er tut weh." Seine Stimme war auch jetzt nur ein Krächzen. „Was ist passiert?"

„Einen Moment. Ist Ihnen übel?"

„Nein, eigentlich nicht." Das stimmte, auch wenn ihm nicht unbedingt nach Essen zumute war.

Dr. Sarwa nickte knapp und machte sich ein paar Notizen auf ihrem Klemmbrett, bevor sie es ablegte und auf Kurts linker Seite die Decke zurückschlug. Obwohl es seine schmerzenden Augen anstrengte, schaute Kurt hinunter. Beinahe der ganze Arm war mit einem dicken Verband umwickelt. Hatte er sich ihn gebrochen?

Als die Ärztin den Verband löste, kam eine schwarze Naht zum Vorschein, die von der Mitte seines Bizeps bis zu seinem Handgelenk eine lange, gezackte Schnittwunde verschlossen hielt.

„Sie hatten Glück, Detective O'Donnell", murmelte Dr. Sarwa und betastete sanft den … Schnitt konnte man es eigentlich nicht nennen. Das klang viel zu sehr nach etwas Beabsichtigtem und kein anständiger Chirurg würde eine so ungenaue, zerklüftete Wunde verursachen. „Sie haben keine gebrochenen Knochen."

Das nannte sie Glück? Jetzt, wo er seinen verletzten Arm gesehen hatte, begann dieser so heftig zu pochen wie sein Kopf.

Kurt holte tief Luft. Seine Kehle war so ausgetrocknet, dass er so wenig sprechen wollte wie möglich. „Bein?"

Sie schnaubte. „Nur ein verstauchtes Knie. Absolut nichts Ernstes."

„Durst."

„Ich sage es gleich der Schwester. Sie kann Ihnen etwas Saft bringen." Sie befestigte den Verband wieder an seinem Arm. „Sieht gut aus. Also, die Kurzfassung: Sie haben sich den Kopf gestoßen und ein Schrapnellsplitter hat Ihren Arm aufgerissen."

Kurt musste lachen, unterdrückte es aber gleich wieder, da es die Stepptänzer in seinem Gehirn zu einer Steeldrum-Band mutieren ließ. „Expertenmeinung?"

Dr. Sarwa lächelte leicht. „Ich könnte jetzt mit Fachbegriffen um mich werfen, aber das heben wir uns vielleicht lieber auf, bis Sie sich nicht mehr so benommen fühlen. Die Schnittwunde war gefährlich und wir mussten sie sofort behandeln, sonst wären Sie verblutet, aber es hätte viel schlimmer sein können. Ich sehe später noch mal nach Ihnen."

Vielleicht war er kurz eingenickt, denn schon bald tauchte eine Schwester mit einem Becher Saft neben seinem Bett auf, dicht gefolgt von seinen Eltern.

„Schatz, oh, Schatz!" Seine Mutter stürzte auf die Bettseite gegenüber der Schwester zu. Kurt war allerdings gerade eher an dem sich nähernden Strohhalm interessiert, aus dem ein frischer, durchdringender Apfelduft drang. Er ließ ihm das Wasser im Mund zusammenlaufen.

Seine Mutter griff nach seiner Hand und drückte sie kräftig. Tränen tropften auf seinen Handrücken. Er hatte sich nicht zum ersten Mal … verletzt. Mit sechs älteren Geschwistern hatten sich Prellungen und lädierte Knochen nicht vermeiden lassen. Aber jetzt hatte es ihn zum ersten Mal bei einem Einsatz erwischt. Er konnte sich zwar nicht daran erinnern, aber wo sonst sollte er sich eine solche Wunde zugezogen haben?

Nachdem er seinen Durst zumindest etwas abgeschwächt hatte, wandte er sich seiner Mutter zu. Die Schwester verließ das Zimmer, sodass sein Vater ihren Platz an der anderen Seite des Bettes einnehmen konnte.

„Kurt, Schatz …"

„Mom, es geht mir gut."

„Das tut es nicht!"

Kurt verzog das Gesicht, woraufhin sein Vater leise sagte: „Deirdre, nicht so laut. Denk daran, was die Ärztin gesagt hat."

4

„Aber es geht ihm nun mal nicht gut, Sean." Sie beugte sich vor und küsste ihm die Wange. „Tut mir leid, Schatz."

„Wie fühlst du dich, Sohn?" Die Hand seines Vaters schwebte kurz über seinem verbundenen Arm und legte sich schließlich auf seine Schulter.

„Ein bisschen mitgenommen." Aber jetzt, wo er etwas wacher war, hätte er nichts dagegen gehabt, sich auf den Heimweg zu machen. Seit er seine Ursache kannte, hatte der Schmerz langsam nachgelassen. „Dad, was ist passiert?"

Seine Eltern tauschten einen Blick aus und seine Mutter begann zu weinen.

„Was ist los?" Den beiden fehlten eigentlich niemals die Worte.

„Schatz, du hättest sterben können." Seiner Mutter versagte die Stimme.

Der Geräuschpegel vor seinem Zimmer stieg plötzlich an, was bedeuten musste, dass der Rest seiner Familie eingetroffen war. Verdammt, das hier war nicht schlimmer als die Sache mit dem verrotteten Baum im Garten, auf den er wegen einer Wette mit Ian geklettert war. Damals hatte er sich einen Arm und ein Bein gebrochen. Diesmal waren es nur ein unschöner Schnitt, eine Beule und ein verstauchtes Knie. Kein Grund für so ein Theater. Und trotzdem behandelten sie ihn gerade wie einen kleinen Jungen, trotz seiner einunddreißig Jahre. Warum hatte er bloß das letzte Kind seiner Eltern sein müssen?

Die Tür öffnete sich, doch anstelle seiner Geschwister trat sein Chef ein.

„Sir?" Plötzlich stieg Übelkeit in ihm auf und das Pochen in seinem Kopf wurde heftiger.

„O'Donnell, es ist schön, Sie wieder wach zu sehen. Leider habe ich schlechte Nachrichten." Als wäre das nicht schon an seinem düsteren Gesichtsausdruck abzulesen gewesen.

„Was, Sir?" Seine Mutter hielt seine Hand noch fester, während sich sein Vater abwandte, um aus dem Fenster zu sehen.

„Erinnern Sie sich noch daran, wie es zu der Explosion kam?"

Explosion? Das erklärte den Schrapnellsplitter. Aber nichts anderes. „Ich erinnere mich an keine Explosion. Nur daran, dass Gustav Informationen für Ben hatte und wir in sein Auto gestiegen sind. Ist das Auto explodiert?" Und warum war Ben nicht hier, um es ihm selbst zu erzählen? Die Übelkeit hatte sich in einen heftigen, brennenden Schmerz in seinem Magen verwandelt.

„Das Gebäude, zu dem Sie der Informant geschickt hat, war mit einer Sprengfalle versehen. Wir sind fast sicher, dass ein Mann dahintersteckt, den Ben in seiner Zeit als Drogenfahnder verhaftet hat – er nennt sich Novi, der russische Bär. Vor ein paar Monaten ist er auf Bewährung freigekommen."

Novi. Kurt erinnerte sich an Geschichten über ihn – unter anderem war er Drogenschmuggler und Dealer. Doch Inspector Nadars Gesicht zeigte ihm, dass er noch mehr zu sagen hatte.

„Es tut mir leid, Kurt. Ben hat es nicht geschafft."

Nicht geschafft? Kurt keuchte. Bruchstückhafte Erinnerungen voller Hitze und Lärm stürzten auf ihn ein.

„Liebling, es tut mir so leid", flüsterte seine Mutter. Seine Eltern hatten Ben ein paar Mal getroffen. Obwohl er ein Einzelgänger gewesen war und Kurt selbst nach drei Jahren nicht viel über sein Privatleben gewusst hatte, war Ben sein Partner gewesen. Sie hatten gut zusammengearbeitet und Kurt hatte ihn als Freund betrachtet. Die fast fünfzehn Jahre Altersunterschied hatten dabei keine Rolle gespielt.

Als ihm Tränen in die Augen stiegen, löste er den Blick von Inspector Nadar und wandte sich seiner Mutter zu, die ein Taschentuch hervorholte und damit sein feuchtes Gesicht betupfte.

Schließlich holte er tief Luft und sah wieder seinen Vorgesetzten an. „Wie lange schon? Weiß seine Familie Bescheid?" Soweit er wusste, war da nur Bens Mutter. Er wollte helfen. Es war seine Aufgabe.

„Die habe ich benachrichtigt, während Sie noch behandelt wurden. Es ist noch nicht ganz sicher, aber wahrscheinlich findet die Beerdigung Samstag statt. Wenn Sie dabei sein wollen, sollten Sie sich aufs Gesundwerden konzentrieren."

„Ja, Sir." Er würde auf jeden Fall hingehen, zur Not mit Tropf. Und danach würde er sich um den russischen Bären kümmern.

„Auf Wiedersehen, Mr. und Mrs. O'Donnell." Inspector Nadar nickte energisch, bevor er sich auf dem Absatz umdrehte und das Zimmer verließ.

„Genau, Schatz: Werd erst einmal wieder gesund. Ich wüsste nicht, was ich tun würde, wenn ich dich verloren hätte."

Bald strömten seine Brüder und Schwestern in den Raum, voller Mitgefühl, aber froh, dass ihm nichts Schlimmeres zugestoßen war. Alle umarmten ihn vorsichtig, da seine Familie nicht lange ohne Küsse und Umarmungen auskam. Irgendwer von ihnen musste das Krankenhauspersonal eingeschüchtert haben, denn Kurt bezweifelte, dass andere Patienten ebenfalls acht Besucher gleichzeitig empfangen durften. Er wusste seine Familie wirklich zu schätzen und hoffte, dass Bens Mutter ebenfalls jemanden hatte, der ihr beistand, wenn sie an einem ihrer guten Tage begriff, was passiert war.

„Mom, ich möchte nach Hause."

„Ich weiß, Schatz. Die Ärzte wollen dich noch einen Tag hierbehalten und dann nehmen dein Vater und ich dich mit zu uns. Wir sind hergekommen, so schnell wir konnten, aber Erin hat schon das Gästezimmer für dich vorbereitet. Wir kümmern uns um dich."

Er würde sich später bei seiner Schwester bedanken. Auch wenn es albern war, dass er sich in seinem Alter von seiner Mutter umsorgen lassen wollte, brachte ihn der Gedanke an seine eigene trostlose Wohnung beinahe wieder zum Weinen. Er hatte keine Freundin. Noch nicht einmal eine Frau, mit der er sich regelmäßig traf. Aber er hatte seine große, liebevolle Familie.

DIE KAPELLE war klein, doch nach dem Weg vom Taxi dorthin begann sein Bein bereits zu protestieren. Da es Ben nicht kümmern würde, wo er saß, ließ er sich in der hintersten Reihe nieder. Es wäre ihm ohnehin unangenehm gewesen, Aufmerksamkeit auf sich zu ziehen, da er überlebt hatte und Ben nicht.

Er hätte seine Eltern mitkommen lassen sollen. Aus irgendeinem Grund hatte er das hier allein tun wollen. Dämlich. Der Stock stützte ihn etwas zu wenig, weil er den falschen Arm benutzen musste. Er suchte unter den Anwesenden nach Mrs. Kaminski, denn er musste ihr wenigstens sein Beileid aussprechen. Die meisten Kirchenbänke waren mit Personen in Ausgehuniform gefüllt – wenige Zivilisten.

Der Pfarrer erschien und eröffnete mit angemessen ernster Miene die Trauerfeier. Es gab keinen Sarg, wie es bei Oma O'Donnells Beerdigung der Fall gewesen war – die einzige andere ihm nahestehende Person, die in seinem Leben gestorben war. Kurt hoffte, dass man sich nur aus persönlichem Geschmack gegen einen Sarg entschieden hatte und nicht aus Notwendigkeit. Seine Verletzungen hatten ihn so erschöpft, dass er nicht auf den Gedanken gekommen war, sich nach Einzelheiten zu erkundigen. Der Gottesdienst begann, doch Kurt konnte sich nur schwer darauf konzentrieren – die Worte eines Pfarrers konnten ihn nicht trösten. Nicht jetzt.

Stattdessen zogen vor seinem inneren Auge die gemeinsam im Polizeiwagen verbrachten Stunden vorbei. Trotz der Verschwiegenheit in Bezug auf sein Privatleben hatte Ben ihm sein über Jahre gesammeltes berufliches Wissen vermittelt, und Kurt, neu in der Rolle des Detectives, hatte es geradezu aufgesogen und sich mit Bens Hilfe Tag für Tag verbessert.

In der ersten Reihe, sehr weit am rechten Rand, saßen zwei nicht uniformierte Personen. Der Rest der Bank war frei, reserviert für die Familie, die entweder nicht existierte oder einfach nicht erschienen war. Von seinem Platz aus konnte Kurt nur das Profil der Frau sehen, die in Bens Alter zu sein schien. Also nicht Mrs. Kaminski. Wer war sie dann? Die fremde Frau hatte keinerlei Ähnlichkeit mit Ben, weshalb er sich nicht vorstellen konnte, dass es sich um eine Verwandte handelte – trotz ihres Platzes auf der Familienbank.

Während er sie so ansah, betupfte sie ihre Augen mit einem Taschentuch und bot dem Mann neben sich ebenfalls eins an. Er nahm es, hielt es allerdings nur in der Faust, ohne es zu benutzen. Als sich die Frau etwas bewegte, konnte Kurt sein Gesicht sehen, das ihm jedoch so unbekannt war wie ihres.

Schließlich erhoben sich die Anwesenden für ein Kirchenlied und versperrten ihm die Sicht. Er wollte sein Bein durch das ständige Aufstehen und Hinsetzen nicht noch stärker belasten und hatte dabei sogar den Segen seiner Mutter. Sie hatte ihm eingeschärft, seine Verletzungen nicht wieder zu verschlimmern.

Als der Inspector aufstand, um die Trauerrede zu halten, verspürte Kurt einen reuevollen Stich. Wenn die Rede nicht von einem von Bens Freunden gehalten wurde, der nichts mit der Polizei zu tun hatte, hätte Kurt es tun sollen. Doch Scham hatte ihn dazu gebracht, das Angebot seines Vorgesetzten anzunehmen, und Scham brachte ihn jetzt dazu, unruhig auf der Bank herumzurutschen und seine Tränen zu unterdrücken, um nicht seine Uniform zu entehren, während er der Rede lauschte.

7

Nadar hatte bei Weitem nicht so viel Zeit mit Ben verbracht wie Kurt, was man seinen Worten deutlich anmerkte. Kurt betrachtete die beiden Fremden in der ersten Reihe und wartete darauf, dass einer von ihnen aufstehen würde, um ebenfalls ein paar Worte zu sagen. Doch sie rührten sich nicht, wenn man davon absah, dass die Frau sich erneut die Tränen wegwischte.

Verdammt. Konnte er wirklich so lange mit Ben zusammengearbeitet haben, ohne zu wissen, dass dieser eine Freundin hatte? Theoretisch hätte sie eine Verwandte sein können, aber Ben hatte niemals ein Familienmitglied außer seiner Mutter erwähnt. Die Frau hob die Hand, um sich eine dunkle Haarsträhne aus dem Gesicht zu wischen und Kurt sah etwas, das er schon viel eher hätte bemerken sollen: einen Ehering.

Wie zum Teufel konnte das sein?

Warum hatte Ben ihm nichts gesagt? Zugegeben, Kurt hatte vielleicht mehr über sich selbst erzählt, als Ben lieb gewesen war, hatte dabei jedoch auch immer Interesse an Ben gezeigt. Doch dieser war fast jeder Frage über sein Privatleben ausgewichen. Kurt hatte ihn als Freund betrachtet, ohne zu wissen, dass Ben offenbar verheiratet gewesen war, und ohne die Frau zu erkennen, die er in ihren drei Jahren als Partner doch wenigstens hätte kennenlernen sollen. Verdammt, die meisten Polizisten in seinem Umfeld trafen sich auch in ihrer Freizeit mit ihren Kollegen, oft sogar gemeinsam mit ihren Frauen. Ben und er hatten vielleicht nicht viel mehr zusammen unternommen, als in der Mittagspause zusammen zu essen, aber Ben hatte sowohl seine Eltern als auch alle seine Geschwister mindestens einmal getroffen, wenn diese beim Revier vorbeigeschaut hatten.

Ein stechender Schmerz breitete sich in seinem Arm aus. Ein Blick nach unten verriet Kurt, dass er den Stock, der quer über seinem Schoß lag, krampfhaft mit beiden Händen umklammerte. Seiner rechten machte das nichts aus, aber für die frischen Nähte in seinem linken Arm war das eindeutig zu viel. Mit einem tiefen Atemzug ließ er los. Nach der Trauerfeier würde er mit den beiden Fremden reden, denn es war seine Pflicht als Bens Partner und er musste einfach Gewissheit haben. Hoffentlich konnte er dabei seine Verbitterung verbergen. Wieso hatte Ben sich nicht versetzen lassen, wenn er Kurt so wenig gemocht hatte? Einen anderen Grund, ihm seine Frau zu verschweigen, konnte Kurt sich nicht vorstellen – selbst wenn er nicht mehr mit ihr zusammengelebt haben sollte.

Ob Bens vorheriger Partner Ed es gewusst hatte, würde Kurt nie herausfinden, denn dieser war an einem Herzinfarkt gestorben, woraufhin man Ben Kurt zugeteilt hatte. Der Schmerz angesichts der Tatsache, dass sein Partner ihm kein bisschen vertraut hatte, war fast so schlimm wie das Gefühl der Leere, die der Tod seines Freundes in seinem Herzen hinterlassen hatte. Selbst wenn die Freundschaft nur von Kurts Seite ausgegangen sein sollte, vermisste er ihn. Gott. Warum hatte er es nicht gewusst? War er zu egozentrisch gewesen oder hatte Ben es ihm absichtlich verheimlicht? Schuldgefühle fraßen sich wie Säure durch ihn hindurch, das Brennen in seinem Magen kehrte zurück. Es musste an ihm gelegen haben.

Die Trauerfeier endete abrupt – oder zumindest kam es Kurt so vor, da er ihr keine Aufmerksamkeit mehr geschenkt hatte. Kaum war der Pfarrer verstummt, verließen die beiden Fremden die Kapelle durch einen Seiteneingang. Ohne nachzudenken war Kurt bereits aufgesprungen und humpelte hinter ihnen her, aus der Kapelle hinaus und auf den Parkplatz zu.

„Moment! Warten Sie!"

Zwei dunkelhaarige Köpfe drehten sich zu ihm um und der Mann murmelte der Frau etwas zu, das sie mit einem Nicken beantwortete.

„Danke", keuchte er. Gott, hoffentlich würde er bald zu alter Stärke zurückfinden. Er blieb vor ihnen stehen und nahm den Stock in die linke Hand, damit die andere für einen Händedruck frei war. Die zwei waren eindeutig Geschwister, doch die Frau musste mehrere Jahre älter sein und hatte das leicht rundliche Kinn, das er von seinen eigenen Schwestern aus den ersten Schwangerschaftswochen kannte. Ob Ben wirklich Vater geworden wäre? Die bitteren Schuldgefühle verschlugen ihm beinahe die Sprache.

„Ich bin Kurt O'Donnell", brachte er schließlich hervor. „Bens Partner." Der Mann keuchte leise und wandte sich ab, woraufhin ihn seine Schwester mit dem Ellbogen anstieß.

„Es freut mich, Sie kennenzulernen, Kurt. Ich bin Sandra und das ist mein Bruder Davy." Sie hätte vor Gericht eine gute Zeugin abgegeben: Ihre Worte verrieten ihm kaum mehr, als er vorher gewusst hatte.

„Mein herzlichstes Beileid." Kurt schüttelte ihr sanft die Hand. Ihre Augen waren gerötet und die leicht gelbliche Blässe ihres Gesichts erinnerte Kurt eher an Krankheit als an Trauer.

„Das wünsche ich Ihnen auch", antwortete sie.

Er streckte seine Hand zu Davy aus, froh darüber, dass Sandra einen Bruder hatte, der ihr durch diese schwere Zeit helfen konnte. Doch die Körpersprache der beiden stimmte nicht mit seinen Erwartungen überein. Sandra schlang ihrem Bruder einen Arm um die Taille und wandte sich ihm fast schützend zu. Eigentlich hätte es andersherum sein sollen.

Davy sah ihn an und seine Augen waren gerötet wie die seiner Schwester. Damit hörten die Gemeinsamkeiten allerdings auf.

Sandra war traurig, doch Davy war am Boden zerstört. In seinen dunkelbraunen Augen schien sich der Schmerz der ganzen Welt widerzuspiegeln. Der weiße Teil seiner Augen war so blutunterlaufen, als hätte er tagelang geweint. Seine Nase war ebenso gerötet und geschwollen wie seine Augenlider. Der Rest seines Gesichts war in die Leichenblässe getaucht, die Kurt nach diesem Schock bei Sandra erwartet hatte, und er wirkte benommen.

„Es tut mir so leid", flüsterte Kurt und hielt Davys Hand fest, vergaß völlig, sie zu schütteln. Er verspürte den plötzlichen Drang, Davy zu umarmen, war jedoch zu sehr damit beschäftigt zu verbergen, wie schockiert er war und wie betrogen er sich fühlte. Alles drehte sich um ihn herum, als sich seine Erwartungen und Schlussfolgerungen in Luft auflösten und durch neue Informationen ersetzt wurden.

Davys Lippen bewegten sich, doch er brachte kein Wort heraus. Dann senkte er den Blick, löste seine Hand jedoch nicht aus Kurts. Es war Sandra, die sie schließlich trennte.

„Wir müssen jetzt los, Kurt. Danke, dass Sie sich vorgestellt haben." Sie versuchte zu lächeln.

Die beiden stiegen ins Auto, Sandra auf der Fahrerseite.

„Moment!"

Sandra drehte sich zu ihm um.

„Was ist mit Bens Mutter?"

„Oh, der ging es leider nicht gut. Das Personal im Sunshine Manors hat uns davon abgeraten, sie herzubringen."

Kurt trat zur Seite und ließ sie – besser konnte man es nicht beschreiben – flüchten. Während er den Rücklichtern nachsah, stützte er sich wieder auf seinen Stock. Nach allem, was er von Ben gehört hatte, wäre es durchaus möglich gewesen, dass seine Mutter zu krank oder zu desorientiert für eine Beerdigung war. Aber Sandra hatte gelogen. Er war schon zu lange Polizist. Er spürte so etwas.

2

AN DIESEM Abend bemühte sich seine Familie darum, ihn aufzumuntern. Seine älteste Schwester Erin brachte ihre Töchter, bevor seine Mutter sich auf den Weg ins Restaurant machte. Seit ihre Kinder erwachsen waren, verbrachten seine Eltern den Großteil ihrer Zeit im Finn's Frolic, das eine Mischung aus Familienrestaurant und Pub war und den O'Donnells gehörte. Seit seinem Unfall war seine Mutter fast ständig zu Hause, während andere Familienmitglieder ihre Schichten übernahmen oder Kurt besuchten und ihn zu Arztterminen fuhren.

Kurt saß gerade am Küchentisch und sehnte sich nach der Einsamkeit seiner sterilen, trostlosen Wohnung, als Erin eintrat, seine Wange küsste und ein paar Einkaufstüten auf der Arbeitsplatte abstellte.

„Kurt, Süßer, die Mädchen wollten ihren Lieblingsonkel besuchen. Wie wäre es mit einem Brettspiel?"

„Klar, kein Problem." Solange es nichts Kompliziertes war, konnte er spielen und dabei trotzdem über die neuen Informationen nachgrübeln. Er zupfte an einem losen Faden in der strahlend gelben Tischdecke. „Bist du heute mein Kindermädchen?"

„Kurt!" Erins Tonfall war dem seiner Mutter zum Verwechseln ähnlich. Er errötete – sie wollten nur helfen.

„Tut mir leid. Es war kein leichter Tag."

Erin quietschte leise und kam an den Tisch, um ihn zu umarmen, wobei ihr langes Haar seine Arme streifte. Würde er seines wachsen lassen, sähe es genauso aus. Von allen Geschwistern war Erin ihm am ähnlichsten: rotbraunes Haar, goldener Teint, tiefblaue Augen. Wenn sie neben ihm stand, konnte vermutlich jeder erkennen, dass sie Bruder und Schwester waren – wie es heute bei Sandra und Davy der Fall gewesen war.

„Sag mal, wenn du schwanger bist, wann kriegst du dann deine dicken Backen?"

Erin drehte sich um und bewarf ihn mit dem Geschirrtuch. „Hast du immer noch nicht gelernt, eine schwangere Frau nicht als dick zu bezeichnen? Selbst nach fünf Nichten und Neffen?"

Kurt warf das Tuch zu ihr zurück. „Ich nenne *dich* ja gar nicht dick. Bei der Beerdigung habe ich heute eine Frau gesehen, deren Gesicht auch so aussah." Er deutete auf sein Kinn. „Ein bisschen schwammig. Ich bin sicher, dass sie schwanger war, aber ich weiß nicht, in welchem Monat."

Sie runzelte die Stirn. Es war zweifellos eine seltsame Frage, aber seit seinem Unfall ließ man ihm so einiges durchgehen. Das war ihm recht, denn er wollte die Sache mit Davy und Sandra vorerst für sich behalten – zumindest bis er entschieden hatte, was er davon hielt. Nicht zu wissen, dass Ben mit einer Kurt unbekannten

11

Frau ein Kind erwartet hatte, war eine Sache. Aber über eine Verbindung zu Davy zu spekulieren, wenn da vielleicht gar keine war, würde bei seinen Kollegen nicht gut ankommen. Wahrscheinlich hatte er sich ohnehin geirrt, was den Grund für Davys Trauer anging. Vielleicht war Kurt einfach der schlechteste Ermittler aller Zeiten.

„Tja, bei mir sieht es zwischen dem vierten und fünften Monat so aus. Aber bei Colleen und Caitlyn hat es im fünften angefangen und dann bis zur Geburt angehalten." Die Zwillinge mussten natürlich immer alles gleich machen.

„Und was ist mit Heather?" Das zweitälteste Kind der O'Donnells war Mike und seine Frau hatte sich nach drei Jahren immer noch nicht ganz an die große Sippe gewöhnt. Im Gegensatz zu Kurts Schwestern vertraute sie ihnen nicht gleich alles an und ihre Schwangerschaft war schon weit fortgeschritten gewesen, bevor sie sie offiziell bestätigt hatte. Aber es war eben genau dieses runde Gesicht gewesen, das seine Schwestern zum Spekulieren gebracht hatte. Nur deshalb war es ihm auch bei Sandra aufgefallen.

„Bei Heather war es schwer zu sagen. Aber ich glaube, wir haben es auch ungefähr im vierten Monat vermutet."

„Also nicht, bevor man selbst von seiner Schwangerschaft weiß, oder?"

„Nein. Ganz bestimmt nicht. Redest du auch wirklich von einer Frau bei der Beerdigung? Du hast doch nicht etwa irgendeine arme junge Frau in Schwierigkeiten gebracht?"

Ganz so viel ließ sie ihm wohl doch nicht durchgehen. „Nein, Erin, das habe ich nicht." Dazu hätte er sich erst einmal mit einer treffen müssen und er hatte sich schon seit Wochen, Monaten nicht mehr zu einem Date durchringen können. Sein Bruder Ian war praktisch süchtig danach, was Kurt nicht verstehen konnte. Sex zu haben, fehlte ihm, aber so viel besser als sich einen runterzuholen war es nun auch wieder nicht. Dafür aber nervenaufreibender, weil er die ganze Zeit darüber nachdenken musste, ob er alles richtig machte und … fuck. Er wollte nicht weiter an Sex denken, während er mit seiner Schwester in der Küche seiner Mutter saß.

„Es ist nur meine natürliche Neugier als Polizist, versprochen. Ist ja auch egal. Sollte ich nicht eigentlich mit meinen Nichten spielen?"

Erin rief die Mädchen in die Küche, wo sie dann spielten, während Erin kochte. Trotzdem wurde Kurt den Gedanken nicht los, dass Ben von dem Kind gewusst haben musste. Doch Kurt konnte sich nicht erinnern, ihn jemals auffällig glücklich – oder auch deprimiert – erlebt zu haben. Wie lange war er wohl schon verheiratet gewesen? Er konnte nur mit Mühe das Bedürfnis unterdrücken, das Nummernschild, das er sich am Morgen gemerkt hatte, genauer zu überprüfen. Wenn sein Chef herausbekäme, dass er aus privaten Gründen Polizeiressourcen nutzte, befände er sich in ernsten Schwierigkeiten.

ÜBER DIE nächsten eineinhalb Wochen hinweg tat Kurt alles, was von ihm erwartet wurde. Er hielt seine Termine bei der Physiotherapie ein, ging zum Polizeipsychiater, füllte Formulare wegen seiner vorübergehenden Arbeitsunfähigkeit aus, sprach mit seinem Arzt, wann er den Dienst wieder aufnehmen würde, und verbrachte Zeit mit seiner Familie und den Kollegen vom Revier, die ihn besuchten. Trotzdem konnte er einfach nicht den Schmerz in Davys braunen Augen vergessen.

Als er am Dienstagmorgen aufstand, genau drei Wochen nach Bens Tod, fand er im Wohnzimmer seinen Bruder Mike beim Zeitunglesen vor.

„Was ist mit deiner Arbeit?" Er musste unbedingt in seine eigene Wohnung zurück. Sein Arm war noch nicht wieder in Ordnung und sein Knie wackelig, aber er war doch nun wirklich kein Baby mehr. Seit er aus dem Krankenhaus entlassen worden war, hatte er nicht eine einzige Minute für sich allein gehabt.

„Habe mir den Morgen freigenommen. Ich habe noch viele Urlaubstage übrig." Sein Bruder war Investmentbanker, und zwar ein verdammt guter. Genau wie der Rest der Familie arbeitete er hart und machte wenig Urlaub. So genervt er auch war, wurde Kurt doch warm ums Herz, wenn er bedachte, wie sehr sich seine Familie um ihn sorgte. „Ich fahre dich zum Arzt."

Obwohl er sein linkes Knie nicht zum Fahren brauchte, wollte ihn niemand das Risiko eingehen lassen, die Naht an seinem Arm zu beschädigen, falls er einmal schnell reagieren musste. Da er jetzt ständig herumchauffiert wurde, kam er sich erst recht wie ein hilfloses Kind vor. Bei diesem Arztbesuch sollten die Fäden gezogen werden, aber dass er direkt wieder eine Fahrerlaubnis bekommen würde, bezweifelte er.

„Können wir erst beim Revier vorbeifahren?"

„Warum denn das?" Mike legte die Zeitung zur Seite und kniff die Augen zusammen. Abgesehen von ihrer Mutter bestand er am eisernsten darauf, dass Kurt sich lange genug auskurierte, bevor er wieder arbeitete. Allerdings hätte er sich in dieser Hinsicht keine Sorgen machen müssen: Kurt hatte es nicht eilig, da ihm anfangs ohnehin nur die Arbeit am Schreibtisch erlaubt war und er vermutlich Tag für Tag Bens leeren Platz anstarren würde, bevor er zum normalen Dienst zurückkehren durfte. Oder, noch viel schlimmer, vielleicht würde ihm sofort ein neuer Partner zugeteilt werden.

„Ich muss mit meinem Chef reden. Wegen der Formulare und so. Und darüber, ob Bens Schreibtisch noch freigeräumt werden muss."

„Darum hat sich bestimmt schon jemand gekümmert, Knirps", sagte Mike sanft. „Aber wir können ja vorsichtshalber nach dem Arztbesuch vorbeifahren, dann musst du dich nicht stressen."

Sein Bruder stand auf, legte ihm einen Arm um die Schultern und drückte ihn flüchtig an sich.

„Danke, Mike."

DAS KASTENFÖRMIGE Gebäude ragte vor ihm auf. War er jemals hier gewesen, ohne im Dienst zu sein? Wahrscheinlich nicht, seit er damals seine letzten Bewerbungsunterlagen abgegeben hatte. „Kannst du mich nachher abholen?"

13

Mike tätschelte ihm die Schulter. „Kein Problem, um die Ecke gibt es ein Café. Ruf mich einfach an, wenn du fertig bist. Du hast doch dein Handy?"

Kurt rollte die Augen. Er war Polizist, Herrgott noch mal, sogar Detective. Sein Handy war beinahe so wichtig wie seine Waffe. Und da er diese seit dem Unfall nicht bei sich hatte, passte er auf das Handy dafür schon fast übertrieben gut auf.

„Ja, Mikey. Ich melde mich dann."

Mit Hilfe des Stocks gelang ihm der Ausstieg aus dem niedrigen Auto ohne größere Probleme. Nachdem er die Tür geschlossen hatte, ging er langsam auf das Gebäude zu.

Seine Mitarbeiter und Freunde begrüßten ihn mit einer etwas unangenehmen Mischung aus Freude, ihn zu sehen, und Trauer, ihn allein zu sehen. Er marschierte geradewegs auf Nadars Büro zu, ohne in die Ecke zu schauen, in der sich Bens und sein Schreibtisch befanden.

„O'Donnell, was führt Sie her? Wollen Sie schon zurück an den Schreibtisch? Ich finde, Sie sollten sich noch etwas Zeit nehmen." Das Rascheln seiner Papiere verriet Nadars Nervosität, mit der er wiederum Kurt nervös machte.

Nachdem er die Tür geschlossen hatte, ließ er sich seinem Chef gegenüber nieder. „Sir, ich brauche Bens Privatadresse."

Nadars Augenbrauen hoben sich fast bis zu seinem Haaransatz. „Und wollen Sie mir vielleicht auch verraten, warum?"

„Sie sagten, Sie hätten seine Familie informiert. Ich glaube, damit meinten Sie nicht nur Bens Mutter."

„Tja, Sie sind eben immer noch einer meiner besten Detectives. Aber wollen Sie das wirklich? Wenn Sie so fragen, hat Ben Ihnen diese Information offensichtlich nicht anvertraut."

Und schon wieder traten ihm Tränen in die Augen. „Und das macht mich fertig, Sir. Er hätte es tun sollen. Ich bin ... war ... sein Partner. Es ist mir wichtig, Sir. Bitte."

„Solange Sie keine Dummheiten machen."

„Nein, Sir."

Kurzes Bleistiftgekritzel und schon hielt Kurt einen Notizzettel mit einer Adresse in der Hand.

„Danke, Sir. Was ist mit Bens persönlichen Gegenständen?"

„Ich habe schon nachgesehen. Eigentlich hatte ich vor, sie einzupacken, aber abgesehen von den Unterlagen zu seinen Fällen habe ich in seinem Schreibtisch nur Knabberzeug gefunden. In seinem Schrank waren ein paar Kleidungsstücke zum Wechseln, die ich schon zurückgebracht habe."

Das waren im Grunde keine neuen Informationen, doch im Nachhinein betrachtet wirkten sie beinahe wie ein Vorzeichen. Kurt steckte den Zettel in die

14

Tasche und ging zu Bens Schreibtisch, wo er sich auf den Stuhl setzte. Bequem waren die Stühle sowieso nicht, aber den Raum von Bens Platz aus in einem ganz anderen Blickwinkel zu sehen, war besonders seltsam. Die anderen Polizisten taten rücksichtsvollerweise so, als wäre er nicht dort, und wandten ihre Blicke ab, während er Schubladen öffnete und schloss, in der Hoffnung, dass Nadar vielleicht doch etwas Persönliches übersehen hatte. Selbst bei der Kaffeetasse handelte es sich nur um die Standardausführung. Der Inspector hatte ihn zwar gerade als einen seiner besten Detectives bezeichnet, aber Kurt sah das anders. Wie hätte er sonst übersehen können, dass sich keinerlei persönliche Gegenstände an Bens Arbeitsplatz befunden hatten? Keine Bilder, nichts von subjektivem Wert, kein Hinweis darauf, wofür er eintrat oder was er mochte. Kurt hätte nicht lockerlassen und mehr Fragen stellen sollen – Ben irgendwie zeigen sollen, dass er seines Vertrauens würdig war.

Er konnte hier nicht länger sitzen. Mit dem Zettel sicher in der Tasche rief er seinen Bruder an.

AM SAMSTAGNACHMITTAG stieg er aus einem Taxi und blieb auf dem Gehweg stehen. Auch wenn seine Physiotherapeutin ihn dafür umbringen würde, hielt er seinen Stock in der linken Hand. Es war nicht ideal, aber es war verdammt viel besser, als die linke Hand für die schwere Tüte mit dem Topf zu benutzen, in dem sich der berühmte irische Eintopf seiner Mutter befand. Beides in der Rechten zu tragen, wäre schwierig gewesen. Wenn alles nach Plan lief, würde er den Topf aber wenigstens nicht gleich wieder mitnehmen müssen und schon gar nicht voll.

Kurt stand vor einem kleinen, eingeschossigen Haus, das offenbar einmal sehr gut gepflegt worden war. Nicht, dass es jetzt heruntergekommen wirkte, doch die beinahe zwanghafte Genauigkeit, mit der es instand gehalten worden sein musste, schien etwas nachgelassen zu haben. Vielleicht bildete Kurt es sich aber auch nur ein. In der Auffahrt neben Bens makellosem – wenn auch nicht sehr umweltfreundlichem – Oldtimer stand ein Kurt unbekanntes kleines Auto. Keines der beiden war das Auto, in das Davy nach der Beerdigung gestiegen war und auf beiden lag eine dünne Staubschicht.

Schließlich biss Kurt sich auf die Lippe und setzte sich in Bewegung. Der Briefkasten war voll. Genau genommen quoll er bereits über. Nicht besonders ratsam, selbst wenn man nicht verreist war. Diebe würden es für ein unbewohntes Haus halten und als leichtes Ziel betrachten. Er warf einen Blick auf die Umschläge, die aus dem Briefkasten hingen wie Federn aus dem Maul einer selbstzufriedenen Katze. Davy Broussard. Gut. Jetzt hatte er einen vollen Namen.

Mit dem Stock drückte er den Klingelknopf und nahm durch die Tür hindurch ein leises Läuten wahr. Dann wartete er. Warf einen Blick durch das kleine Fenster in der Tür. Neben einem Stapel Zeitungen standen mehrere Paar Schuhe und eine Aktentasche. Mehr konnte er wegen des hellen Sonnenlichts nicht erkennen.

Er hob erneut den Stock, klopfte diesmal kräftig gegen die Tür. Er wollte nicht gehen, bevor er mit Davy geredet hatte.

Mehrere lange Sekunden später öffnete sich endlich der Türriegel und ein zerzauster, mit einem Schlafanzug bekleideter Davy spähte zu ihm heraus. Mit einem Schlafanzug. Um drei Uhr nachmittags. Seine Augen – fast genauso blutunterlaufen wie bei der Beerdigung – weiteten sich beunruhigt, doch er schien Kurt nicht zu erkennen.

„Kann ich Ihnen helfen?" Wow, hatte der Typ eine tolle Stimme. Tiefer, als er es bei jemand so Dünnem erwartet hatte. Damit hätte er bestimmt als Sprecher in der Werbebranche arbeiten können. Und Kurt hatte nicht mehr gewusst, dass Davy größer war als er. Aber die fünf Zentimeter, um die er Kurt mit seinen eins achtzig überragte, waren nichts im Vergleich zu den mindestens fünfundzwanzig Kilo an Muskelmasse, die er Davy voraushatte. Kurt war kleiner, aber verdammt viel kräftiger.

„Hi, ich bin Kurt O'Donnell. Bens Partner, erinnern Sie sich?" Davy holte geräuschvoll Luft, beinahe ein Keuchen, genau wie bei der Beerdigung. War es Bens Name, der ihn so quälte? „Darf ich reinkommen? Mein Bein tut so langsam weh." Das tat es nicht, aber es war eine gute Ausrede. Er spürte, dass Davy ihm am liebsten die Tür vor der Nase zugeschlagen hätte, und musste das unbedingt verhindern. Einerseits wollte er Antworten, aber noch wichtiger war, dass er sich Ben gegenüber verpflichtet fühlte.

„Oh, natürlich." Davys Höflichkeit siegte und Kurt schob sich hastig an ihm vorbei ins Haus, bevor er es sich anders überlegen konnte.

„Wo ist die Küche?"

„Warum?" Davy zeigte in den hinteren Teil des Hauses – eher mechanisch als aus dem Wunsch heraus, Kurt in seiner Küche zu haben.

„Weil ich etwas zu essen mitgebracht habe."

„Warum?"

Kurt schüttelte den Kopf. Auf dem Weg durch das Haus sah er nichts als typische Einrichtungsgegenstände, die mit geradezu militärischer Genauigkeit platziert worden waren. Nichts Persönliches, nichts mit Charakter, nichts Lebendiges, wenn man von dem Durcheinander aus Schuhen und Zeitungen an der Haustür absah.

Die Küche war der weißeste Raum, den er in seinem ganzen Leben gesehen hatte – das Krankenhauszimmer, in dem er sich vor Kurzem befunden hatte, eingeschlossen. Das einzige Nichtweiße waren die schwarzen Herdplatten und der verchromte Wasserhahn an der Spüle. Nachdem er den elektrischen Topf auf die Arbeitsplatte gehievt hatte, verzog er das Gesicht. Es war der alte seiner Mutter mit dunkelgrüner Keramikbeschichtung und einer kitschigen Strichzeichnung eines roten Hahnes auf der Vorderseite. Er wirkte beinahe obszön, wie er da auf der weißen Arbeitsplatte in der beinahe Weißblendung verursachenden Küche stand.

Mochte Davy es so? So … nichtssagend? Verdammt, selbst Kurts miese Wohnung hatte ein blaues Sofa und bunte Geschirrtücher.

Kurt zuckte mit den Schultern. Jetzt war er hier und würde das Beste daraus machen. Hoffentlich würde Davy wenigstens seine guten Absichten verstehen. Eigentlich hätte er schon viel früher hier sein sollen, aber seine eingeschränkte Beweglichkeit und die Tatsache, dass sie sich kaum kannten, hatten ihn zögern lassen.

Nachdem er den Topf sicher abgestellt und eingeschaltet hatte, drehte er sich um. Davy saß zusammengesunken am Küchentisch, hatte das Kinn auf eine Hand gestützt und seine Augen beinahe geschlossen. Die Ringe unter seinen Augen und seine eingefallenen Wangen zeigten deutlich, wie schwer die letzten Wochen für ihn gewesen sein mussten. Noch überraschender war, wie es Davy trotz seines hellblauen Schlafanzugs und seiner dunkelbraunen Haare gelang, in diesem einer weißen Leinwand gleichen Raum beinahe völlig unterzugehen. Kurt hatte damit gerechnet, ihn wie eine Rose zwischen Unkraut hervorstechen zu sehen, doch die Farblosigkeit ließ ihn nur noch blasser wirken.

„Alles in Ordnung?"

Davy nickte mit seinen Augen, als wäre er zu müde, um den ganzen Kopf zu bewegen. „Sandra ist übrigens nicht hier."

Was? „Ähm … ich weiß?" Ihm ging ein Licht auf. Kurts Reaktion bei der Beerdigung, Sandra als Bens Frau oder Freundin zu betrachten, war von den beiden beabsichtigt gewesen. Vielleicht hatten Ben und Davy ihre Beziehung vor allen verheimlicht, nicht nur vor ihm.

„Was machen Sie dann hier?", fragte Davy.

„Tut mir leid, ich hätte eher kommen sollen."

Davy warf einen verwirrten Blick auf die Wanduhr. „Heute? Entschuldigung, aber waren wir verabredet?"

Kurt errötete. Er war einfach unangemeldet hereingeplatzt und Davy schien nicht zu wissen, was er davon – oder von ihm – halten sollte. Er schien seit Bens Tod nicht besonders viel Schlaf gefunden zu haben, sonst wäre er mit der Situation vielleicht besser zurechtgekommen.

„Ich bin hier, weil Sie hier sind und nicht Sandra."

Bei diesen Worten öffneten sich Davys Augen weit und er richtete sich auf seinem Stuhl auf. „Wie meinen Sie das?" Seine Brust hob und senkte sich wie die Flügel eines verängstigten Vogels … oder als würde er gleich vor lauter Hyperventilieren in Ohnmacht fallen.

Kurt sank vor ihm auf die Knie, ignorierte den stechenden Schmerz in seinem verletzten Gelenk. „Atmen Sie, Mann, ganz ruhig. Ein. Aus. Es gibt keinen Grund, sich vor mir zu fürchten. Versprochen."

Während er sprach, legte er vorsichtig eine Hand auf Davys Knie, damit er sich auf Kurt und seine Atmung konzentrierte.

17

Nach einigen Minuten schien Davy nicht mehr Gefahr zu laufen, bewusstlos zu werden, sodass Kurt sich ebenfalls auf einen Stuhl kämpfte. Auch wenn er einfach reagiert hatte, ohne nachzudenken, würde ihm diese Reaktion sicher eine Menge Ärger von seiner Physiotherapeutin einbringen. Vielleicht würde er später sogar seine noch halb volle Schachtel mit Schmerztabletten hervorkramen müssen. Aber jetzt hatte er dringendere Probleme.

„Besser?"

Davy nickte – diesmal ein richtiges Nicken – und sah ihn fragend an.

„Ich weiß, dass Ben hier gewohnt hat. Ich weiß … oder zumindest schlussfolgere ich, dass Sie hier mit ihm gewohnt haben."

Der ängstliche Blick kehrte zurück und Davy verschränkte nervös seine blass und kalt wirkenden Finger, antwortete jedoch nicht.

Wieder ging Kurt ein Licht auf. Bens Partner. So hatte er sich Davy vorgestellt. Für Davy musste der Begriff eine völlig andere Bedeutung haben. „Sie waren Bens Partner, oder? Sein Lebenspartner." Er sah keinen Ring an Davys Finger, also waren sie wahrscheinlich nicht verheiratet gewesen.

Hellrosa Lippen pressten sich zusammen, als fürchtete Davy, was herauskommen könnte. Kurt kannte diese Reaktion von schuldbewussten Menschen, die jedoch keine abgebrühten Kriminellen waren. Sie schwankten zwischen dem Drang, die Wahrheit zu sagen, und der Angst vor den Konsequenzen.

Schließlich öffneten sich Davys Lippen, doch anstelle der von Kurt erwarteten Bestätigung wiederholte er nur seine Frage. „Was machen Sie hier?"

„Ich wollte mich entschuldigen. Ihnen meine Hilfe anbieten, egal wofür."

„Das verstehe ich nicht. Wieso denn entschuldigen?"

Kurts Augen brannten. Mittlerweile waren weitere Erinnerungen des Unfalltages zurückgekehrt, wenn auch nicht alle. „Ich hätte mehr tun sollen. Vielleicht würde Ben dann noch leben."

Davy räusperte sich. „Inspector Nadar hat mir alles erzählt. Ich glaube nicht, dass es Ihre Schuld war. Sie hätten mir nichts zu essen bringen müssen."

Kurt musterte Davy von Kopf bis Fuß und zog eine Augenbraue hoch. Er hatte bei der Beerdigung keine Gelegenheit gehabt, ihn sich genauer anzusehen, war aber trotzdem sicher, dass er seitdem mindestens fünf Kilo abgenommen hatte. Und seine Gesichtsfarbe ähnelte der der Küchenwand. Seine Mutter würde einen Anfall bekommen, wenn er Davy in diesem Zustand zurückließe. Er würde nicht zulassen, dass Bens Partner sich durch Vernachlässigung umbrachte.

„Ich möchte wirklich helfen. Ben war mein Freund." Auch wenn Ben ihn vielleicht nicht so gesehen hatte. „Frau, Lebenspartner, Kinder … ich würde meine Hilfe jedem anbieten, den Ben zurückgelassen hätte. Also, es dauert ungefähr eine halbe Stunde, bis der Eintopf warm ist. Kann ich bis dahin irgendetwas für Sie tun?"

Davy keuchte leise. Dann ein zweites Mal. Und dann schockierte er sie beide, indem er plötzlich in Tränen ausbrach. Sein schlanker Körper wurde von heftigem Schluchzen und mühsamen Atemzügen geschüttelt. Er sprang hastig auf, wie um zu flüchten, und rieb sich hektisch das Gesicht, als könnte er so seinen Schmerz verbergen.

Kurt konnte das nicht mit ansehen. Er wollte nicht zulassen, dass Davy sich noch weiter verstecken musste. Also schnappte er sich ihn mit seiner gesunden Hand und zog ihn auf seinen Schoß wie ein kleines Kind. Davys Kopf traf den oberen Teil seiner noch nicht verheilten Wunde und er musste die Zähne zusammenbeißen, um nicht laut aufzuschreien. Trotzdem legte Kurt seinen gesunden Arm um Davys steifen, zitternden Körper und schon wenige Sekunden später schmiegte dieser sich an ihn, als wollte er Kurts Wärme in seine kalten Glieder aufsaugen. Kurt verlagerte sein Gewicht, bis Davys Kopf auf seiner Schulter ruhte und warme Tränen – das einzig warme an Davy – auf seinen Hals tropften. Er schaukelte ihn sanft, wie er es bei seinen Nichten oder Neffen tun würde, woraufhin Davy die Beine anzog, um sich noch dichter zusammenzukauern. Wo zum Teufel war Sandra? Wo waren Davys Eltern, seine Freunde?

Während er leise ein irisches Lied sang, das er als Kind oft von seiner Mutter gehört hatte, hielt er Davy in den Armen und ließ ihn weinen, obwohl er sich nach einer Weile wünschte, sie säßen dabei auf einem Sofa. Ihm selbst liefen ebenfalls ein paar Tränen über die Wangen und tropften von seinem Kinn in Davys weiches Haar. Auch wenn sein Verlust bei Weitem nicht so groß war wie Davys, tat es doch jeden Tag aufs Neue verdammt weh.

In seinem Beruf brachen oft völlig Fremde – Opfer oder Verwandte der Opfer – vor ihm zusammen und brauchten Trost. Ben hatte nie verstehen können, dass er so bereitwillig auf diese zuging, doch wenn Kurt spürte, dass ihn jemand brauchte, konnte er einfach nicht anders. Ben und er waren häufig mit Leid konfrontiert worden und eine Umarmung hatte oft große Wirkung gezeigt. Und Kurt würde Davy auf keinen Fall den Trost verweigern, den er selbst Fremden spendete. Nicht diesem blassen, dünnen Mann, den Ben geliebt haben musste.

Davys Wirbelsäule ließ sich unter seinen Fingern lesen wie Blindenschrift und jede einzelne Rippe verriet, wie sehr er sich vernachlässigt hatte.

Die Minuten vergingen, während die Hysterie in Davys Schluchzern nachließ. Der Körper in seinen Armen wurde wärmer und entspannte sich, als sich verkrampfte Muskeln lösten.

Seine Schulter war durchnässt, doch Davys Weinen war in ein leises Schniefen übergegangen und sein Kummer schien für den Moment etwas nachgelassen zu haben.

„Na los, Davy, ich glaube, du solltest jetzt ein bisschen schlafen." Er störte ihn nur ungern, aber sein Arm und Bein protestierten bereits.

Nachdem er Davy auf die Füße geholfen hatte, folgte er dem stolpernden und schwankenden Mann in ein großes Schlafzimmer mit einem breiten Bett. Kurt vermutete, dass Davy dieses Schlafzimmer mit Ben geteilt hatte, auch wenn es sich, abgesehen von ein paar Kleidungsstücken auf einem Stuhl neben Davys Seite des Bettes, nicht von einem Hotelzimmer der mittleren Preisklasse unterschied.

Nur Sekunden nachdem Davy auf das Bett gesunken war – zum Glück trug er bereits seinen Schlafanzug –, schlief er leise schniefend ein.

Zurück in der Küche wurde Kurt von dem verführerischen Duft des Eintopfes empfangen, der sich langsam erwärmte. Nach der reinigenden Tränenflut würde Davy wahrscheinlich stundenlang schlafen. Kurt sollte gehen. Wirklich. Aber verdammt, die Sache mit Ben und Davy war seltsam und seine ausgeprägte Neugier war einer der Gründe, aus denen er überhaupt erst Polizist geworden war.

Angefangen beim Kühlschrank öffnete er jede einzelne Tür im Raum. Was er fand, bestätigte seinen Verdacht: Davy hatte schon lange nicht mehr eingekauft und seit der Beerdigung wahrscheinlich nicht viel gegessen. Reinigungsmittel waren dafür massenweise vorhanden – keine Überraschung bei so einem makellosen Haus. Doch eine seiner Theorien bestätigt zu wissen, stillte seine Neugier noch lange nicht.

Er machte bei den Schubladen weiter, bis er eine mit ungeöffneten Briefen fand. Er nahm sie heraus und sah sie sich an. Die Poststempel zeigten, dass sie alle erst nach Bens Tod geschickt worden waren. Da Davy offensichtlich seit einigen Tagen nicht mehr den Briefkasten geleert hatte, vermutete Kurt, dass diese von seiner Schwester hereingebracht worden waren. Er hätte zu gern gewusst, welcher der beiden Männer der Ordnungsfanatiker war. Auch wenn er außer der Küche nicht viel gesehen hatte, deutete alles auf einen beinahe krankhaften Sauberkeitszwang hin.

Kurt beschloss, die Post hereinzuholen, und warf auf dem Weg einen Blick auf den unordentlichen Zeitungsstapel neben der Tür. Auch die Zeitungen waren alle erst nach Bens Tod erschienen. Die Briefe legte er auf den Küchentisch, auch wenn Davy sie später vermutlich in die Schublade zu den anderen stopfen würde. Danach entfernte er die verdorbenen Lebensmittel aus dem Kühlschrank und putzte ihn kurz. Da er nicht wusste, wann hier die Müllabfuhr kam, ließ er die Tüte in der Garage stehen.

Anschließend stellte er den Topf auf eine niedrigere Temperatur herunter – so konnte er den ganzen Tag bleiben und Davy würde nach dem Aufwachen etwas Warmes zu essen haben – und wandte sich dem Rest des Hauses zu.

Er arbeitete sich methodisch, fast wie bei einer Hausdurchsuchung, nur wesentlich ordentlicher, durch das ganze Haus vor. Fast nichts wies darauf hin, dass hier überhaupt jemand lebte – schon gar nicht ein glückliches Paar. Die Einrichtung war durchgängig farblos und auch hier gab es keinerlei persönliche Gegenstände. Nicht ein einziges eselohriges, zerlesenes Buch stand in den wenigen schlichten Regalen. Schlimmer noch, es war auch kein unbenutztes zu finden. Nicht das kleinste Foto war im Haus angebracht worden. Selbst in Kurts einsamer Wohnung befanden sich zumindest Bilder seiner Familie – hiernach würde er seine eigene Wohnung nie wieder als steril bezeichnen. Einsam, aber nicht steril. Dieses Haus war es, und zwar so sehr, dass Kurt das Verlangen verspürte, nach Fingerabdrücken zu suchen, um zu beweisen, dass Davy nicht nur ein Geist war, der in einem Musterhaus herumspukte.

Schließlich blieben nur noch das Gästezimmer und das Schlafzimmer übrig. Das Schlafzimmer konnte er nicht durchsuchen, ohne Davy zu wecken – auch wenn er mehr als nur neugierig war, ob es irgendwelche Geheimnisse barg.

Das Gästezimmer unterschied sich nicht vom Rest des Hauses. Die Kommode diente gleichzeitig als Wäscheschrank und das Bett wirkte wie frisch aus dem Möbelkatalog. Nicht weiter überraschend: Wenn Ben sogar Kurt seine Wohnsituation verschwiegen hatte, waren Gäste ganz sicher nicht üblich. Außerdem konnten diese furchtbar unordentlich sein.

Er öffnete den Kleiderschrank. Großer Gott, hier hätte man nur allzu gut einen Witz über Schwule und Regenbögen anbringen können: Der Schrank war bis zum letzten Zentimeter mit Gegenständen in allen Farben vollgestopft. Hemden, Hosen, Decken, sogar etwas, das wie ein knallbunter, handgemachter Quilt aussah. Kisten waren wahllos übereinandergestapelt worden und bei einigen ragten Papier- oder Stoffstückchen unter dem schlecht verschlossenen Deckel hervor. Außerdem waren da Dekokissen, Spiele, verschiedene Lampen und kleine Andenken. Blau, Rot, Grün, Violett und Gelb leuchteten ihm entgegen und überforderten nach dem Rest des Hauses beinahe seine Augen.

Vorne im Schrank stand eine Schachtel, deren Deckel sehr abgegriffen wirkte. Er öffnete sie und fand darin Fotos. Warum hatte man eine ganze Schachtel Fotos und stellte kein einziges davon auf?

Zuoberst lag ein altes, natürlich überbelichtetes Polaroidfoto. Der Schnappschuss, vielleicht zehn Jahre alt, zeigte Davy und Ben, beide lachend. Er hätte sie beinahe nicht erkannt – Ben hatte in seinem Beisein nie gelacht und Davy war nur ein blasser Schatten des glücklichen jungen Mannes auf dem Foto. Die zwei berührten sich nicht, saßen aber dicht beieinander. Kurt biss sich auf die Lippe und unterdrückte die plötzlich aufsteigenden Tränen.

Er blätterte flüchtig durch die anderen Fotos in der Kiste. Von Ben fand er zwar keines mehr, aber dafür viele von Davy, Sandra und anderen Personen. Auf dem Boden vor dem Schrank hockend dachte er nach. Es würde Stunden dauern, sich alles darin anzusehen, und Davy konnte jeden Moment aufwachen. All das gehörte eindeutig Davy. Was bedeutete, dass Ben die Person mit dem Sauberkeitsfimmel gewesen war, wozu dann auch sein kahler Arbeitsplatz passte.

Eigentlich hatte er die Erfahrung gemacht, dass die meisten Menschen ihren wertvollsten Besitz nah bei ihrem Schlafplatz behielten. Dieses Zimmer folgte dieser Regel nicht. Es war die Ausnahme. Denn aus irgendeinem Grund war Kurt sicher, dass sich in diesem Schrank alles befand, was Davy am Herzen lag.

Seine Nachforschungen warfen mehr neue Fragen auf, als sie beantworteten. Er musste mit Davy reden, aber daraus würde heute nichts mehr werden. Mit einem kurzen Blick in den Keller beendete er seinen Rundgang, doch auch hier fand er nichts Neues – abgesehen von einem wirklich beeindruckenden Heim-Fitnessstudio.

Nachdem er ein letztes Mal nach Davy gesehen hatte, der noch immer tief und fest schlief, legte er neben den elektrischen Topf einen Zettel mit seiner Nummer und der Bitte an Davy, ihn anzurufen, falls er ihn brauchte. Und auch wenn Davy nicht anrufen sollte: Er brauchte Hilfe, also würde Kurt ihm helfen – vor allem natürlich Ben zuliebe, aber vielleicht auch ein bisschen aus Neugier.

3

ERNEUT AUS dem Taxi zu steigen und auf Davys Haus zuzugehen, fühlte sich wie ein Déjà-vu an. Er hatte es noch nicht einmal vierundzwanzig Stunden ausgehalten.

Den Abend zuvor hatte er damit verbracht, ruhelos auf und ab zu gehen, seine Eltern anzufauchen und sich zu fragen, ob Davy den Eintopf gegessen hatte. Er hatte seinen Eltern noch nicht einmal den Grund für seine Laune verraten können. Irgendwann hatte ihn der Gedanke an Davys leere Küchenschränke auf eine ziemlich anmaßende Idee gebracht. Vielleicht sollte er doch möglichst bald wieder seinen Dienst aufnehmen, damit er nicht mehr so viel nachdenken konnte.

Er verließ das Haus, während seine Eltern die Kirche besuchten. Kurt ging selten hin, und selbst falls Davy es eigentlich öfter tat, ließ der Staub auf seinem Auto darauf schließen, dass er zurzeit sowohl der Arbeit als auch der Kirche fernblieb.

Wie am Tag zuvor klopfte er mit dem Stock an die Tür. Wieder wartete er, wieder drückte er den Klingelknopf.

Als Davy diesmal die Tür öffnete, schien er Kurt zu erkennen und sah ihn vorsichtig, aber freundlich an.

„Hi, Davy. Geht es dir besser?" Die blassen Wangen hatten ein bisschen mehr Farbe und die Augenringe waren weniger dunkel. Der Schlafanzug war allerdings noch der vom Vortag.

Davy errötete sichtbar und senkte den Blick. „Ja", flüsterte er an seine Füße gerichtet. „Es tut mir leid."

„Es gibt nichts, was dir leid tun muss. Es sei denn, du lässt mich nicht rein."

„Oh. Doch, natürlich." Davy trat zur Seite.

Kurt schenkte ihm ein beruhigendes Lächeln und ging vor in die Küche. Im Wohnzimmer hätte man wahrscheinlich gemütlicher sitzen können, aber durch seine eigene Familie war er daran gewöhnt, sich viel in der Küche aufzuhalten. Außerdem konnte es Davy nicht schaden, von Lebensmitteln umgeben zu sein, wenn er wieder ein bisschen zunehmen wollte.

„Danke für den Eintopf, der war wirklich gut." Davy setzte sich ihm gegenüber an den Küchentisch. Obwohl er vielleicht sogar ein paar Jahre älter war als Kurt, wirkte er wie ein verlorener kleiner Junge.

Der kitschige äußere Teil des Topfes stand noch auf der makellosen Arbeitsplatte, doch der innere mit dem Eintopf war herausgenommen worden, was Kurt als gutes Zeichen betrachtete. Hätte Davy das Essen einfach entsorgt, hätte er wahrscheinlich bereits alles gespült und wieder zusammengesetzt.

„Hast du den selbst gekocht?"

„Nein, meine Mutter."

„Oh."

Dann saßen sie da und starrten einander an. Kurt wollte keine anspruchsvolle Unterhaltung beginnen, da er eine Lieferung erwartete. Davy legte mit gerunzelter Stirn den Kopf schräg.

Als es an der Tür klingelte, verfinsterte sich sein Gesicht noch mehr. Sein Blick wanderte von Kurt zur Tür und wieder zurück. „Wer ist das?", fragte er misstrauisch.

„Niemand, um den du dir Sorgen machen musst", antwortete Kurt und sprang auf, um zur Tür zu gehen. Davy folgte ihm.

„Ich will keinen Besuch." Seine Stimme wurde lauter und das Misstrauen war einem Anflug von Hysterie gewichen.

Kurt öffnete die Tür und ignorierte Davys halbherzige Proteste, während er dem Lebensmittellieferanten zeigte, wo er seine Last abladen konnte. Als der Mann hinausging, um den Rest zu holen, brachte Davy endlich einen vollständigen Satz zustande.

„Was zum Teufel soll das?" Davy klopfte die Seiten seines Schlafanzugs ab, als könnte er in den nichtexistenten Taschen irgendetwas finden. „Wer soll das alles bezahlen?"

Aha, Davy suchte wohl nach seinem Portemonnaie.

„Ich."

„Das kann ich nicht annehmen. Sag ihm, er soll alles wieder mitnehmen."

„Ich soll dich verhungern lassen? Wohl kaum."

„Ich kann selbst einkaufen."

Kurt schnaubte. „Dann hättest du es vielleicht machen sollen."

Der Lieferant kehrte schwer bepackt zurück. „Kurt!"

„Meine Güte, Davy, warum gehst du nicht einfach duschen und überlässt das mir?" Er schnupperte übertrieben und verzog das Gesicht.

In Davys Augen flackerte Verärgerung auf. Er errötete. Allerdings war Kurt nicht sicher, ob vor Wut oder Scham. Aber wenn Kurt ihn dazu brachte zu duschen, würde er sich in Ruhe um die Lebensmittel kümmern können.

„Warum sagst du das?", zischte Davy mit einem verstohlenen Blick auf den Lieferanten, der gerade eine Plastikkiste auf den Küchenboden stellte.

Kurt verdrehte die Augen. „Weil du den gleichen Schlafanzug anhast wie gestern. Solltest du den nicht mal wechseln?"

„Sei still, sonst versteht er das noch falsch." Davys Stimme wurde gleichzeitig eindringlicher und leiser.

„Was? Oh, einen Moment." Kurt wandte sich dem Lieferanten zu, der für den Kreditkartenbeleg seine Unterschrift brauchte. Danach schloss er die Haustür und machte sich auf den Weg in die Küche. Alle Lebensmittel einzusortieren, würde mit seinem mitgenommenen Arm und Bein eine Weile dauern, aber dann konnten sie sich ums Mittagessen kümmern.

„Was machst du da?"

„Auspacken. Ich dachte, du duschst schon."

„Ich ... ich ...", stotterte Davy. „Stört es dich gar nicht, was der Typ über uns denkt?"

„Der Lieferant? Was genau soll der über uns denken?"

„Dass, na ja, dass wir zusammen sind", antwortete er mit beinahe zu einem Flüstern gesenkter Stimme. Es brach Kurt fast das Herz. Was hatte Ben diesem armen Kerl mit seiner Heimlichtuerei bloß angetan?

„Und wenn schon, er ist doch nur irgendein Lieferant. Ist doch vollkommen egal." Auch wenn Kurt selbst nicht schwul war, fand er nicht, dass sich irgendjemand dafür schämen musste. Und wenn der Lieferant ihn dafür hielt, störte es ihn kein bisschen – falls er es überhaupt getan hatte. Trotz Davys Misstrauen schien der Typ sich eher für sein Trinkgeld als für ihr Liebesleben interessiert zu haben.

„Ist es das?" Davy schien es nicht zu begreifen. Und Kurt begriff ebenfalls so einiges nicht. Ben hätte es vielleicht nicht gleich in der Zeitung inserieren müssen, aber er war nun wirklich nicht der einzige schwule Polizist, auch wenn es sich bei den meisten anderen um jüngere handelte. Selbst die Schwulenehe war schon seit Jahren möglich. Also warum hatte Ben ein so großes Geheimnis daraus gemacht und damit auch Davy gezwungen, sich zu verstecken?

„Dann gehe ich jetzt wohl besser duschen."

Kurt wartete, bis er den Raum verlassen hatte, bevor er sich den Lebensmitteln widmete.

ALS KURT alles eingeräumt hatte und gerade Zutaten für Omeletts zusammensuchte, kehrte ein nach Zitronenseife duftender Davy in die Küche zurück. Kurt lächelte, als er Davys T-Shirt und Jeans sah, beides leicht abgetragen. Er hatte schon gefürchtet, Davy würde wieder im Schlafanzug auftauchen.

„Setz dich." Kurt schaltete die Herdplatte ein. „Es dauert nicht mehr lange. Du magst doch Eier, oder? Viel mehr kann ich nämlich nicht kochen."

„Eier sind in Ordnung. Aber ich kann selbst für mich kochen."

Er drehte sich um und starrte Davy an. „Ach ja? Wann hast du das letzte Mal gegessen?"

„Gestern." Seine Lippen verzogen sich zum Anflug eines Lächelns.

Kurt musste lachen. „Ich meine davor."

Davy wurde wieder ernst. „Ich erinner mich nicht. Eigentlich koche ich gerne. Sogar sehr gerne. Aber für mich allein ist es nicht dasselbe. Es lohnt sich einfach nicht."

„Aber du kannst richtig kochen?"

„Ja."

„Sehr gut. Was hältst du dann davon, uns morgen ein Mittagessen zu kochen? Zutaten sollten jetzt genug da sein."

Kurt platzierte die Omeletts auf Tellern und beförderte sie mit dem Schwung eines geübten Kellners auf den Tisch. Genau wie seine Geschwister hatte er im Finn's schon so manche Schicht übernommen, wenn auch nicht als Koch.

Davy stupste die Eier mit der Gabel an.

„Keine Sorge, sie sind genießbar."

„Kurt, warum bist du hier?"

Da er plötzlich einen Kloß im Hals hatte, legte Kurt die Gabel auf den Tisch, ohne sein Omelett probiert zu haben. „Ben und ich haben drei Jahre zusammengearbeitet. Ich habe ihm bedingungslos vertraut. Ich wusste, dass ich immer auf ihn zählen konnte. Und obwohl er das anscheinend nicht gewusst hat, konnte er auch auf mich zählen. Und dazu gehört auch, dass ich dich verdammt noch mal nicht einfach verhungern lasse."

„Ben wusste, dass er auf dich zählen konnte. Er hat gesagt, du seist der beste Partner, den er sich nach Eds Tod erhoffen hätte können. Er hat viel über dich geredet."

„Über dich hat er nie geredet." Seine Verärgerung ging in Bedauern über und er war, wie es in letzter Zeit häufig geschah, den Tränen nahe. Er starrte auf seinen Teller.

„Ich weiß", antwortete Davy leise. „So war Ben einfach. Aber ich möchte trotzdem nicht, dass du aus Mitleid Zeit mit mir verbringst."

„Verdammt, so ist das überhaupt nicht." Kurt hob den Blick. „Du brauchst im Moment einfach Hilfe. Deine Freunde und deine Schwester scheinen ja nicht für dich da zu sein."

Davy zuckte mit den Schultern. „Meine Schwester ... hat es gerade selbst nicht leicht. Ihr Mann ist in Afghanistan stationiert und sie muss alleine mit einer Risikoschwangerschaft zurechtkommen. Da will ich sie nicht noch mehr belasten." Davy spießte mit der Gabel etwas von seinem Omelett auf, schob sie aber nicht in den Mund.

Kurt hakte fürs Erste nicht weiter nach. Er wollte Davy zum Essen bringen und das Thema regte bei beiden nicht unbedingt den Appetit an. Nach Davys Freunden konnte er sich später noch erkundigen.

„Iss, Davy." In der Hoffnung, Davy würde seinem Beispiel folgen, schob er sich einen großen Bissen Ei in den Mund, kaute und schluckte. „Was bist du eigentlich von Beruf?"

„Ich überwache für einen Arzneimittelhersteller die klinische Prüfung."

„Oh, ein richtiger Schlauberger."

Davy senkte den Kopf, schien sich aber über das Kompliment zu freuen. „Nicht besonders."

„Klar. Ich wette, du hast mindestens ein Diplom. Worin, Chemie?"

„Fast, Biochemie."

„Siehst du, ein Schlauberger. Erzähl mir davon."

Das Gespräch lenkte Davy so gut ab, dass er sein Omelett dabei bis zum letzten Bissen aufaß und nach und nach immer lebhafter wurde. Trotzdem wurde bald klar, dass sein Berufsleben ebenso einsam war wie sein privates. Er beaufsichtigte viele Menschen, hatte jedoch kaum jemanden, mit dem er direkt zusammenarbeitete. So ergaben sich keine ernsthaften Freundschaften.

Nachdem sie aufgegessen hatten, räumte Kurt den Tisch ab und kümmerte sich um das Geschirr. „Tja, also, ich muss mich jetzt so langsam auf den Weg machen. Aber ich schaue morgen wieder vorbei."

Er sorgte dafür, dass er Davys Nummer in seinem Handy gespeichert hatte, bevor er ins Taxi stieg und sich nach Hause bringen ließ.

„Schatz, du gehst schon wieder aus?" Sie betrachtete das Taxi, das in die Auffahrt einbog. „Das machst du schon seit zwei Wochen jeden Tag. Wann stellst du sie mir vor?"

„Mom, wie schon gesagt: Ich habe keine Freundin. Ich verbringe nur Zeit mit einem Freund." Also wirklich, er brauchte zwar keinen Stock mehr und ihm waren die Fäden gezogen worden, aber er war noch lange nicht wieder in bester Verfassung. In diesem Zustand Sex zu haben, war kein angenehmer Gedanke. Allerdings rechnete er damit, bei seinem nächsten Arztbesuch eine Fahrerlaubnis zu erhalten, woraufhin er dann auch wieder in seine eigene Wohnung zurückziehen wollte.

Seine Mutter seufzte nur, als hätte diese Unterhaltung mit ihm sowieso keinen Sinn.

„Soll ich dich wirklich nicht fahren? Der Taxifahrer hilft dir nicht beim Ein- und Aussteigen. Da mache ich mir Sorgen."

Was sollte das? Das hatte er alleine geschafft, seit er aus dem Krankenhaus entlassen worden war. Er brauchte – und wollte – dabei verdammt noch mal keine Hilfe. Und trotzdem behandelte seine Mutter ihn wie etwas Zerbrechliches – eigentlich fehlte nur noch, dass sie ihm das Essen kleinschnitt und ihm den Hintern abwischte. Er war kein Kleinkind, er erholte sich nur von einer Verletzung – und das ziemlich schnell.

„Ich kann mit dem Taxi fahren, Mom." Sein unnachgiebiger Tonfall schien sie zu verletzen, aber es reichte ihm einfach. Kurt hatte niemandem von Davy erzählt – er war nicht sicher, warum –, doch während seine Familie ihn als hilflos betrachtete, schöpfte er neue Kraft daraus, Davy zu helfen. Und er konnte nicht abstreiten, dass er Davys Gesellschaft genoss. Ihr gemeinsames Mittagessen würde ihm fehlen, wenn Davy wieder arbeiten musste – leider blieben diesem nur noch wenige freie Tage, während Kurts Urlaub noch etwas andauerte.

„Mach's gut, Mom." Er küsste sie als kleine Entschuldigung auf die Wange. „Ich bin bald zurück."

Als Kurt im Taxi saß, klingelte sein Handy und das Display zeigte eine unbekannte Nummer an.

„O'Donnell hier."

„Oh, ähm, hi, Kurt?"

„Davy? Woher rufst du an?"

„Vom Supermarkt an der Ecke."

„Stimmt was nicht?" Davy hatte ihn noch nie angerufen und Kurt hatte keine Ahnung, warum er es nicht von seinem eigenen Telefon aus tat. Aber vielleicht war es ein gutes Zeichen, dass Davy wenigstens wieder das Haus verließ.

„Oh, ähm, nein. Hör zu, wolltest du heute vorbeikommen?" Als hätte er das nicht jeden Tag getan. Seine Besuche bei Davy machten Kurt seine berufliche Auszeit angenehmer und es freute ihn, Davy gegen die Depressionen helfen zu können, in denen er bei ihrem ersten Treffen so tief versunken gewesen war. Irgendwann würde Davy vielleicht auch seine Scheu vor Kurt verlieren – welcher sich zugegebenermaßen ziemlich unverschämt in sein Leben gedrängt hatte. Als jüngstes von sieben Kindern war er eben daran gewöhnt, sich durchsetzen zu müssen. Auch wenn es ihm nicht immer gelang, gab er doch jedes Mal sein Bestes.

„Ja, ich bin schon auf dem Weg." Und, bitte Gott, hoffentlich zum letzten Mal ohne sein eigenes Auto.

„Oh, ich, ähm … ich glaube, das ist keine gute Idee."

Was? „Warum nicht?" Wenigstens bemerkte der Taxifahrer nicht, wie er plötzlich errötete. Hatte Davy genug von ihm? Seine Verabredungen mit Davy hatten Kurt so sehr dabei geholfen, Bens Tod zu verarbeiten, und er hatte eigentlich geglaubt, Davy ginge es ähnlich. Wenigstens hatte er seither regelmäßig gegessen. Kurt hatte nicht in Erwägung gezogen, dass Davy ihn vielleicht als Last und nicht als Hilfe betrachtete.

„Tut mir leid. Ich habe deine Gastfreundschaft viel zu sehr ausgenutzt."

„Was? Nein!"

Oh. „Wo liegt dann das Problem?"

„Mir … geht es nicht gut." Davy log. Kurt konnte es spüren, selbst am Telefon. Es bestärkte ihn nur noch in seinem Entschluss, Davy zu besuchen. Irgendetwas stimmte nicht – etwas anderes als Kurts rücksichtslose Aufdringlichkeit.

„Davy, ich fahre gleich durch einen Tunnel und verliere die Verbindung. Also bis gleich." Kurt legte auf. Persönlich würde er von Davy eher eine Antwort bekommen.

4

KURT LIESS das Taxi erst am Supermarkt vorbeifahren, konnte von Davy aber keine Spur entdecken.

Wenige Minuten später hielt das Taxi vor Davys Haus. Er betrachtete es nicht als Bens Haus, hatte es von Anfang an nicht getan. Obwohl Bens Auto noch in der Zufahrt stand, verband Kurt das Haus im Geiste nur mit Davy.

Und wehe, wenn dieser jetzt nicht hier war. Kurt sprang aus dem Taxi, warf dem Fahrer einen Zwanziger zu und legte den Weg zur Haustür zurück, so schnell er konnte – was ihm nicht schnell genug war. Allerdings nahm er den Stock nur noch zur Sicherheit mit und wollte ihn nicht benutzen, wenn es nicht unbedingt sein musste.

Mit dem Finger auf der Türklingel wartete er. Da das schrille Klingeln, mit dem er gerechnet hatte, nicht zu hören war, klopfte er kräftig mit seinem Stock an die Tür, bis Davy sie aufriss. Er sah genervt und verschwitzt aus.

„Was?" Als er Kurt sah, ließ die Verärgerung in seinem Gesicht etwas nach.

„Hi, Davy. Wie geht's? Bereit fürs Essen?" Am nächsten Tag würde er endlich mit seinem Auto kommen, damit sie zum Essen ausgehen konnten.

„Ich habe dir doch gesagt, dass es mir nicht gut geht und … warte mal. Hier gibt es doch überhaupt keine Tunnel."

Kurt zuckte mit den Schultern. „Ich habe gelogen."

Davys Mund öffnete und schloss sich wie der eines Goldfisches. „Aber … aber … wie konntest du nur?"

Kurt widerstand dem Drang zu lachen. „Du hast doch auch gelogen. Du siehst völlig gesund aus."

Röte kroch Davys Hals hinauf und breitete sich leuchtend in seinen Wangen aus.

„Kann ich reinkommen?" Eine rhetorische Frage, da er sich wie bei seinem ersten Besuch hier bereits an Davy vorbeischob. Wenigstens trug dieser diesmal keinen Schlafanzug.

Großer Gott. So warm wie hier musste es ungefähr in der Hölle sein. „Davy, was ist mit deiner Klimaanlage los?" Sollte er ihm anbieten, sie sich anzuschauen? Oder würde er es nur noch schlimmer machen?

Er betrat die Küche. „Mach doch wenigstens ein paar Fenster auf. Draußen ist es kühler als hier." Und heller. Das Fenster über der Spüle ließ sich nur mit einem gequälten Quietschen öffnen, das darauf hindeutete, dass es meistens – oder sogar immer – verschlossen war. Eine warme, leicht feuchte Brise drang in die Küche.

„Schon besser." Da er schon oft genug hier gewesen war und Zurückhaltung nicht in seiner Natur lag, wartete er nicht darauf, dass Davy ihm ein Getränk anbot –

29

dann wäre er vermutlich sowieso vertrocknet. Davy redete selten und schien immer noch nicht zu wissen, was er von Kurts Besuchen halten sollte, doch von diesem beängstigend erschöpften, beinahe lebensmüde wirkenden Davy der ersten Zeit war in den letzten Tage nichts mehr zu sehen gewesen.

Als Kurt den Kühlschrank öffnete, ging kein Licht an. Dafür ging Kurt endlich eines auf. Er schloss die Kühlschranktür und drehte sich um. Davy war ihm in die Küche gefolgt, starrte aber auf seine nackten Füße.

Misstrauisch ging Kurt auf ihn zu und drückte den Lichtschalter hinter ihm. Aus. An. Wieder aus. Wieder an. Nichts.

Ein Stromausfall war nichts Ungewöhnliches. Bei großer Hitze konnte das vorkommen. Nur dass es dazu heute eigentlich nicht warm genug war. Und es erklärte auch nicht, warum Davy sich zu schämen schien, ihn nicht ansehen wollte.

„Davy, warum hast du keinen Strom?" Kurt ballte die Hände zu Fäusten, damit er nicht in Versuchung geriet, den Mann zu packen und zu schütteln. Wollte er sich jetzt umbringen, indem er sich kochte, da Kurt ihm ja nicht erlaubt hatte, sich auszuhungern?

Dann bemerkte er die auf den Boden fallenden Tropfen: Tränen. Verdammt. Aber diesmal musste es nicht in der Küche sein. Er konnte fast noch die blauen Flecken von dem Tag sehen, an dem Davy in seinen Armen geweint hatte – diese Küchenstühle waren Folterinstrumente.

Er ging an Davy vorbei ins Wohnzimmer. Dieses war wenigstens nicht weiß, auch wenn ihm das eintönige Beige das Gefühl gab, er befände sich im Inneren eines Pilzes. Glücklicherweise ließen sich die Fenster hier leichter öffnen – sein linker Arm schmerzte noch von dem in der Küche. Er war schon ziemlich gut verheilt, aber er wollte lieber nicht das Risiko eingehen, seine Physiotherapeutin zu verärgern, sonst würde sie ihn morgen nicht Auto fahren oder bald wieder arbeiten lassen. Jedenfalls sah das Zimmer ohne die Rollos gleich viel freundlicher aus.

Als Kurt sich von den Fenstern abwandte, sah er Davy noch immer in derselben bedrückten Haltung im Türrahmen stehen. Er deutete auf das vornehme, aber nichtssagende Sofa. „Setz dich."

Überraschenderweise kam Davy der Aufforderung nach. Obwohl er wenig redete, hatte Kurt mit etwas Widerstand gerechnet. Vielleicht spürte er, dass Kurt an diesem Tag einfach die Geduld fehlte.

Kurt ließ sich auf dem Couchtisch vor Davy nieder, der ihm einen vorwurfsvollen Blick zuwarf. Er verdrehte die Augen. Ben hätte sich über Füße oder einen Hintern auf dem Tisch wohl ziemlich aufgeregt, aber das war Kurt gerade egal.

„Also, was ist hier los?"

Ein leichtes Zittern durchlief Davys schlanken Körper. Entfernter Verkehrslärm drang durch die Fenster herein und mischte sich mit dem Geräusch von Davys mühsamen Atemzügen.

Kurt wartete mit pochenden Schläfen. Er war wütend, wollte es aber nicht sein. Kummer verschwand nicht einfach nach ein paar Wochen, vor allem nicht, wenn der Partner der letzten zehn Jahre starb. Es würde noch Monate dauern, bis es Davy besser ging. Daran musste Kurt immer denken, wenn er wieder frustriert darüber war, wie Davy sich hier einschloss und sich dem Leben entzog.

Es dauerte einige Minuten, bis Davy endlich den Kopf hob. Seine Augen waren feucht und gerötet wie schon seit den ersten Tagen nicht mehr.

„Ich konnte die Rechnung nicht bezahlen."

Obwohl das nach allen Hinweisen Kurts logische Schlussfolgerung gewesen war, überraschte ihn die Aussage. Es war schwer zu glauben, dass ein verantwortungsbewusster und pedantischer Mann wie Ben seinen Partner verschuldet zurückgelassen haben sollte.

„Ich werde das Haus verkaufen müssen", flüsterte Davy, während neue Tränen seine zu schmalen Wangen hinabbrannten.

Erneut überfiel Kurt das Bedürfnis, Davy in die Arme zu nehmen und ihm zu sagen, alles würde gut werden. Er zögerte. War das die Art von Trost, die Davy brauchte? Vermutlich nicht. Nicht jetzt. Trotzdem ließ er sich zumindest neben Davy auf die Couch fallen und legte ihm einen Arm um die schmalen Schultern. Davy schmiegte sich an ihn und hielt sich fest wie eine Klette. Wie lange hatte Davy ohne die kleinste Berührung eines anderen Menschen auskommen müssen?

„Warte mal, immer langsam – dein Gehalt reicht nicht für die Hypothekenraten?" Es war eine ziemlich unverschämte Frage und Kurt wusste von den derzeit hohen Immobilienpreisen, aber das Haus war nicht gerade luxuriös. Nur ein älterer Bungalow mit zwei Schlafzimmern und ausgebautem Keller.

Davy nickte in Kurts Halsbeuge mit dem Kopf, schüttelte ihn jedoch gleich darauf. „Eigentlich schon, nur hat mich die Beerdigung all meine Ersparnisse gekostet. Alles andere läuft auf meinen Namen und wird automatisch von meinem Konto abgebucht. Ben ..." Davy schluckte schwer und holte tief Luft. „Normalerweise hat mir Ben jeden Monat Geld überwiesen. Aber jetzt hat sich das Pflegeheim seiner Mutter gemeldet, da es noch keinen Scheck bekommen hatte. Also habe ich einen geschickt – was hätte ich auch sonst tun sollen? Nur bleibt jetzt nichts mehr für die Stromrechnung und das Telefon. Mir war nicht klar, wie teuer so eine Einrichtung auf Dauer ist."

Seit er Davy kannte, hatte er ihn noch nie so viel auf einmal sagen hören. Jetzt verstand Kurt auch den Anruf aus dem Supermarkt. „Dein Telefon ist also auch abgestellt? Hast du kein Handy?"

Wieder ein Kopfschütteln von Davy.

„Meine Güte, Davy. Es ist verdammt gefährlich, kein Telefon zu haben. Was ist, wenn du dich verletzt? Oder es brennt? Oder jemand einbricht?" Kurt löste sich von Davy, um ihn vorwurfsvoll anzustarren.

Davys einzige Reaktion war, den Blick verwirrt zu erwidern. Kurt riss sich zusammen und unterdrückte seine Ängste. Zur Not würde er Davy sein eigenes Handy leihen, aber im Moment hatte er dringendere Probleme.

„Okay, okay, vergiss es. Was ist mit einer Lebensversicherung? Hatte Ben keine Rücklagen? Ich kann mir nicht vorstellen, dass er keine Vorkehrungen für seine Mutter getroffen hat … und für dich. Er arbeitet … hat in einem gefährlichen Beruf gearbeitet."

Kurt hatte sich gleich am ersten Tag als Polizist um sein Testament gekümmert – auch wenn er außer ein paar kleinen Ersparnissen nicht viel zu vererben hatte. Aber er hatte ja auch niemanden, der sich auf ihn verließ, wie Davy und Bens Mutter.

Davy zuckte mit den Schultern. „Keine Ahnung. Er hat nie was davon gesagt."

Das Pochen in seinen Schläfen wurde lauter und eindringlicher. Er hatte nicht viel mehr über Ben gewusst, als dass er ein großartiger Polizist gewesen war. Doch je mehr er über ihn erfuhr, desto weniger war Kurt sicher, ob er privat genauso viel von ihm gehalten hätte.

„Hat er einen Aktenschrank? Oder einen Ordner? Vielleicht eine Kiste mit persönlichen Unterlagen?"

Davy biss sich kurz auf die Lippe, bevor er nickte. „Ja."

„Na gut, dann bring alles in die Küche." Trotz der unbequemen Stühle war der Küchentisch wahrscheinlich besser geeignet. Auch wenn er absolut kein Experte für Papierkram war, konnte er Davy nicht ohne Strom und voller Sorge um sein Haus zurücklassen, nachdem er gerade erst Ben verloren hatte.

Während Davy im Schlafzimmer verschwand, nahm Kurt die Schublade mit den ungeöffneten Briefen in Augenschein. Seit dem ersten Tag hatte er nicht mehr hineingesehen, hoffte aber auf irgendeinen Hinweis auf eine Lebensversicherung oder etwas Ähnliches.

Die Briefe, die nach Beileidskarten aussahen, legte er zur Seite. Es waren nur wenige. Wahrscheinlich, weil kaum jemand von Bens und Davys Beziehung gewusst hatte. Einige Briefe schienen Kontoauszüge zu sein, die im Moment allerdings ebenfalls uninteressant waren. Zwei an Davy gerichtete Einschreiben einer Anwaltskanzlei waren da schon wichtiger.

Ein Schweißtropfen rann seinen Rücken hinunter und erinnerte ihn an den unangenehmen Augenblick, bevor bei dem Einsatz alles schiefgegangen war. Würde die Klimaanlage funktionieren, wäre sein langärmliger Pullover kein Problem. Er hatte in der Öffentlichkeit keine kurzen Ärmel mehr getragen seit … tja, seit Ben gestorben war. Anfangs hatte er nur die Verbände abdecken wollen und mittlerweile war es zur Gewohnheit geworden.

Scheiß drauf. Er zog sich den Pullover aus und hoffte einfach, dass es Davy nicht stören würde.

Genau in diesem Moment tauchte Davy mit einer Fächermappe in der Hand in der Tür auf und erstarrte.

„Oh, hi, entschuldige. Ich habe etwas geschwitzt." Und er hatte sich von der Erinnerung an die Explosion durcheinanderbringen lassen. „Ich hoffe, du hast nichts dagegen."

Kurt machte sich normalerweise keine Gedanken darum, mit freiem Oberkörper herumzulaufen – sei es in seiner Wohnung, bei seinen Eltern oder wenn er mit Freunden grillte oder Football spielte. Aber Davy hatte zehn Jahre lang mit dem gesitteten Benjamin Kaminski zusammengelebt. Als Davys Gesicht noch blasser als vorher wurde, griff er nach seinem Pullover. Egal, er würde es überleben.

„Warte, es stört mich nicht", antwortete Davy endlich und betrat die Küche, um die Mappe auf den Tisch zu legen.

Kurt hielt in der Bewegung inne. „Bist du sicher? Ich will nicht, dass du dich unwohl fühlst." Denn plötzlich erinnerte er sich daran, dass Davy schwul war. Er würde das nicht falsch verstehen, oder?

„Nein. Ich … mir war nur nicht klar, wie schlimm dein Arm verletzt war. Du hast die Wunde kurz erwähnt, aber weil du immer den Stock hattest, habe ich das mit deinem Bein für ernster gehalten. Aber das war es nicht, oder?"

Oh. Natürlich. Er hatte überhaupt nicht darüber nachgedacht, wie furchtbar die Narbe auf Davy wirken musste. Oder überhaupt auf andere Menschen. Bisher hatten sie nur seine Familienmitglieder und die Ärzte gesehen.

Er presste den Arm dicht an seine Seite, während er einhändig mit dem Pullover kämpfte.

„Ich ziehe mir lieber wieder was über."

Davy hielt seinen Pullover fest. „Das musst du nicht, ich war nur überrascht. Mit … allem … vergesse ich manchmal, dass du so schlimm verletzt warst."

Er zuckte mit dem Pullover in der Hand die Schultern, immer noch unsicher, ob er ihn anziehen sollte oder nicht.

„Und deine Tattoos. Davon wusste ich gar nichts. Sie sind schön. Darf ich sie mir ansehen?"

„Ähm, danke. Sicher." Leute sahen sich gerne seine tätowierten Armbänder an. Die komplexen, fünf Zentimeter breiten Streifen aus keltischen Knotenmustern waren ein fesselnder Anblick – zumindest sagte man ihm das oft und Davy war nicht der Erste, der sie genauer betrachten wollte. Eigentlich waren es meistens Frauen. Trotzdem war Kurt glücklich, dass Davy nach seiner vielen Teilnahmslosigkeit endlich ein wenig Interesse für etwas zeigte.

Die sanfte Berührung von Davys Fingerspitzen an seinem linken Bizeps verursachte ihm Gänsehaut, doch er hielt still. Überraschend kräftige Finger legten sich um Kurts Handgelenk und drehten es ein wenig, um die lange, zerklüftete Narbe sichtbar zu machen.

„Tut es weh?"

„Die Narbe?" Sie sah noch etwas rot und frisch aus, verheilte aber gut. „Manchmal. Mit den Fenstern hätte ich vielleicht etwas vorsichtiger sein sollen."

Ein leises Keuchen war zu hören und Davys Finger legten sich etwas fester um sein Handgelenk. „Das tut mir wirklich leid. Ich hätte nicht …"

„Du hättest nicht was? Du wusstest es doch nicht und ich wusste es besser. Es ist nicht deine Schuld."

Davy ließ seinen Zeigefinger an der Narbe entlanggleiten, bis sie auf Kurts Tattoo traf. „Es geht um den ganzen Arm? Das muss doch auch wehgetan haben."

Er schnaubte. „Lange nicht so sehr wie die Wunde."

War diese eine Strafe für seine Eitelkeit gewesen? Denn die Narbe durchschnitt das Armband, sodass die Linien unterbrochen waren und das Tattoo nicht mehr zu dem auf dem rechten Arm passte.

„Es wäre bestimmt nicht leicht, es zu reparieren", sagte Kurt. „Ich weiß nicht, ob es schmerzhaft ist, vernarbte Haut zu tätowieren."

Davy nickte und ließ ihn los. Trotz der Hitze waren seine Finger kühl gewesen und Kurt konnte sie noch spüren, als Davy sich bereits auf einen Stuhl gesetzt und ihm die Mappe zugeschoben hatte.

Fast eine Stunde verbrachte Kurt damit, schweigend die peinlich genau organisierten Unterlagen zu studieren. Davy sah ihm ununterbrochen zu. Schließlich streckte Kurt sich und schob Davy die Einschreiben zu. „Mach die auf."

„Warum?" Davy hob sie vorsichtig an den Ecken hoch, als wären sie schmutzig. Beim Anblick seiner gerümpften Nase verflüchtigte sich Kurts Frust. Er konnte verstehen, warum Davy solchen Dingen auswich: Wenn er die Briefe nicht öffnete, wurde er nicht mit der Endgültigkeit von Bens Tod konfrontiert. Selbst wenn er dafür in dieser düsteren Sauna sitzen musste.

„Weil es Zeit wird. Du bist Bens Testamentsvollstrecker. Das weißt du doch, oder?"

Davy schüttelte den Kopf. Ernsthaft? Ben hatte es ihm nicht gesagt? Ihn nicht vorbereitet? Kein Wunder, dass Davy so ratlos war.

„Es überrascht mich, dass die Anwälte dich nicht angerufen haben." Davys verstohlener Blick auf das Telefon ließ Kurt vermuten, dass es einige unbeantwortete Nachrichten gab. „Wenn du dich um das hier gekümmert hast, sollte die Hypothek kein Problem mehr sein."

„Und was ist mit Bens Mutter?"

Ein Brennen in seinen Augen warnte Kurt vor aufsteigenden Tränen. Er unterdrückte sie – Davy weinte genug für sie beide. Trotz Davys Neigung, Problemen aus dem Weg zu gehen, konnte Kurt sehr gut verstehen, warum Ben sich diesen liebevollen, weichherzigen Mann als Partner ausgesucht hatte – auch wenn er ihn nicht immer gut behandelt zu haben schien.

„Es gibt zwei Lebensversicherungspolicen. Eine für dich und das Haus und die andere über die Polizei für seine Mutter." Was mittlerweile gut ins Bild passte: Sonst hätte am Ende noch irgendein Typ in der Verwaltung etwas über Bens Partner der letzten zehn Jahre herausgefunden. Aber wenigstens hatte Ben sich dazu durchgerungen, mithilfe eines Anwalts Vorkehrungen für Davy zu treffen. „Du musst dich mit dem Anwalt darüber unterhalten, wie die Gelder verteilt werden und wer in Zukunft über Mrs. Kaminskis Behandlung entscheidet. Vielleicht besteht auch die Möglichkeit, Unterstützung beim Staat zu beantragen oder die Testamentsvollstreckung abzutreten."

„Nein."

Kurt riss die Augen auf. Mit einem so entschiedenen Protest hatte er nicht gerechnet.

„Nein. Ben hat es so gewollt, also muss ich es tun." Davy legte seine Hände auf die Dokumente, als könnte er ihren Inhalt auf diese Weise in sich aufsaugen.

„Aber du musst es nicht alleine machen. Ich werde dir helfen, okay?" Vor einem Monat hätte ihn sein Pflichtgefühl gegenüber Ben dazu gedrängt. Jetzt wollte er helfen, weil er Davy als Freund betrachtete.

Davy stiegen Tränen in die Augen und seine Lippen formten das Wort „danke", ohne dass er Kurt ansah. Dann holte er zittrig Luft und zwinkerte die Tränen fort.

Kurt reichte Davy sein Handy. „Ruf den Anwalt an und mach einen Termin. Danach können wir eine Pizza bestellen und während wir warten, regeln wir das mit dem Strom und deinem Telefon."

„Wie das?"

„Mit meiner Kreditkarte."

„Nein", sagte Davy noch nachdrücklicher als vorher. „Das kann ich nicht annehmen." Er deutete auf die Unterlagen. „Es ist meine eigene Schuld, weil ich dumm war und mich nicht rechtzeitig darum gekümmert habe."

„Du bist nicht dumm", antwortete Kurt empört. „Du hattest ein paar verdammt schwere Wochen. Ich möchte einem Freund aus der Klemme helfen und daran wirst du mich nicht hindern."

Es war nicht gelogen. Mittlerweile betrachtete er Davy wirklich als Freund, nicht nur als den Lebensgefährten seines verstorbenen Partners.

Erneut schien Davy den Tränen nah zu sein, doch diesmal wurden sie von einem Lächeln begleitet. „Einem Freund?"

Kurt bekam Magenschmerzen. Er verspürte das Bedürfnis, irgendjemanden zu schlagen. Davy hatte ihm von Sandras Schwangerschaft erzählt und davon, wie Ben ihn nach und nach von seinen Freunden isoliert hatte. Na gut, ganz so hatte er es nicht ausgedrückt, aber mittlerweile war Kurt sicher. Er hatte oft genug mit Opfern häuslicher Gewalt zu tun gehabt, um die Anzeichen zu erkennen. Auch wenn Ben Davy nicht körperlich misshandelt hatte, musste die Isolation sehr schlimm für ihn gewesen sein. Und alles nur, um zu verheimlichen, dass Ben schwul war. Hatte keiner von Davys alten Freunden versucht, wieder Kontakt aufzunehmen oder nachzufragen, wie es ihm ging? Für den Moment unterdrückte Kurt diese Gedanken und nickte Davy lächelnd zu.

Davy erwiderte das Lächeln, hob das Handy und wählte. Während Davy sich in der Warteschleife befand, legte Kurt die wichtigsten Dokumente auf einen Stapel, bevor er die Küche verließ, damit Davy in Ruhe telefonieren konnte.

Kurt hatte Davy noch nicht gestanden, dass er seinen Schrank durchwühlt hatte, überlegte aber ernsthaft, ob er es tun sollte – das Haus brauchte nämlich dringend Farbe.

Davy hüpfte vielleicht nicht direkt – dazu war er ein bisschen zu groß –, kam aber doch sehr leichten Schrittes ins Wohnzimmer, um Kurt sein Handy zurückzugeben.

„Ich habe morgen um halb elf einen Termin."

„Sehr gut. Ich muss morgen nämlich ziemlich früh zum Arzt und ich könnte dich danach abholen. Dann können wir essen gehen."

„Essen gehen?" Großer Gott. Davy klang wie eine viktorianische Jungfrau, der er gerade Gruppensex vorgeschlagen hatte.

„Ja, essen gehen. Das ist übrigens nicht verboten."

„Aber … aber … in der Öffentlichkeit? Denken die Leute dann nicht …" Er verstummte. *Oh, Ben. Was hast du diesem armen Kerl nur angetan?*

„Freunde, schon vergessen? Freunde gehen manchmal zusammen essen. Außerdem denken deine Nachbarn bestimmt sowieso schon, dass wir eine Affäre haben – ich komme jeden Mittag vorbei und wir verlassen *nie* das Haus."

Davy riss die Augen auf und errötete so heftig, dass es beinahe schmerzhaft aussah. Dann entwich ihm plötzlich ein halb unterdrücktes Kichern, bevor er die Augen niederschlug. Doch sein Gesicht wirkte immer noch fröhlich und Kurt musste lächeln. Bald würde Davy wirklich lachen. Bald würde Davy sich nicht mehr schuldig fühlen, weil er sein Leben weiterlebte.

In der nächsten Woche würden beide wieder arbeiten – Kurt mit einem beinahe verheilten Körper, aber Davy noch weit entfernt von verheilter Seele und verheiltem Herzen.

KURT SCHAUTE sich im Imbiss nach bekannten Gesichtern um. Sie waren ziemlich weit von seinem eigenen Bezirk entfernt, aber Lettie's war eines der besten durchgängig geöffneten Restaurants der Stadt – was natürlich dazu führte, dass es Polizisten während der Nachtschicht häufig dorthin verschlug. Allerdings war es jetzt Mittag statt Mitternacht und anstelle von Polizisten tummelten sich dort Geschäftsleute.

„Verrätst du mir, warum jemand, der angeblich gut kochen kann, in einem Imbiss essen will?" Denn als Davy herausgefunden hatte, wo sich die Anwaltskanzlei befand, hatte er für ihr Mittagessen gleich Lettie's vorgeschlagen.

„Das Essen ist gut. Oder zumindest war es das mal. Ich war seit Jahren nicht hier, aber früher habe ich hier oft mit meinen Freunden gegessen." Davy sah sich um und die Anspannung in seinem Gesicht wich einem Ausdruck von Nostalgie.

„Es ist immer noch gut. Viele Jungs vom Revier kommen zum Essen hierher."

„Ach ... ja?" Der nervöse Blick kehrte zurück und Davy sah sich erneut um, diesmal verstohlener. Da verstand Kurt. Er wollte nicht nachfragen, hätte jedoch seinen letzten Cent darauf verwettet, dass Davy wegen Ben nicht mehr hergekommen war.

Bis ihr Essen serviert wurde, unterhielten sie sich sporadisch. Kurt bemühte sich darum, Davy zu zeigen, dass es ihm nichts ausmachte, mit ihm in der Öffentlichkeit gesehen zu werden. Warum sollte es auch?

„Den Seitenhieb habe ich übrigens mitbekommen", merkte Davy irgendwann mit einem schelmischen Blick an, der Kurt sehr freute.

„Was meinst du?"

„Die Anspielung auf meine Kochkünste."

Kurt zuckte mit den Schultern. Davy hatte ihnen ein paar Mal eine Kleinigkeit gemacht, meistens Sandwiches oder Eier. Lecker, aber nichts Besonderes.

„Ach, das macht doch nichts. Man darf auch mal ein bisschen übertreiben", neckte Kurt.

„Übertreiben?", antwortete Davy gespielt entrüstet. „Das reicht. Am Wochenende koche ich meine Spezialität. Und du wirst sie probieren."

„Ach wirklich? Was ist deine Spezialität?"

„Lass dich überraschen."

Diese humorvolle Seite stand Davy so viel besser als die zombiehafte Gleichgültigkeit und die Tränen.

„Na gut, welcher Tag ist denn besser für dich?" Kurts Arbeit begann erst Montag wieder, aber Davy wollte schon am nächsten Tag beginnen, da er es erst einmal mit einer kürzeren Woche versuchen wollte. Ob ein Tag oder fünf – Kurt war sicher, dass es nicht leicht für ihn werden würde.

„Wäre dir Samstag recht? Auch wenn der eigentlich für Dates reserviert ist?"

„Samstag ist gut. Ich treffe mich schon länger mit niemandem." Seine Familie war in den letzten Wochen ein ungefährliches Gesprächsthema gewesen, aber über sein Liebesleben hatte er nicht viel geredet.

Eine leichte Röte legte sich auf Davys Wangenknochen und Kurt war nicht sicher, warum. War es seltsam, sich mit einem schwulen Freund über Sex und Verabredungen zu unterhalten? Vielleicht. Kurt beschloss, das Thema in Zukunft lieber zu vermeiden.

„Davy Broussard? Ich kann es kaum glauben", rief eine leicht gekünstelt klingende Stimme.

Kurt drehte sich um und sah einen formvollendet gekleideten, blonden Mann im Anzug vor sich. Er war kleiner als Davy und Kurt, wirkte aber so elegant und souverän, dass er anstelle eines Geschäftsmannes auch ein Model hätte sein können.

„Jon!" Davy war unverkennbar erfreut. „Wie geht es dir?"

„Gut, Süßer. Stell mir doch diesen Prachtkerl vor.“

„Oh, natürlich. Jon, das ist …“ Davy wirkte plötzlich unsicher, schien nicht mehr daran gewöhnt zu sein, seinen Freunden jemanden vorzustellen.

„Ich bin Kurt, ein Freund von Davy.“

„Oh, ein *Freund* also.“ Es war deutlich zu hören, wie Jon das Wort interpretierte.

Kurt fixierte ihn mit dem durchdringenden Blick, den er sich normalerweise für widerspenstige Verdächtige aufhob. Leider schien sich die Wirkung außerhalb des Verhörraums in Grenzen zu halten.

„Tja, Süßer, es freut mich, dass du endlich diesen abscheulichen Ben losgeworden bist.“

Für Kurt waren die Worte ein Schlag ins Gesicht und für Davy mussten sie unendlich viel schlimmer sein. Er wandte sich zu ihm und stellte fest, dass er leichenblass war. Dann verfärbte sich sein Gesicht beinahe grünlich und er sprang auf und stürzte in Richtung der Toiletten.

„Was ist denn mit dem los?“ Vor lauter Verwirrung vergaß Jon seine affektierte Sprechweise.

Er hatte Davy wohl doch nicht absichtlich verletzt, wie Kurt es im ersten Moment vermutet hatte. Es war das Einzige, was Jon vor einer gebrochenen Nase bewahrte. Trotzdem ballten sich Kurts Hände zu Fäusten.

„Musste das sein? Liest du keine Zeitung? Oder guckst die Nachrichten? Ben ist vor einem Monat bei einem Einsatz ums Leben gekommen.“

Der blonde Mann wurde beinahe so blass wie Davy und ließ sich auf die jetzt freie Bank sinken. Kurt winkte der Kellnerin. Sobald er bezahlt hatte, würde er Davy hier rausbringen.

„Ich wusste nicht …“, begann Jon zaghaft. „Ich meine …“

„Wie konntest du das nicht wissen? Es wurde überall darüber berichtet.“

Jon riss die Augen auf und schlug sich eine Hand vor den Mund. „Meinst du die Sache mit der Explosion? Das war Davys Ben?“

Als er sich so mit einem aufrichtigen Blick über den Tisch beugte, wirkte Jon plötzlich wie ein kleines Kind, das sich nur verkleidet hatte.

„Ernsthaft … Kurt, nicht wahr? Ich war seit der Schule mit Davy befreundet, aber Ben habe ich nie getroffen und wusste noch nicht einmal seinen Nachnamen. Er wollte nie einen von Davys Freunden kennenlernen. Ich habe mal ein Foto von ihm gesehen, aber das ist schon lange her. In den letzten fünf Jahren war Davy praktisch verschwunden.“

Jon schaute auf seine Hände hinunter, dann wieder zu Kurt. „Wie geht es ihm? Kann ich helfen?“

Jetzt wusste Kurt, warum Davys Freunde nicht für ihn da gewesen waren. Davy hätte sie ganz sicher nicht angerufen. Hätte Kurt sich nicht wie ein ungehobelter Wüstling in sein Leben gedrängt, hätte Davy niemanden außer seiner Schwester gehabt, die ganz allein mit ihrer schwierigen Schwangerschaft kämpfte. Am liebsten hätte er Jon gesagt, dass die Isolation nicht nur von einer Seite ausgegangen war, aber er hatte jetzt andere Probleme.

„Hat Davy deine Nummer?"

„Eigentlich schon, aber für den Fall der Fälle ..." Jon reichte ihm eine Visitenkarte. „Bitte sag ihm, dass er mich anrufen soll."

Nachdem die Kellnerin die Rechnung gebracht hatte, warf Kurt ein paar Scheine auf den Tisch und steckte die Visitenkarte in die Tasche. Dann stand er auf. „Ich sehe besser mal nach Davy."

„Okay, danke. Sagst du Davy, dass es mir leid tut?"

„Mache ich", antwortete Kurt und folgte Davy zu den Toiletten. Dieser war gerade dabei, sich das blasse Gesicht mit einem Papiertuch trocken zu tupfen.

„Entschuldige." Das leise Wort ging in dem großen, hallenden Raum beinahe unter.

„Du musst dich nicht entschuldigen. Es ist kein Problem. Ich will mich zwar noch mit dir über deine Freunde unterhalten, aber nicht jetzt." Kurt überlegte, ob er Davy die Karte geben oder sie noch behalten sollte, bis er mit Davy über eine Therapie gesprochen hatte. Doch mit einem Freund zu reden, würde ihm bestimmt nicht schaden. „Hier, die soll ich dir von Jon geben. Es tut ihm leid."

Davy nahm die Karte vorsichtig entgegen und betrachtete sie. „Oh, Jon wurde befördert. Das freut mich für ihn."

Kurt musste eine Flut von verärgerten Worten unterdrücken. Sie auszusprechen, würde jetzt niemandem helfen. Davy erkannte einfach noch nicht, dass er nicht nur ein trauernder Hinterbliebener war, sondern auch ein Opfer. Kurt atmete tief durch, wobei ihn der Andrang chemischer Gerüche beinahe zum Husten brachte.

„Komm, lass uns gehen."

Ein bisschen Farbe kehrte in Davys Gesicht zurück. „Gibt es einen Hinterausgang?"

„Ja." Heute konnte Kurt gut verstehen, warum er sich verstecken wollte.

So OFT Kurt die Papierstapel auch auf seinem Schreibtisch herumschob, sie wurden nicht kleiner. Dazu hätte er tatsächlich irgendetwas bearbeiten müssen. Es war schrecklich, an einen Schreibtisch gefesselt zu sein – und wenn es nach seinem Chef ging, würde er hier noch einige Wochen bleiben müssen, bis man ihm einen neuen Partner zugeteilt hatte. Was bedeutete, dass er Berge von Papierkram erledigen durfte und zu viel Zeit für Sorgen um Davy hatte.

Eigentlich ziemlich albern. Vielleicht war er einfach zu sehr daran gewöhnt, ihn täglich zu sehen. Er hatte schon lange nicht mehr so viel Zeit mit einem Freund verbracht, wahrscheinlich seit dem College nicht. Wieder zu arbeiten, hatte Davy erstaunlich gutgetan, ihn allerdings auch erschöpft – bei beiden Baseballspielen, die sie sich in dieser Woche bei Davy angesehen hatten, war dieser vor dem sechsten Inning eingeschlafen. Kurt verzog das Gesicht. Bis zur Hockeysaison war Davy hoffentlich etwas ausdauernder geworden. Er hatte noch nicht einmal sein Versprechen gehalten, für Kurt zu kochen. Nicht, dass es Kurt an gutem Essen mangelte – er musste lediglich seine Eltern oder ihr Pub besuchen.

„Hallo, Knirps." Kurts Bruder Ian stand neben seinem Schreibtisch.

„Du hast kein Recht, mich so zu nennen, Winzling. Du bist nur ein Jahr älter." Kurt brauchte nicht hinzuzufügen, dass Ian keine Chance gegen ihn hatte, was Körperkraft anging – das wussten sie beide. Ihre Gesichter sahen sich trotz Ians dunkler Haare und hellblauer Augen sehr ähnlich, doch Ian war kleiner als Kurt, schmaler und weniger muskulös. Was Ian allerdings nie daran hinderte, ihn zu ärgern.

„Mir egal, Knirps. Leg dich mit mir an und ich sag es Mom!" Ian zwinkerte ihm zu und Kurt rollte die Augen. Mike war zwölf Jahre älter als Kurt, sodass er bereits ein Teenager gewesen war, als Kurt begonnen hatte, ihm hinterherzukrabbeln. Daher kam Kurts Spitzname, den er nicht mehr losgeworden war. Trotzdem musste Ian den verdammten Namen nicht übernehmen, schon gar nicht an Kurts Arbeitsplatz. „Was machst du hier?"

„Ich war in der Nähe zu einem Geschäftsessen verabredet, das aber in letzter Sekunde abgesagt wurde. Und da du immer noch einen auf Bürohengst machen musst, wollte ich dich zum Mittagessen hier rausholen."

Ians Blick fiel auf Bens leeren Tisch, bevor er zu Kurt zurückwanderte. Kurt passierte das ebenfalls ständig, seit er vor zwei Wochen wieder mit der Arbeit begonnen hatte.

Kurt fragte sich, ob Ians Geschäftsessen erfunden war. Einerseits konnte er sich gut vorstellen, dass seine Familie ihn unauffällig im Auge behalten wollte, andererseits waren Ian und er schon immer nicht nur Brüder, sondern auch gute Freunde gewesen.

„Okay, das klingt gut."

Kurt wandte sich seiner Kollegin in der nächsten Tischreihe zu. „He, Christa."

Sie drehte sich lächelnd zu ihm um. „He, Kurt. Ich nehme an, das ist einer deiner Brüder?"

„Ian. Wir gehen mittagessen. Ich bezweifle, dass irgendwer nach mir fragt, aber falls doch …"

„Kein Problem, dann gebe ich es weiter."

„Danke, Christa."

Kurt streckte die Hand nach seinem Autoschlüssel aus, entschied jedoch, dass es genug Möglichkeiten zum Essen in Gehweite gab. Mit Ian im Schlepptau verließ er das Revier.

„Läuft da was?", fragte Ian.

„Wo?"

„Na, mit dieser Kleinen, Christa. Sie steht auf dich."

„Also, erstens hasst sie es, ‚Kleine' genannt zu werden – und sie könnte dich genauso schnell k. o. schlagen wie ich –, und zweitens: Nein, das tut sie nicht."

„Und ob sie auf dich steht."

„Mir egal." Gott, es war heiß draußen und noch viel zu früh für so schwüle Luft. Smog hatte sich wie ein leicht gelblicher, beißend riechender Nebel über die Stadt gelegt. Kurt schaute nach rechts und links, überlegte, wohin sie gehen sollten.

„Sie ist niedlich."

Ein Thai-Restaurant. Das wäre das Richtige. Ian aß genauso gern thailändisch wie er. Er wandte sich nach links und setzte sich in Bewegung.

„Ja, aber wenn es nicht funktionieren würde, müsste ich sie jeden Tag sehen."

„Dann frage ich sie vielleicht nach ihrer Nummer."

Kurt zuckte mit den Schultern. „Von mir aus." Sein Bruder hatte Sex mit jeder Frau, die er kriegen konnte, und hielt nicht viel von festen Beziehungen – nicht, dass er sich um Christa Sorgen machen musste, die kam allein zurecht. Leider war Kurt zu wählerisch, während Ian nicht wählerisch genug war. Seine Mutter hatte bei ihnen beiden schon beinahe die Hoffnung aufgegeben, dass sie jemals eine Familie gründen würden.

Der Geruch von Zitronengras und Curry schlug Kurt entgegen. Er hatte kurz darüber nachgedacht, seinen Bruder doch mit zu Lettie's zu nehmen, aber es wäre unpraktisch gewesen und er war nicht sicher, warum er überhaupt so gern dorthin wollte. Das Essen war jedenfalls nicht so gut wie hier.

Mitten beim Essen klingelte Kurts Handy. Das Display zeigte überraschenderweise Davys Nummer – obwohl sie sich häufig sahen, telefonierten sie eher selten. „Da muss ich drangehen."

Ian nickte zufrieden kauend.

Kurt bahnte sich einen Weg zwischen den Tischen hindurch bis zum Ausgang und nahm ab. „Hi, Davy, was gibt's?"

„Hi, Kurt." Davys Stimme klang zögerlich und ein bisschen unsicher, aber lange nicht so sehr wie an dem Tag, als er vom Supermarkt aus angerufen hatte. „Wolltest du heute Abend vorbeikommen?"

Die Jays spielten an diesem Abend und Kurt hatte sich daran gewöhnt, die Spiele mit Davy anzusehen. Er wusste nicht, ob Davy sich überhaupt besonders für Baseball interessierte, aber sie genossen beide die gemeinsame Zeit. Allerdings rief Kurt selten vorher an. Davy war fast immer zu Hause und rechnete mittlerweile damit, dass Kurt kam.

„Ja, eigentlich schon, wenn ich nicht gerade bei einem Fall gebraucht werde." Nicht, dass man ihn für irgendetwas brauchen würde, solange er an diesen miesen Schreibtisch gefesselt war, aber er musste wenigstens für sich selbst so tun, damit er sich nicht ganz so nutzlos vorkam. Im Moment saß er nur seine Zeit ab.

„Okay, ähm, gut. Ich wollte es nur wissen."

„Warum, hast du schon Pläne? Dann sehe ich mir das Spiel mit meinen Brüdern an."

„Nein, nein. Ich wollte nur wissen, ob ich für zwei kochen soll. Bis später."

Davy legte auf und Kurt starrte verwirrt auf das Handy. Er fragte sich nicht zum ersten Mal nach einem so seltsamen Gespräch mit Davy, ob ihm eine Therapie guttun würde. Erst war er besorgt gewesen, Davy könnte sich etwas antun, und später hatte er herausgefunden, wie sehr Davy unter Ben gelitten hatte. Vielleicht brauchte Davy mehr Hilfe als nur einen guten Freund. Nur hatte er Angst, Davy könnte den Vorschlag falsch verstehen und ihre noch so neue Freundschaft beenden.

5

DIE BEISSENDEN Ausdünstungen von Desinfektionsmitteln brannten ihm in der Nase, konnten jedoch trotzdem nicht den Geruch nach Krankheit und Tod überdecken, der im Sunshine Manors in der Luft lag. Er hatte noch nie so eine Pflegeeinrichtung betreten. Granny O'Donnell war schnell und ohne langen Krankenhausaufenthalt gestorben und Menschen in diesem Zustand begingen selten Verbrechen. In einem normalen Altenheim roch es lange nicht so sehr nach Leichenhalle wie hier.

Kurt hielt sich im Hintergrund, während Davy der Rezeptionistin seinen Namen nannte. Nachdem ihn Davys Bitte, ihn zu begleiten, anfangs überrascht hatte, verstand Kurt jetzt sehr gut, warum er ungern alleine herkam. Das war wohl der deprimierendste Ort, den er je gesehen hatte – oder gerochen.

Ein Pfleger trat an Davy heran und dieser drehte sich zu Kurt um. „Wir dürfen rein."

Kurt folgte dem Pfleger und Davy aus dem Empfangsbereich zu den Zimmern.

Einige der Bewohner – fast alle älter – streckten die Hände nach ihnen aus, nickten unsichtbaren Besuchern zu oder murmelten unheimlich vor sich hin. Es war einem Gefängnis erstaunlich ähnlich, auch wenn diese armen Seelen von gebrechlichen Körpern oder einem verwirrten Verstand gefangen gehalten wurden.

Der Pfleger führte sie in einen spartanisch eingerichteten Raum mit einer Frau im Lehnstuhl. Sie sah dem Mann, den Kurt gekannt hatte, kein bisschen ähnlich.

„Hi, Mrs. Kaminski, ich bin es, Davy. Ich habe Bens Partner von der Arbeit mitgebracht. Er heißt Kurt. Wir wollten Sie ein bisschen besuchen." Sie setzten sich auf die zwei Besucherstühle.

Mrs. Kaminskis ausdrucksloses Gesicht gab keinen Hinweis darauf, dass sie Davys Worte wahrgenommen hatte. Ihre miteinander verflochtenen Finger bildeten auf der um ihre Schultern gelegten Decke geheimnisvolle Muster.

Davy redete weiter, ein Monolog in beruhigendem Tonfall, den er sich vermutlich von Ben abgeschaut hatte. Es war schade, dass Ben die beiden nicht miteinander bekannt gemacht hatte, als es seiner Mutter noch besser ging. Vielleicht hätte sie Davys Stimme dann wiedererkannt und als tröstend empfunden.

Plötzlich überraschte Mrs. Kaminski sie beide, indem sie sich aufrichtete und Davys Handgelenk ergriff.

„Ben, Ben, ich bin so froh, dass du hier bist. Bitte bring mich nach Hause. Mir gefällt es hier nicht."

Davys gequälter, panischer Blick wanderte von Kurt zu Mrs. Kaminski und zurück. Ohne zu wissen, warum er es für das Richtige hielt, legte Kurt ihm eine Hand auf die Schulter und wies ihn an: „Sag ihr, was sie hören möchte."

„Ähm … na gut … Ich bin hier, um dich abzuholen, ähm, Mom. Wir, äh …" Er warf Kurt einen flehenden Blick zu.

„Mach so weiter", flüsterte Kurt.

Davys Stimme wurde fester. „Wir warten nur noch, bis deine Sachen gepackt sind."

„Gut, gut." Mrs. Kaminski ließ lächelnd Davys Arm los, sank wieder auf ihrem Stuhl zusammen und griff nach ihrer Decke.

Davys Schultern hoben und senkten sich, während er ein paar Mal tief durchatmete. Als er endlich wieder Kurt ansah, waren seine Augen zwar feucht, doch er weinte nicht. Auch wenn es unglaublich schwer für ihn gewesen sein musste, begann die Zeit zwei Monate nach Bens Tod vielleicht allmählich damit, Davys Wunden zu heilen.

„Ich glaube, das reicht für heute", sagte Kurt.

„Woher wusstest du, dass ihr das helfen würde?"

Kurt zuckte mit den Schultern. „Man hat uns hier ja gesagt, dass es für sie eigentlich nur noch schlechte Tage gibt, und du hast mir erzählt, dass sie selbst bei Ben schon länger keinen klaren Moment mehr hatte. Also konnte man vermuten, dass es nicht lange anhalten würde."

NACHDEM SIE das Gebäude verlassen hatten, atmete Kurt tief ein. Selbst die verschmutzte, schwüle Luft war nach einer Stunde im Sunshine Manors erfrischend.

Davy wirkte völlig erschöpft, was man ihm nicht vorwerfen konnte. Selbst ohne Mrs. Kaminskis Verwechslung wäre der Besuch anstrengend gewesen.

„Wie oft war Ben hier?"

„Zweimal im Monat. Früher ist er öfter gekommen, aber seit sie ihn nicht mehr erkannt hat, war er nicht sicher, ob seine Besuche ihr überhaupt guttaten."

Auch wenn Ben nicht gut mit Davy umgegangen war, empfand Kurt ein gewisses Mitleid mit ihm – die Besuche mussten für ihn sehr schmerzhaft gewesen sein. Kurt holte erneut tief Luft. In seinem Beruf hatte er zwar schon Schlimmeres erlebt, aber es war trotzdem deprimierend. Vor allem, weil er kaum etwas tun konnte, um zu helfen.

„Und wie machst du es?"

„Ich habe vor, genauso oft herzukommen."

Das überraschte Kurt nicht. Davy war so gutherzig, dass ihm alles andere nicht genug wäre, auch wenn er sich zu seinem ersten Besuch erst lange hatte durchringen müssen.

„Wenn ich mitkommen soll, sag einfach Bescheid."

44

Davy biss sich auf die Lippe und nickte, sagte aber nichts. Nach der stillen Rückfahrt stattete Kurt seiner lebhaften Familie einen Besuch im Finn's ab.

MONTAGMORGEN FOLGTE ein riesiger, dunkelhaariger Mann Inspector Nadar aus seinem Büro und zu Kurts Schreibtisch.

„Kurt, das ist Simon Trent, Ihr neuer Partner. Simon, das ist Kurt O'Donnell." Nadar deutete auf Bens Tisch. „Das ist Ihr Arbeitsplatz. Den Rest kann Ihnen Kurt zeigen."

Kurt stand auf und reichte Simon die Hand, wobei er ein ganzes Stück zu ihm hochschauen musste. Er war wirklich riesig, mindestens zehn Zentimeter größer als Kurt.

„Ich lasse Sie beide jetzt allein. Ab morgen sind Sie wieder im Einsatz", sagte Nadar und zog sich in sein Büro zurück.

Oh, Gott sei Dank. Da Simon nicht nachfragte, was es mit der letzten Bemerkung auf sich hatte, wusste er wohl schon von Nadar über Kurts Verletzungen Bescheid.

„Das mit deinem Partner tut mir leid, Mann."

„Danke, das weiß ich zu schätzen." Mehr sagte Kurt dazu nicht. Mittlerweile fiel es ihm immer schwerer, den Partner, den er zu kennen geglaubt und verloren hatte, mit dem Mann in Einklang zu bringen, den er jetzt kennenlernte und immer weniger mochte. Doch da ihm dieser Gedanke ein schlechtes Gewissen verursachte, dachte er so wenig wie möglich darüber nach.

Stattdessen wechselte er das Thema und versorgte Simon mit den wichtigsten Informationen zu seinem neuen Arbeitsplatz.

„BEREIT FÜR die Mittagspause?", fragte Simon ein paar Stunden später. Kurt warf ihm einen misstrauischen Blick zu, da er sich fragte, ob Simon nur dem verletzten Mann eine Pause gönnen wollte, als Simons Magen plötzlich ein lautes Knurren von sich gab. Anscheinend brauchte ein so großer Mensch öfter Energienachschub.

Kurt lachte. „Ich könnte schon eine Kleinigkeit vertragen. Es gibt hier in der Nähe alles Mögliche. Hast du Lust auf was Bestimmtes?"

„Vielleicht griechisch?"

„Kein Problem, nur ein paar Straßen weiter."

„ALSO, WARUM hast du bei der RCMP aufgehört?" Gesetzeshüter war zwar Gesetzeshüter, aber die Royal Canadian Mounted Police umgab doch ein gewisser Zauber, auch wenn sie immer seltener auf Pferden ritt.

„Vor ein paar Jahren habe ich geheiratet und Jen, meine Frau, wollte gern zurück in die Stadt. Und weil ich auch nichts gegen eine Veränderung hatte, habe ich mich bei der Polizei hier und in Vancouver beworben."

Kurt zog die Augenbrauen hoch. „Also wolltet ihr nur in die Stadt, egal in welche?"

Simon spießte mit seiner Gabel ein Stück Bratkartoffel auf. „Ganz egal nicht. Aber Montreal kam nicht infrage, weil ich kein Französisch spreche, und am Ende hat es uns von Halifax hierher verschlagen."

„Und wie gefällt es euch bis jetzt?"

„Ziemlich gut, auch wenn hier alles ein bisschen hektischer ist. Wir sind aber noch dabei, uns einzugewöhnen. Jen hat diese Woche auch schon mit ihrem neuen Job angefangen. Wir kennen nur noch nicht viele Leute – also wenn du mal zum Essen kommen willst, bist du herzlich eingeladen. Wenn du eine Frau oder eine Freundin hast, bring sie einfach mit."

Wenn er nicht alleine gehen wollte, würde er sicher Davy oder einen seiner Brüder zum Mitkommen überreden können. Jedenfalls fiel bei Simons Angebot eine Anspannung von Kurt ab, derer er sich überhaupt nicht bewusst gewesen war. Simon hatte sich ihm in den letzten Stunden bereits mehr geöffnet als Ben in drei ganzen Jahren.

„Keine Frau, keine Freundin, aber ich komme gerne mal vorbei, danke. Sag mir einfach, wann und wo."

Simon lächelte zufrieden. Der halbe Tag mit Simon hatte Kurt bereits gezeigt, dass ihre Partnerschaft anders sein würde als seine letzte. Ben war älter und erfahrener gewesen, sodass sich zwischen ihnen eine Art Lehrer-Schüler-Beziehung entwickelt hatte. Simon und er befanden sich auf Augenhöhe.

6

DER AUGUST war die Hölle. Ein Monat, der dank der Hitzewelle von ungewöhnlich vielen Gewalttaten und Morden geprägt war, ließ Simon und Kurt nicht zur Ruhe kommen. Sie machten viele Überstunden, ohne dafür mit größeren Fortschritten belohnt zu werden. Kurt hatte auch die Nachforschungen zu Bens Tod im Auge behalten, doch die verliefen ebenso schleppend. Dabei war er es Ben und sich selbst schuldig, das Schwein hinter Gitter zu bringen. Leider war der Fall, sobald sich herausgestellt hatte, wer dahintersteckte, der Mordkommission entzogen worden. Andererseits hätte sein Vorgesetzter Kurt ohnehin niemals gestattet, sich an den Ermittlungen zu beteiligen. So konnte Kurt nur das Beste hoffen, denn besonders Davy würde es sicherlich helfen, den Verantwortlichen gefasst zu wissen.

Wegen seiner vielen Überstunden hatte er allerdings nur zweimal die Gelegenheit gehabt, Simons Einladungen anzunehmen, und konnte sich nur noch etwa alle zehn Tage mit Davy treffen. Vielleicht ging es Davy also bereits besser. Als er zuletzt bei ihm gewesen war, hatte Davy geplant, sich mit Jon und einigen anderen alten Freunden zu treffen. Kurt hatte sich so für ihn gefreut.

„Uff, ich glaube, wir können für heute Schluss machen, oder?" Simon lehnte sich auf seinem Stuhl zurück. „Sollen wir noch was trinken und uns ein bisschen entspannen? Es läuft bestimmt gerade irgendein Spiel."

Kurt warf einen Blick auf die Uhr. Für einen Besuch bei Davy war es jetzt sowieso zu spät und wenn sie beim Finn's vorbeifahren würden, wären sie vermutlich die halbe Nacht dort. Eigentlich brauchte Kurt dringend Schlaf, hatte aber noch nicht das Bedürfnis, in seine leere, triste Wohnung zurückzukehren. Allerdings waren für den nächsten Abend zwei Spiele angesetzt und wenn nichts dazwischenkam – und das würde es gefälligst nicht, sonst würde Kurt vielleicht selbst einen Mord begehen –, konnte er endlich Davy wiedersehen.

BEWAFFNET MIT einem Armvoll Snacks vom Laden um die Ecke und bereit für den langen Sportabend stieg Kurt vor Davys Haus aus. An diesem letzten Augustwochenende hatte die Hitzewelle endlich nachgelassen und damit auch der Polizei eine kleine Atempause verschafft.

Seine Brüder reagierten überrascht, dass er sich den Doubleheader nicht mit ihnen ansehen wollte, was eigentlich Tradition war. Vor allem Ian hatte keine Ruhe gegeben und sogar versucht, sich bei Kurts Plänen einzuladen. Letztendlich war es Kurt gelungen, ihn abzuwimmeln, doch es störte ihn, seine Brüder belügen zu müssen. Trotzdem fiel es ihm schwer, das Geheimnis, das Ben so sorgfältig gehütet hatte, einfach preiszugeben. Davy war ohnehin noch nicht bereit dazu, seine Familie kennenzulernen. Sie hatten sich einige Male darüber unterhalten und Davy

47

schien gleichzeitig eingeschüchtert und fasziniert davon, wie groß die O'Donnell-Sippe war. Nach der langen Zeit allein mit Ben und mit Sandra und Mrs. Kaminski als einzigen Verwandten konnte Kurt das gut nachvollziehen. Nur in Momenten wie diesen, wenn seine Familienmitglieder ihn nicht in Ruhe ließen, beneidete er Davy ein wenig um sein Alleinsein.

Gut, Davys Auto stand in der Einfahrt – Kurt würde nicht ins laute Pub zurückkehren müssen. Manchmal mochte er den Lärm und Tumult, aber heute freute er sich auf die Ruhe in Davys Haus. Vielleicht hätte er das Ganze vorher mit Davy absprechen sollen, doch die Arbeit hatte seine Pläne in letzter Zeit häufig zunichtegemacht und Davy schien an seine Überraschungsbesuche gewöhnt zu sein. Sowohl Klopfen als auch Klingeln blieb erfolglos. Er fühlte sich unangenehm an seine ersten Besuche hier erinnert, bei denen er Davy erst aus seiner traurigen Teilnahmslosigkeit hatte reißen müssen. Er stellte die Tüte mit Knabberzeug ab und spähte durch die Scheibe, wobei er seine Augen mit den Händen vom grellen Licht der tiefstehenden Sonne abschirmte. Er konnte nichts Ungewöhnliches entdecken. Vermutlich duschte Davy nur. Aus Gewohnheit suchte er mit der Hand nach seiner Waffe, doch leider war er nicht im Dienst. Außerdem gab es keinen Grund, ein Verbrechen zu vermuten. Nichts wies auf einen Einbruch hin. Davy machte vielleicht nur einen Spaziergang. Nur konnte Kurt sich einfach nicht des starken Bedürfnisses erwehren, Davy zu beschützen. Es war vom ersten Tag an da gewesen und ging weit über das Berufliche hinaus. Für Davy da zu sein, gab ihm das Gefühl, stark zu sein, besonders, da seine Familie ihn so oft wie ein kleines Kind behandelte. Deshalb würde er es auch weiter tun, wenn Davy es zuließ.

Beim Gedanken daran, den Abend vielleicht nicht mit Davy verbringen zu können, wurde Kurt von Enttäuschung durchflutet. Er hatte sich auf die angenehme Kühle des Hauses und eine nette Unterhaltung mit Davy während des Spiels gefreut. Es fühlte sich ein bisschen an wie damals auf der Highschool, als seine Eltern ihm Hausarrest aufgebrummt und ihn damit von der größten Party des Jahres ferngehalten hatten. Warum ihm ein versäumtes Treffen mit Davy so ein Gefühl gab, wusste er nicht genau. Vielleicht lag es daran, dass er außerhalb der Familie ziemlich wenig Energie in ernsthafte Freundschaften investierte und ihm deshalb die mit Davy umso mehr bedeutete.

Während er dort so stand, kam Kurt ein anderer Gedanke: Vielleicht befand sich Davy im Garten. Er hatte den wilden Dschungel schon ein paar Mal vom Küchenfenster aus gesehen, sich aber nie dazu geäußert – Davy hatte bisher andere Sorgen als den Zustand seines Gartens gehabt. Ob er jetzt endlich beschlossen hatte, sich darum zu kümmern?

Bei Bens offensichtlicher Paranoia überraschte ihn der hohe, blickdichte Zaun nicht. Das weit offene Gartentor dagegen schon. Die Rasenfläche dahinter war um einiges größer, als er erwartet hatte. Häuser so dicht am Stadtkern hatten selten ein derart großes Grundstück. Laut Davy hatten sie das Haus nach dem ersten Jahr ihrer Beziehung gekauft und im Gegensatz zu vielen Nachbarn lieber

48

einen größeren Garten behalten, anstatt das Haus abzureißen und es durch ein viel größeres zu ersetzen. Kurt war über diese Entscheidung froh: Davys Haus besaß wesentlich mehr Charakter als die riesigen Neubauten.

Auf der Veranda standen ein Tisch und vier Stühle, deren Schmutzschicht verriet, wie lange sie nicht mehr benutzt worden waren. Hinter dem Rasen begann der Dschungel, doch genau auf der Grenze sah Kurt eine große grüne Plastiktonne neben einem Turm ineinandergestellter verwitterter Holzkörbe. Kurt ging darauf zu und entdeckte Davy, der mit einem halb vollen Korb an seiner Seite zwischen unzähligen Reihen von Tomatenpflanzen kniete. Sein Rücken war Kurt zugewandt und seine Schultern bebten.

Vertrocknete Blätter knirschten unter seinen Füßen, als Kurt um die Tonne herumging. Davy hörte es und er versteifte sich, drehte sich zu Kurt um.

„Großer Gott, Davy, was ist denn hier passiert?" Beim Anblick von Davys mit roter Flüssigkeit verschmiertem T-Shirt raste sein Puls und er griff erneut nach seiner nicht vorhandenen Waffe. Er warf sich vor Davy auf die Knie, um ihn sich näher anzusehen. „Wo blutest du?"

Davys Augen blitzten auf, bevor er ein wässriges Schniefen von sich gab. „Das ist nur Tomatensaft."

Oh. Tomatensaft. Kurts Wangen röteten sich, nahmen wohl ungefähr die Farbe der runden, reifen Tomaten in Davys Korb an. Er spürte etwas Kühles, Feuchtes an seinen Knien und schaute nach unten, nur um festzustellen, dass er in zermatschten, überreifen Tomaten kniete. Igitt.

„Und machen dich Tomaten immer so fertig?" Zugegeben, sie fühlten sich ziemlich widerlich an. Weinen war vielleicht keine schlechte Idee. Aber jetzt musste er sich auf Davy konzentrieren. Er hatte ihn schon lange nicht mehr so unglücklich gesehen und es versetzte seinem Herzen einen Stich, als wäre es seine Schuld. Andererseits schien es normal zu sein, unter einem solchen Verlust vor allem im ersten Jahr noch sehr zu leiden. Bei Davy waren es erst drei Monate, da durfte er wohl keine Wunder erwarten.

„Ich schaffe es nicht. Ich schaffe es einfach nicht."

„Was schaffst du nicht?" Davy machte ihm Angst. Er hätte sich nie verziehen, wenn Davy sich in diesen ersten schweren Tagen etwas angetan hätte und jetzt … War seine Verzweiflung etwa so heftig zurückgekehrt?

„Das hier. Ben hat diesen dämlichen Garten geliebt, aber ich weiß verdammt noch mal nicht, was ich damit machen soll." Die Verbitterung in Davys Stimme war genauso schockierend wie seine Flüche. Er fluchte fast nie. „Erst habe ich ihn ignoriert. Ich wollte ihn nicht sehen. Ben hat die hier angepflanzt, am Wochenende bevor er … bevor er …"

Kurt nickte. Davy musste es nicht laut aussprechen. „Und? Kannst du sie nicht einfach pflücken?"

„Ben pflückt … hat sie immer gepflückt. Ich habe sie für Kohlrouladen mit Tomatensoße benutzt, nach einem Rezept seiner Mutter, und die Reste eingefroren.

Aber weil ich dieses Jahr nicht rauskommen wollte, habe ich zu lange gewartet. Riechst du das nicht?"

Kurt schnupperte und nahm tatsächlich einen unangenehm süßlichen Duft wahr. Verfaulte Tomaten. Er schaute sich genauer um und erkannte zum ersten Mal das tatsächliche Ausmaß des Tomatenbeetes. Pflanzen über Pflanzen, deren Zweige vom Gewicht der Früchte teilweise bis auf den Boden herabhingen. Scheiße. Ben musste Tomaten wirklich geliebt haben ... oder Kohlrouladen. Gott.

„Ich habe versucht, sie zu pflücken, aber es ist mir einfach zu viel. Und wie soll ich sie alle loswerden?" Davys Stimme wurde lauter, beinahe schrill vor Verzweiflung.

„He, beruhig dich."

„Das sagst du immer!" Davy schleuderte ihm eine weiche Tomate entgegen, die mit einem lauten Platschen auf seinem T-Shirt zerplatzte. Nicht verfault, nur sehr, sehr reif. Trotzdem ... Kurt zog eine Augenbraue hoch und streckte seinerseits die Hand nach einer Tomate aus. Davys Mund formte sich vor Überraschung zu einem „O", bevor er von Kurts Vergeltungstomate getroffen wurde. Kurt lachte. Davy bedachte ihn mit einem bösen Blick, warf sich aber zur Seite und bewaffnete sich mit zwei frischen Tomaten. Kurt ließ sich von ihm treffen, bevor er sich bückte und mehrere Tomaten aufhob, um sie auf Davy zu werfen, der auszuweichen versuchte.

So ging der Gemüsekampf noch einige Minute weiter, bis sie schließlich keuchend auf dem Boden lagen. Davy wirkte viel entspannter, auch wenn sein Gesicht und Körper völlig mit rotem Saft und Tomatensamen bedeckt waren. Kurt sah nicht viel besser aus.

„Kannst du irgendwas mit den Tomaten anfangen? Die reifen könnte meine Mutter nämlich bestimmt im Finn's gebrauchen." Er wollte bei Davy nicht wieder schlechte Stimmung auslösen, aber an seinem ursprünglichen Problem hatte sich nichts geändert. Es wäre nicht gut, so viele Tomaten einfach verrotten zu lassen.

„Magst du Kohlrouladen?", fragte Davy schüchtern.

„Ich liebe sie sogar." Kurt mochte so ziemlich alles, was essbar war, Kohlrouladen eingeschlossen, und im Moment hätte er zu allem ja gesagt.

„Dann behalte ich vielleicht ein paar."

Kurt zerrte den halb vollen Korb bis zur Küchentür. „Also gut, dann kümmere ich mich um den Rest und du duschst dich und machst Kohlrouladen."

„Abgemacht." Davy schenkte ihm dieses Beinahelächeln. Eines Tages würde Kurt von ihm ein richtiges sehen und vor Schreck tot umfallen.

Kurt pflückte stundenlang Tomaten. Die reifen kamen in die Körbe, die überreifen in die Komposttonne. Anschließend lud er die Körbe in sein Auto und stellte die Tonne an den Straßenrand. Für den Kompostabfall war es eigentlich noch ein paar Tage zu früh, aber bei seinen momentanen Arbeitszeiten war er nicht sicher, ob er vorher noch einmal bei Davy sein würde. Die Tonne war verdammt schwer und er wollte nicht, dass Davy sich daran verletzte.

Als er das Haus betrat, schlug ihm der Duft von gebratenem Fleisch, Kohl und Tomatensoße entgegen und überdeckte den unangenehmen Geruch seiner Kleidung.

„Das riecht toll, Davy. Hast du was dagegen, wenn ich deine Dusche benutze?"

Davy kam mit Topfhandschuhen an den Händen aus der Küche und betrachtete die Tasche in Kurts Hand. „Du hast Sachen zum Wechseln mitgebracht?"

Er zuckte mit den Schultern. „Ich habe ziemlich früh an einem sehr unschönen Tatort gelernt, niemals aus dem Haus zu gehen, ohne wenigstens eine Jogginghose und ein T-Shirt mitzunehmen." Mann, das war echt übel gewesen. Er hatte schon geglaubt, den Gestank von verwestem Fleisch nie wieder aus seinem Auto zu bekommen – selbst die kurze Fahrt zum Revier hatte ausgereicht, um ihn von seiner Kleidung auf die Polster zu übertragen. Er hatte für den Rest des Winters mit offenem Fenster fahren müssen.

Davy öffnete den Mund, als wollte er eine Frage stellen, schien es sich dann aber anders zu überlegen. Zum Glück. Es war keine schöne Geschichte und er wollte sie bei diesen fantastischen Essensdüften nicht um ihren Appetit bringen.

„Dusche?", fragte er noch einmal.

„Oh, natürlich. Die Dusche ist im Bad neben dem Schlafzimmer und Handtücher findest du im Flurschrank."

KURT HOLTE sich Handtücher und betrat das Badezimmer. Als er gefragt hatte, war ihm nicht mehr klar gewesen, dass er zur Dusche nur durch Davys Schlafzimmer kam. Aber egal, er duschte nicht zum ersten Mal in einem fremden Haus.

Als er sich auszog, achtete er darauf, dass seine schmutzige, schweißdurchtränkte Kleidung nur die Fliesen und nicht etwa die weiße Bademate oder den Duschvorleger berührten. Warum musste hier bloß alles weiß sein? In der Küche und im Badezimmer sah es wie im Krankenhaus aus und auch der Rest des Hauses war geradezu aggressiv neutral gehalten.

Er stellte sich unter den warmen Wasserstrahl. Der Wasserdruck war perfekt. Er hatte sich beim Duschen nicht mehr so wohlgefühlt, seit ... Wann war er zuletzt im Urlaub gewesen? Vor zwei Jahren? Drei Jahren? Jedenfalls seit seinem letzten Hotelaufenthalt. Bei seinen Eltern war der Wasserdruck schon immer mies gewesen und in seiner eigenen Wohnung nur geringfügig besser – und das auch nur, wenn er dann duschte, wenn sich nicht gerade auch alle anderen für die Arbeit fertig machten.

Hoffentlich hatte Davy einen großen Warmwasserspeicher. Kurt sah sich nach einem Stück Seife um, fand aber keines. Stattdessen hatte Davy eine Flasche Duschgel, dessen Marke er nicht kannte – nicht, dass er in der Hinsicht Experte war. Für ihn war Seife eben Seife.

Als er die Flasche öffnete, entstieg ihr ein frischer Zitrusduft. Er seifte sich ein, überrascht davon, wie sehr er den Geruch mochte. Nicht feminin, wie er anfangs befürchtet hatte – und eigentlich sollte er sich für solche Gedanken schämen. Davy war schwul, nicht feminin. Kurt benutzte das Duschgel ebenfalls für seine Haare, ohne nach Shampoo zu suchen. Bei seinen kurzen Haaren spielte es keine Rolle.

Bald stellte Kurt fest, dass ihm der Duft mehr als nur gefiel: Sein Schwanz regte sich. Vielleicht war es auch nur eine automatische Reaktion, weil er sich in der Dusche oft einen runterholte – obwohl er es eigentlich nie in fremden Duschen tat. Noch nicht einmal bei den Frauen, mit denen er sich getroffen hatte. Kurt betrachtete das Label des Duschgels. Zitronengras. Tja, in seinem thailändischen Essen mochte er das sehr, aber eine Erektion hatte er davon noch nie bekommen. Wohl doch die Gewohnheit. Er säuberte sich zügig, denn er würde seinen Bedürfnissen ganz bestimmt nicht in Davys Dusche nachgeben.

Nachdem er seine Dusche beendet hatte, trocknete er sich mit den mitgebrachten Handtüchern ab und schaute sich im Badezimmer um.

Mist.

Er schlang sich eines der weißen Handtücher – ebenfalls Hotelqualität – um die Hüften, öffnete die Badezimmertür einen Spalt weit und spähte hinaus.

Verdammter Mist. Er hatte seine Wechselkleidung tatsächlich im Flur vergessen. Und die schmutzige würde er auf keinen Fall auch nur in die Nähe seiner sauberen Haut lassen.

Er trat in den Flur hinaus und schnappte sich seine Tasche.

„Bist du fertig?", rief Davy.

Kurt fuhr die Tasche umklammernd herum, als Davy aus der Küche kam.

Davy riss die Augen auf. „Ähm, anscheinend noch nicht", sagte er.

„Ich habe meine Sachen hier vergessen. Bin gleich zurück." Ohne Davy anzusehen, verließ er mit hocherhobenem Kopf und roten Ohren den Flur.

Zurück im Badezimmer sah er sein Spiegelbild und stöhnte. Das eng anliegende Handtuch überließ nichts der Fantasie und seine nackte Brust glänzte feucht. Er hatte nach dem Sport oder der Arbeit schon öfter in der Gegenwart anderer Männer geduscht oder sich umgezogen, aber halb nackt im Haus eines schwulen Mannes herumzustolzieren, gehörte sich einfach nicht, vor allem, da seine Erektion sich noch nicht wieder ganz beruhigt hatte. Andererseits schien Davy es nicht als billige Anmache betrachtet zu haben, also machte er sich vielleicht nur zu viele Gedanken. Wahrscheinlich hatte Davy es überhaupt nicht schlimm gefunden.

Fertig angezogen steckte er seine schmutzigen Kleider in eine Plastiktüte und verstaute sie in seiner Tasche. Mit einem letzten tiefen Atemzug unterdrückte er seine Verlegenheit und betrat die Küche, um mit Davy zu essen.

KURT LEHNTE sich mit dem Bauch voller Kohlrouladen auf seinem Stuhl zurück. „Davy, das war einfach fantastisch. Ich weiß, dass du dieses tolle Chemiediplom hast, aber hast du schon mal darüber nachgedacht, Koch zu werden?"

Davys Wangen röteten sich. Das musste ein Volltreffer gewesen sein. „Ja, schon. Aber ich weiß nicht, ob es mir Spaß machen würde, für so viele Fremde zu kochen. Außerdem sind die Arbeitszeiten grauenhaft."

Das stimmte. Vielleicht sogar noch schlimmer als die eines Polizisten. „Tja, ich begehe nur ungern Essensflucht, aber die Tomaten werden in meinem warmen Auto nicht besser. Ich muss sie ins Kühle bringen."

Davy folgte ihm bis zur Tür. „Das mit dem Spiel – den Spielen – tut mir leid."

„Mach dir nichts draus, das hier war wichtiger." Kurt streckte sich, spürte seine Muskeln protestieren. Vielleicht hätte es nicht unbedingt alles an einem Tag sein müssen. „Es wird noch andere Spiele geben." Und es war schön, jemandem helfen zu können, anstatt sich wegen seines Unfalls so furchtbar zerbrechlich vorzukommen.

„Tschüss, Davy." Er beugte sich instinktiv ein Stück vor, fast als wollte er Davy küssen. Moment mal. Er verließ hastig das Haus. Davy hatte nicht überrascht oder schockiert gewirkt, also hatte er die winzige Bewegung vielleicht nicht bemerkt. Zumindest hoffte Kurt das.

Als er ins Auto gestiegen war, drehte er die Klimaanlage auf und saß ein paar Sekunden lang einfach nur da, während sich die Luft um ihn herum abkühlte. Was war bloß mit ihm los? Warum zum Teufel hatte er beinahe Davy geküsst? Nicht richtig geküsst, mit Zunge oder so, sondern nur ein Abschiedsküsschen, aber trotzdem … Er hatte vorher noch nie daran gedacht, Davy – oder irgendeinen anderen Mann – zu küssen, aber irgendwas an dem Moment erinnerte ihn an seine Eltern. Er hätte Davy fast ein Küsschen zum Abschied gegeben, wie sein Vater es immer bei seiner Mutter tat. Verdammt seltsam. Doch wenn Davy es nicht bemerkt hatte, würde Kurt ihn lieber nicht darauf ansprechen. Es musste ein durch seine Erschöpfung hervorgerufener gedanklicher Aussetzer gewesen sein.

Er war wirklich verdammt müde. Nachdem er sein Handy herausgekramt hatte, drückte er die Kurzwahltaste für das Finn's. „Hallo Mom", sagte er, als sie sich meldete.

„Hallo, Schatz. Wie geht es dir? Wir haben dich seit Tagen nicht gesehen. Kommst du vorbei? Willst du was essen?"

Oh Gott, bloß nichts mehr zu essen. Nicht jetzt und vielleicht auch nicht in den nächsten paar Tagen. Er hatte mehr Kohlrouladen gegessen, als gut für ihn war – sie waren eben einfach so verdammt lecker gewesen. Wie war es Ben gelungen, bei diesem Essen nicht zu einem fetten, faulen Polizisten zu werden?

„Nein, Mom, ich brauche nichts mehr. Aber ich habe …" Kurt schaute in den Rückspiegel, um zu zählen. Er hatte sogar die Rückbank umklappen müssen. „Acht große Körbe Tomaten. Glaubst du, du kannst sie gebrauchen? Sie sind schon ziemlich reif."

Wenn nicht, würde er sie irgendwo entsorgen. Er würde sich für Davy darum kümmern.

„Wie in aller Welt kommst du an so viele Tomaten?"

„Ich habe einem Freund bei der Gartenarbeit geholfen und er wusste nicht, was er damit anfangen sollte."

„Sind sie denn gut?"

In den richtigen Händen sogar sehr. „Ja. Ich habe gerade bestimmt einen halben Korb davon gegessen."

Seine Mutter lachte. „Na gut, dann plane ich einfach ein bisschen um, was die Tagesgerichte nächste Woche betrifft. Bring sie her."

Kurt ließ das Auto an und fuhr mit einem letzten Blick auf Davys Haus los.

7

„HI, KUMPEL. Schön, dass du da bist." Simon öffnete die Tür und ließ Kurt eintreten. Seit Simon ihm mitgeteilt hatte, Jen habe auch viele andere Leute eingeladen, darunter ein paar Singlefrauen von der Arbeit, hatte Kurt darüber nachgedacht abzusagen. Doch auch wenn Simon ihm nicht böse gewesen wäre, hätte er Jen gegenüber ein schlechtes Gewissen gehabt. Nach fast drei Monaten der Zusammenarbeit hatte Simon aufgehört, ihn zu fragen, ob er eine Begleitung zu den ruhigen wöchentlichen Treffen mitbringen wollte, während Jen anscheinend immer noch vorhatte, eine Partnerin für ihn zu finden.

Ein Gemisch weiblicher Stimmen drang an Kurts Ohren und sein Puls beschleunigte sich. Jetzt wünschte er, er hätte Ian oder Davy mitgebracht, um ein bisschen Unterstützung zu haben. Was eigentlich ziemlich albern war, denn so etwas brauchte er sonst nie. Doch der beunruhigende kleine Zwischenfall an Davys Haustür vor ein paar Wochen hatte ihn davon überzeugt, dass er dringend Sex brauchte. Nicht, dass er besonders große Lust auf ein Date verspürte, aber er musste mal wieder Zeit mit einer Frau verbringen.

Jen winkte ihm vom Tisch mit dem Knabberzeug aus zu. Kurt näherte sich lächelnd. Nach einer kurzen Umarmung machte Jen ihn mit einer perfekt gestylten, blonden Frau bekannt.

„Kurt, ich würde dir gern eine Freundin von der Arbeit vorstellen. Tiffany, das ist Kurt."

Tiffanys Lächeln zeigte gepflegte, weiße Zähne, erinnerte Kurt jedoch ein bisschen an einen Tierfilm über Löwen, den er vor Kurzem gesehen hatte. Furcht machte sich in Kurt breit, doch er zwang sich, das Lächeln zu erwidern. Tiffany war hübsch, gut gebaut und Jen schien sie zu mögen. Außerdem hatte er einen Vorsatz gefasst. Er atmete tief durch und bemühte sich um ein Gesprächsthema, während Jen sie allein ließ.

„UND, WIE ist es mit Tiffany gelaufen?", fragte Simon grinsend, als er sich am Montagmorgen an den Schreibtisch gegenüber setzte. Kurt warf Christa einen verstohlenen Blick zu. Sie schien nichts gehört zu haben. Nachdem Ian ihn darauf hingewiesen hatte, war ihm aufgefallen, dass sie den Gesprächen über seine Verabredungen – oder den Mangel daran – ausgesprochen viel Aufmerksamkeit schenkte. Also zuckte er mit den Schultern und wechselte lieber das Thema. „Komm, wir werden an einem Tatort gebraucht."

„Oh, sag das doch gleich. Du hättest mich anrufen können, dann wäre ich direkt hingekommen."

„Ich habe es selber gerade erst erfahren, also wollte ich lieber hier auf dich warten."

„Ach so, dann lass uns gehen."

Als sie vom Parkplatz fuhren, räusperte Simon sich.

„Hör zu, ich wollte nicht zu neugierig sein. Es geht mich eigentlich nichts an … und Jen auch nicht." Sein verlegener Blick wirkte bei einem so großen, imposanten Mann beinahe komisch.

„Nein, kein Problem. Ben hat mir nur nie Fragen zu meinen Dates gestellt." Oder zu irgendetwas anderem, das nicht mit der Arbeit zu tun hatte. Aber Simon musste nicht wissen, wie sehr ihn das noch immer belastete. Und Ben hätte ganz bestimmt nie versucht, ihn zu verkuppeln. „Außerdem hat mir mein Bruder gesagt, dass Christa, na ja, auf mich steht."

Simon warf ihm einen Blick zu. „Oh, Mann. Warum hast du mir nicht gesagt, dass du und Christa …"

„Nein, zwischen uns ist nichts." Gott, was für ein peinliches Gespräch. „Beziehungen laufen bei mir selten gut und ich möchte nicht das Risiko eingehen, dass es ein böses Ende nimmt und wir trotzdem zusammenarbeiten müssen. Aber sie hört sehr genau zu, wenn es um mein Liebesleben geht, also muss so ein Gespräch vor ihr nicht sein, sonst verletzt es sie noch."

„Das ist sehr rücksichtsvoll. Aber es tut mir leid, dass aus dir und Tiffany nichts geworden ist."

„Wenn du das schon weißt, wieso fragst du dann?" Gott, hatte Tiffany etwa jedes peinliche Detail ausgeplaudert? Er hatte sich noch nie so gedemütigt gefühlt.

Simon lachte. „Als Detective bin ich nur gut im Kombinieren. Wenn es mit ihr geklappt hätte, wärst du jetzt bestimmt optimistischer, was Beziehungen angeht. Na ja, Tiffany ist sowieso nicht mein Fall – sie kann ein bisschen überwältigend sein. Aber ich dachte, sie wäre dein Typ gewesen, weil ihr euch sofort verabredet habt."

Nein, eigentlich war sie nicht sein Typ, aber bei Frauen konnte er schwer Nein sagen. Lag das daran, dass er mit dem Durchsetzungsvermögen seiner Mutter und seiner Schwestern aufgewachsen war? Oder wollte er es sich nur leicht machen?

„Aber keine Sorge, du musst nicht darüber reden. Ich verstehe das."

Plötzlich wurde ihm bewusst, wie verschlossen er auf Simon wirken musste. Er wollte auf keinen Fall wieder in einer unangenehmen, unpersönlichen und – das konnte er sich mittlerweile eingestehen – nicht sehr freundschaftlichen Partnerschaft landen.

„Simon, ich bin einfach noch ziemlich fertig."

Simon runzelte die Stirn und schien nicht sicher zu sein, was Kurt meinte. Zugegeben, genauso hätte Kurt in seiner Jugend wahrscheinlich von einem schlimmen Kater gesprochen.

„Entschuldige, das sollte ich wohl näher erklären. Ich weiß nicht, was Inspector Nadar dir alles über die Sache mit Ben gesagt hat, aber ich war froh, dass ich es dir nicht selbst erzählen musste. Ich meine, ich war nach seinem Tod ein paar Mal beim Therapeuten – das war ja sowieso vorgeschrieben –, aber es gab da so einiges, worüber ich noch nicht sprechen konnte."

Das Auto kam zum Stehen. Waren sie schon angekommen?

Dunkelbraune Augen betrachteten ihn ernst und mitfühlend – sehr ungewohnt bei seinem immer gut gelaunten Partner. „Tja, erst die Arbeit. Aber keine Sorge, heute Abend gehen wir ein Bier trinken und dann können wir weiterreden. Dir geht es nicht gut und ich möchte nicht, dass mein Partner und Freund so unglücklich ist."

Kurt bekam Magenschmerzen. Er wollte nicht weiterreden. Allerdings würde Simon es jetzt bestimmt nicht mehr auf sich beruhen lassen – sein neuer Partner konnte verdammt stur sein. Und er redete gerne. Und viel.

DIESMAL HATTEN sie um eine erträgliche Zeit Feierabend gehabt und Kurt folgte Simon jetzt widerstrebend in ihre neue Lieblingskneipe, die Beer Bar. Mit Ben hatte Kurt nie etwas getrunken, aber mit anderen Kollegen schon, sodass er einige Bars in der Umgebung kannte. Diese hier hatte Simon am besten gefallen. Irgendwann musste er Simon mit ins Finn's nehmen – das würde er lieben.

Anstatt sich an den Tresen zu quetschen, der einem den besten Blick auf die Fernsehbildschirme bot, bestellte Simon ihnen Bier und bahnte sich zwischen den Tischen hindurch einen Weg bis zu einer Nische im hinteren Teil.

„Ist es dir hier recht, um ein bisschen zu reden?"

Kurt setzte sich auf die Bank. „Klar, danke."

Eine Zeit lang saßen sie nur schweigend da und Kurt zeichnete mit dem Finger Muster in das kondensierte Wasser auf seinem Glas. Simon drängte ihn nicht.

Fang einfach vorne an, sagte seine Mutter oft. Und nach einem letzten tiefen Atemzug tat er genau das. „Mit Ben habe ich mich nie privat getroffen. Er hat mich weder nach meinem Liebesleben noch nach meiner Familie gefragt. Wir haben nie zusammen gegessen, wenn es nicht während der Arbeitszeit war. Und ich habe nie darüber nachgedacht, sondern es nur für eine etwas ungewöhnliche Freundschaft gehalten. Ben war ein guter Polizist. Er hat mir viel beigebracht. Aber nach seinem Tod ist mir klar geworden, dass ich ihn überhaupt nicht kannte. Wir waren keine Freunde und ich habe einiges herausgefunden, das mich daran zweifeln lässt, ob ich ihn privat überhaupt gemocht hätte."

Kurt trank von seinem Bier, ohne Simon anzusehen. Was dachte dieser jetzt wohl über Kurt? Allein die Worte auszusprechen, war ihm wie ein Verrat an Ben vorgekommen. Er hasste dieses Gefühl.

Simon seufzte und Kurt wagte einen kurzen Blick in seine Richtung. Sein Gesicht war kein bisschen vorwurfsvoll.

„Das tut mir leid, Kurt. Man kann nicht immer gut mit seinem Partner auskommen, aber ich glaube, bei uns passt es besser. Auch wenn Ben vielleicht ein guter Polizist war, gibt es genug gute Polizisten, die nicht unbedingt gute Menschen sind. Dafür solltest du dich nicht verantwortlich fühlen."

„Aber ... aber ... ich komme mir so treulos vor." Er senkte wieder den Blick.

„Hast du denn noch nie erlebt, dass sich jemand versetzen ließ? Oder um einen neuen Partner gebeten hat? Man kann sich nicht mit jedem Menschen gut verstehen. Warum machst du dir deswegen Vorwürfe? Ich habe nichts Schlechtes über Ben gehört, was bedeutet, dass du niemandem von deinen Problemen mit ihm erzählt hast – obwohl das wahrscheinlich besser gewesen wäre. Deine Loyalität ist also eher ungewöhnlich groß. Deshalb ist das alles auch so schmerzhaft für dich."

Tatsächlich? Ein Teil seiner Anspannung fiel von ihm ab. „Ähm, danke", murmelte er.

„Und scheue dich nie, mir irgendetwas zu erzählen – von mir wirst du wahrscheinlich noch mehr zu hören kriegen, als dir lieb ist. Ich möchte nämlich mit meinem Partner befreundet sein. Ich würde sogar sagen, das sind wir schon."

Kurt entspannte sich noch ein bisschen mehr. Er nahm einen langen Schluck von seinem Bier.

„Also, willst du über Tiffany reden?"

Oh Gott, Tiffany. Am liebsten wäre es ihm gewesen, wenn nie jemand davon erfahren hätte, aber er wusste nicht, mit wem er sonst darüber reden konnte. Die Sache mit Ben belastete ihn mehr, als er gedacht hatte, und er hatte alles zu lange in sich hineingefressen. Selbst wenn er Lust auf die Sprüche seiner Brüder gehabt hätte, war er einfach nicht mehr daran gewöhnt, sich ihnen anzuvertrauen, da er es so lange nicht mehr getan hatte – vielleicht hatte seine Partnerschaft mit Ben ihn auch im Privaten beeinflusst. Scheiße. Hätte Ben noch gelebt, hätte Kurt ihm vielleicht sogar eine reingehauen. Jedenfalls wollte er mit den anderen Jungs vom Revier ebenfalls nicht darüber reden und bei Davy war er nicht sicher, ob dieser ihm weiterhelfen konnte.

Also hob er eine Schulter und sagte, ohne Simon in die Augen zu schauen: „Wir sind zu ihr gegangen, um Sex zu haben. Aber ich ... ich konnte nicht."

„Du wolltest keinen One-Night-Stand? Das ist doch nicht schlimm."

„Nein, ich meine ... ichhabkeinenhochgekriegt." Er sprach es so schnell aus, dass es kaum zu verstehen war. So klang es weniger schlimm. Natürlich wusste er, dass so etwas passieren konnte, aber er hatte noch nie ein Problem damit gehabt.

„Was ...? Oh ...", sagte Simon, nachdem er sich Kurts Worte zusammengereimt hatte. „Tja, das kommt eben vor."

Mann, er war so ein Versager. „Ach ja? Bei dir auch?"

„Einmal, als ich so richtig betrunken war."

Natürlich. Kurt verzog das Gesicht. Leider hatte er diese Ausrede nicht. Er hatte an dem Abend weniger getrunken als jetzt, denn Tiffany hatte ihn möglichst schnell in ihr Bett kriegen wollen. Leider hatte sich dort von seiner Seite nichts geregt.

„Andererseits könnte mir das bei Tiffany vielleicht auch passieren. Sie kann einem echt auf die Nerven gehen."

Simons Versuch, ihn aufzuheitern, brachte Kurt zum Lächeln.

„Also nichts? Kein bisschen?", hakte Simon nach einem Schluck Bier nach.

Kurt schüttelte den Kopf.

„Warum bist du dann überhaupt mit ihr ausgegangen? Wie gesagt, sie sieht zwar gut aus, kann aber ziemlich anstrengend sein."

„In letzter Zeit hat sich da bei mir so wenig getan, dass ich es einfach mal wieder wollte."

Simon wirkte nachdenklich. „Und wann hat sich das letzte Mal … etwas bei dir getan?"

Das letzte Mal? Beim Sex lohnte sich im Vergleich zu seiner eigenen Hand oft nicht der Aufwand. Aber selbst seine Hand hatte er nicht mehr benutzt, seit … seit … „Noch vor Bens Tod." Oh, verdammt. Das waren fast vier Monate. Erst hatte er es auf die Schmerzmittel geschoben, aber die nahm er jetzt schon seit Wochen nicht mehr. Das einzige Mal, dass er überhaupt etwas gespürt hatte, war in Davys Dusche gewesen. Vielleicht hätte er die anscheinend seltene Gelegenheit doch nutzen sollen.

Simon nickte, als hätte er sämtliche Geheimnisse des Universums entschlüsselt. „Ich bin ja kein Experte, aber Trauer kann sich bei jedem anders auswirken. Das Interesse an … ähm … Sex zu verlieren gehört bei dir vielleicht einfach zum Heilungsprozess dazu. Wenn du jetzt schon wieder daran denkst und es auch willst, wird es sich bestimmt bald bessern. Mach dir keinen Stress. Und ich sage Jen, sie soll eine Verkupplungspause einlegen. Ich glaube, sie hat eine ganze Liste mit Frauen."

Tja, das war vermutlich das peinlichste Gespräch, das er je geführt hatte – und Simons geröteten Wangen nach zu urteilen, ging es ihm nicht anders. Aber er fühlte sich besser. Er war beinahe gestorben und hatte einige beunruhigende Entdeckungen in Bezug auf sich und seinen Partner gemacht, während da im Hintergrund das ständige Wissen war, dass Bens Mörder sich noch auf freiem Fuß befand. Sich zusätzlich wegen seines Liebeslebens unter Druck zu setzen, machte alles noch schlimmer. Simon hatte recht. Es würde sich bald bessern und er konnte sich noch Zeit lassen, bevor er sich wieder zu den Haien in den Ozean der Datingwelt stürzte.

„Danke, Mann. Mir geht's schon besser."

„Gut. Willst du dir Donnerstag bei uns das Spiel ansehen? Ich verspreche auch, dass es nur du, ich und Jen sein werden."

„Nein danke, ich habe schon Pläne. Aber ich weiß das Angebot zu schätzen."

Er war schon zu lange nicht mehr dazu gekommen, sich mit Davy ein Spiel anzusehen und dabei richtig zu entspannen. Trotz seiner seltsamen Reaktionen der letzten Zeit fühlte er sich in Davys Haus wohl und war gern dort – und er vermisste seinen Freund.

Simon hielt sein Glas hoch und Kurt stieß es mit seinem an. Begleitet von weniger persönlichen Gesprächsthemen tranken sie ihr Bier aus.

KURT BRACHTE auch diesmal Snacks mit, während Davy mit einigen aufgetauten Kohlrouladen für das Abendessen sorgte. Sie waren gerade mit dem Essen und Geschirrspülen fertig, als das erste Inning begann.

Davy kauerte sich mit angezogenen Beinen auf dem Sofa zusammen.

„Ist dir kalt? Wenn du die Heizung nicht anstellen willst, hol dir doch einfach eine Decke."

Ohne zu antworten, kletterte Davy vom Sofa und verschwand in einem der Schlafzimmer. Wenige Sekunden später kehrte er mit einem knallbunten Quilt zurück, den Kurt aus seinem Versteck im Schrank wiederzuerkennen glaubte.

Der sterile Raum wurde plötzlich von einer Wärme erfüllt, die nichts mit der Temperatur zu tun hatte. Davy musste es ebenfalls gespürt haben, denn er grinste ihn an.

„Feuerst du wieder die Jays an?", fragte er Kurt.

„Natürlich, warum?" So lebhaft, wie Davy wirkte, würde er heute vielleicht sogar das ganze Spiel hindurch wach bleiben.

„Weil ich heute für die Yankees bin."

Kurt presste eine Hand auf seine Brust, als wäre er tödlich verwundet worden. „Warum? Warum sagst du nur so etwas Grausames?"

Davys herausfordernder Blick verlor durch die bunte Decke an Wirkung, sodass er eher wie ein freches Kind wirkte. Auch das Schulterzucken war kaum zu sehen. „Keine Ahnung, sie sind einfach besser."

„Sind sie nicht."

Davy rollte die Augen. „Natürlich sind sie das." Na gut, jetzt war Davy einfach trotzig. Was Kurt nicht daran hinderte, sich provozieren zu lassen.

„Okay, worum wetten wir?"

„Der Verlierer ist den ganzen nächsten Monat für das Bier zuständig."

„Abgemacht."

Kurt hatte noch nie so viel Spaß dabei gehabt, mit einem Fan der gegnerischen Mannschaft ein Spiel anzuschauen. Immer wenn die Yankees bei etwas Erfolg hatten, rechnete Kurt beinahe damit, dass Davy ihm die Zunge herausstreckte. Er hatte schon vorher hin und wieder Davys spielerische Natur aufblitzen sehen, aber der Tomatenschlacht und dieser Wette nach zu urteilen, kehrte seine Lebhaftigkeit jetzt mit aller Macht zurück.

In der zweiten Hälfte des neunten Innings erzielten die Yankees drei Runs und gewannen, woraufhin Davy den Quilt von sich warf und aufsprang.

„Ha! Ich hab's dir ja gesagt." Obwohl Davys Siegestanz zum Totlachen war, unterbrach Kurt ihn, indem er sich auf ihn warf, wie er es bei einem seiner Brüder getan hätte.

Davy gab einen überraschten Laut von sich und seine weit aufgerissenen Augen wirkten verängstigt, während sein Körper sich verspannte. Bis Kurt lachte und ihm durchs Haar wuschelte. Er ließ Davy los und stützte sich auf die Unterarme, um auf ihn herabzuschauen.

„Na gut, du hast gewonnen", sagte Kurt gespielt beleidigt.

„So gehst du mit deinen Brüdern um?"

„Klar, wenn sie es einfach wagen, zu einem anderen Team zu halten. Aber sie setzen sich besser zur Wehr", antwortete er grinsend. Bei drei älteren Brüdern hatte er wohl mehr Raufereien miterlebt als andere. Und seine drei älteren Schwestern hatten ihm schmutzige Tricks beigebracht. Das schien bei Sandra und Davy anders gewesen zu sein.

Davy lachte ein wohlklingendes, fröhliches Lachen. Neben seinem Mund zeigten sich bezaubernde kleine Einbuchtungen. Wie konnte es sein, dass er in dieser langen Zeit noch nie Davys Grübchen gesehen hatte?

Kurts Schwanz regte sich und er zog überrascht die Augenbrauen hoch. Möglichst unauffällig erhob er sich zügig und verschwand mit erzwungener Gelassenheit in Richtung Badezimmer. Dort angekommen betrachtete er sich im Spiegel, bevor er seinen Blick zu seiner Hose hinunterwandern ließ. Was zum Teufel sollte das? Na gut, er hatte beim Sport auch schon früher mal einen Steifen bekommen. Das konnte bei so viel Adrenalin vorkommen. Aber musste sein Schwanz gerade dann wieder zum Leben erwachen, wenn er einen anderen Mann auf den Boden drückte? Andererseits war jetzt vielleicht einfach der richtige Zeitpunkt gekommen und alles hätte ihn dazu bringen können. Ein bisschen wie eine zweite Pubertät, aber halb so wild.

Nachdem er gespült und sich die Hände gewaschen hatte, ging er ins Wohnzimmer zurück. Davy hatte es sich wieder auf der Couch gemütlich gemacht, nachdem er ihnen frisches Bier geholt und zu einem der Westküstenspiele umgeschaltet hatte.

Nichts hatte sich geändert. Mit einem Seufzer der Erleichterung ließ er sich auf das Sofa fallen. Leider hielt der Frieden nur wenige Minuten an, denn schon bald klingelte sein Handy. Verdammt, die Arbeit.

„Ich muss los, Davy."

Davy nickte und blieb in seine Decke gekuschelt sitzen. Er wusste, dass Kurt die Tür sicher hinter sich verschließen würde.

„Pass auf dich auf."

Kurt fragte sich nicht zum ersten Mal, ob er mit diesen Worten auch Ben zum Dienst verabschiedet hatte.

GOTT, DIE Überstunden brachten ihn um. Er war verdammt erschöpft. Die lange Arbeitszeit hatte Vor- und Nachteile. Der Vorteil war, dass er Davy seit der Wette erst dreimal hatte besuchen können, und das nur sehr kurz. So hatte er seine seltsamen Reaktionen gut verdrängen können. Der Nachteil war, dass er seinen Freund vermisste. Simon war mittlerweile ebenfalls ein guter Freund geworden, doch aus irgendeinem Grund reichte es Kurt einfach nicht.

Sein Handy klingelte und zeigte eine unbekannte Nummer. Wäre ihm nicht gerade so furchtbar langweilig gewesen, hätte er das einfach die Mailbox erledigen lassen.

„O'Donnell", grunzte er.

„Spricht da Kurt?"

Die Stimme kam ihm nicht bekannt vor. „Ja."

„Ich weiß nicht, ob du dich an mich erinnerst, aber hier ist Jon, Davys Freund."

Vor seinem geistigen Auge tauchte ein gut aussehender, blonder Mann in einem teuren Anzug auf.

„Jon, ja, ich erinnere mich."

„Gut, gut. Davy hat Geburtstag und wir wollten ihn überreden, am Samstag mit uns auszugehen. Weil er sich aber noch nicht bereit fühlt, mit uns um die Häuser zu ziehen, feiern wir bei ihm zu Hause. Ihr seid doch befreundet, oder? Willst du uns vielleicht Gesellschaft leisten?"

„Davy hat Samstag Geburtstag?" Warum hatte er das nicht gewusst?

„Der Geburtstag ist eigentlich erst am Dienstag darauf."

„Oh, ach so. Also, wenn ich es einrichten kann, komme ich." Solange keiner seiner Fälle eine dramatische Wendung nahm. „Wann geht es los? Soll ich irgendetwas mitbringen?"

„Gegen acht. So wie ich Davy kenne, ist für das Essen schon gesorgt. Aber wenn du etwas Bestimmtes trinken willst oder so, bring es am besten mit."

„Okay, Jon. Danke für die Einladung."

Kurt legte auf und wünschte sich den Samstag herbei. Es sollte sein erster freier Tag nach fünfzehn Arbeitstagen am Stück sein und er wäre verdammt sauer, wenn etwas dazwischenkäme. Allerdings musste er erst noch ein Geschenk für Davy finden. Was sollte er ihm bloß kaufen? Irgendetwas Buntes. In seine Decke gewickelt hatte Davy so lebendig gewirkt und Kurt würde niemals den geheimen Schrank mit seiner Vielfalt von Farben vergessen.

„Komm, lass uns fahren", sagte Simon und Kurt zuckte zusammen. „Oh, habe ich dich beim Grübeln gestört?"

„Ich freue mich nur auf Samstag."

„Da bist du nicht der Einzige. Hast du schon was vor?"

„Jetzt schon."

„Ein Date?", erkundigte sich Simon. Bei jedem anderen hätte die Frage wahrscheinlich einen spöttischen Unterton gehabt. Simon klang lediglich interessiert.

Kurt lächelte. „Nein, nur eine kleine Geburtstagsfeier bei einem Freund."

ALS ER sich Freitag mit Simon auf dem Weg zum Mittagessen befand, konnte er sich kaum auf ihre Unterhaltung konzentrieren. Er hatte immer noch kein Geschenk für

Davy. Ihre Freundschaft hatte sich aus einem tragischen Vorfall heraus entwickelt und nicht durch gemeinsame Interessen. So wusste er nicht, worüber Davy sich freuen würde. Bei anderen Freunden beschränkten sich die Geschenke meistens auf Alkohol oder einen finanziellen Beitrag, wenn jemand anders das eigentliche Geschenk besorgte.

Als jüngstes Kind hatte seine Familie ihm immer gesagt, was er für andere Familienmitglieder kaufen sollte, und auch bis heute nicht damit aufgehört. Er hoffte, dass es sich nur um eine Gewohnheit handelte und nicht um mangelndes Zutrauen zu ihm.

Leider hatte er sich an diese Unterstützung gewöhnt. Zum ersten Mal musste er ohne Hilfe ein Geschenk kaufen und war völlig ratlos. Selbst eine Freundin hatte er nie lange genug gehabt, um ein Geburtstagsgeschenk kaufen zu müssen.

Als sie plötzlich an einem Geschäft mit einem bunt und glänzend dekorierten Schaufenster vorbeikamen, das ihm noch nie zuvor aufgefallen war, blieb er stehen. Bei näherem Hinsehen entdeckte er flauschige Lampenschirme, Stühle mit Fell und Federn, verrückte Bilderrahmen und Suppenschüsseln mit Beinen und grinsenden Gesichtern. Konnte er hier etwas finden, das Davy gefallen würde? Er war nicht sicher, ob er aus Davys sexueller Orientierung und dem bunten Kleiderschrank klischeehafte Schlüsse zog. Seine Hand wanderte zu der Tasche mit seinem Handy – vielleicht konnte er ja Jon anrufen und um Rat fragen. Andererseits kannte dieser Davy nach so viele Jahren ohne Kontakt wahrscheinlich auch nicht besser.

„Kurt?", rief Simon, der schon ein ganzes Stück entfernt war. „Kommst du?"

Nach einem letzten Blick ins Schaufenster eilte er Simon hinterher.

„Willst du da was kaufen? Ich warte auf dich."

„Nein, schon gut, mir ist der Laden nur noch nie aufgefallen."

Simon zog eine Augenbraue hoch, setzte sich jedoch wieder in Bewegung, anstelle weiter darauf einzugehen. Kurt trottete neben ihm her. Es war anstrengend, sich so viele Gedanken darüber zu machen, aber mit Simon darüber zu reden, wäre noch viel anstrengender gewesen.

8

KURT STAND mit trockenem Mund und verschwitzten Händen vor Davys Tür. Er musste aufpassen, dass ihm der Zwölferpack belgischen Biers nicht aus der Hand rutschte. Warum war er so verdammt nervös? Nachdem er sich bei seinen ersten Besuchen hier ohne Hemmungen in Davys Leben gedrängt hatte, fühlte er sich wegen seiner Geburtstagsparty plötzlich wie eine nackte Jungfrau, umgeben von betrunkenen Männern. Selbst als er gegen Davys Willen Lebensmittel bestellt hatte, war es ihm nicht so unangenehm gewesen.

Fetzen von Musik und gedämpftem Gelächter drangen durch die Tür. Mit einem letzten tiefen Atemzug klemmte er sich das Geschenk unter den Arm und drückte auf den Klingelknopf.

Wenige Sekunden später öffnete Jon lachend und mit geröteten Wangen die Tür. „Hi, Kurt, komm rein."

KURT NAHM sich eine Flasche Bier und betrachtete die große Auswahl von Snacks auf der Arbeitsplatte. Obwohl er Hunger hatte, war ihm gerade nicht nach Essen zumute. Und das langärmlige Hemd war eindeutig ein Fehler gewesen. Trotz der kühlen Herbsttemperaturen war es wegen der zusätzlichen Menschen warm und seine alberne Aufregung brachte ihn erst recht ins Schwitzen. Er krempelte seine Ärmel hoch, bevor er mit Bier und Geschenk ins Wohnzimmer ging.

Davy hob den Kopf und schenkte ihm das Lächeln mit diesen Grübchen – diesen verdammten Grübchen. Davy war seit Bens Tod nicht sehr oft glücklich gewesen, doch Kurt hatte mittlerweile gelernt, dass die Grübchen das sichere Anzeichen dafür waren.

„Hi, Kurt."

„Hi, Davy. Alles Gute im Voraus." Er reichte ihm sein Geschenk und hoffte, er würde es nicht öffnen. Neben den Geschenken seiner Freunde würde es sicher nicht gut abschneiden.

Leider sprang Davy vom Sofa auf, nahm das Päckchen entgegen und riss das Papier ab. Kurt bekam rote Ohren. Er hätte nach der Arbeit doch zu dem Laden zurückgehen sollen, anstelle sich feige mit einem Buch aus der Affäre zu ziehen.

„Du kochst doch gerne …"

„Gourmet-Burger?" Davy blätterte durch das Kochbuch. „Das klingt gut, danke!" Davy umarmte ihn kurz – zu kurz, als dass Kurt sich Sorgen um seine Reaktion machen konnte. Da er in Davys braunen Augen und fröhlichem Lächeln keinerlei Enttäuschung wahrnahm, erwiderte er das Lächeln. Gut, dass er das hinter sich hatte.

„Wer ist dieser Prachtkerl? Und kann ich ihn haben?"

64

Kurt errötete wieder. Irgendwie hatte er nicht damit gerechnet, von Männern angemacht zu werden. Ein zierlicher Blondschopf näherte sich ihm lässig und stellte sich mit anzüglich vorgeschobenen Hüften vor ihn.

„Klappe, Rick. Das ist Kurt. Und du kriegst ihn nicht", sagte Davy.

„Oh, dann hast du ihn dir schon geschnappt?", fragte der Blonde mit verführerischer Stimme, während seine kleine Hand Kurts Unterarm streichelte.

Irgendwer hätte wohl die Klimaanlage einschalten oder ein Fenster öffnen sollen, denn jetzt errötete Davy genauso heftig wie Kurt.

„Rick, er steht nicht auf Männer!"

Jon hielt sich vor Lachen den Bauch.

„Nein, das darf doch nicht wahr sein!" Rick hörte trotzdem nicht auf, seinen Arm zu streicheln. Es war ein seltsames Gefühl, denn obwohl die Hand spürbar männlich war, fühlte Kurt sich durch seine zierliche, schlanke Figur und sein violettes, glitzerndes T-Shirt entfernt an einige Frauen erinnert, mit denen er sich getroffen hatte.

„Tut mir leid, Rick."

„Und was ist mit Brüdern? Hast du Brüder, Kurt?"

„Schon, aber keine schwulen."

Rick runzelte die Stirn, ließ aber immer noch nicht von Kurts Arm ab. Kurt hätte protestieren sollen. Er wusste selbst nicht, warum er sich von Rick anfassen ließ. Vielleicht lag es an der direkten Art seiner Familie, für die Zurückhaltung ein Fremdwort war. Glücklicherweise löste Davy Ricks Hand von ihm.

„Benimm dich, Rick. Ich habe dir doch gesagt, dass er nicht auf Männer steht."

„Tja, einen Blowjob kriegt er bestimmt genauso gerne wie jeder andere Kerl. Und ich habe dafür verdammt viel Talent."

Kurt musste lachen. Rick stand offenbar gern im Mittelpunkt, aber Kurt machten seine Bemerkungen nichts aus.

Davy stellte ihm die anderen beiden Gäste vor, ein Paar namens Keith und David. Kurt erfuhr, dass Jon, Davy und David Highschoolfreunde waren und diese Freundschaft zu Davys Spitznamen geführt hatte. Kurt war froh darüber. David war kein schlechter Name, doch die Grübchen passten viel besser zu einem Davy.

Wären Jon und Rick ebenfalls ein Paar gewesen, hätte Kurt die Situation etwas seltsam gefunden, aber glücklicherweise war das nicht der Fall.

Kurt machte es sich in einem Ledersessel gemütlich und lauschte Gesprächen über alte Zeiten. Obwohl er nicht sicher war, ob die drei sich aufgrund von gemeinsamen Interessen angefreundet hatten oder weil sie schwul waren, fragte er nicht nach. Seine Neugier hob er sich für die Arbeit auf.

Davys Hände bewegten sich lebhaft, als er sprach, und seine Freude war nicht zu übersehen. Auch wenn sicherlich noch nicht alle Wunden verheilt waren, schien er sich auf dem besten Weg dorthin zu befinden.

Margaritas wurden gemixt, doch Kurt blieb bei seinem Bier. Er war nicht sicher, was er von einer Party mit schwulen Männern erwartet hatte, entspannte sich aber, als er feststellte, dass sie wie jede andere Party war – nur dass die geschmacklosen Bemerkungen manchmal in ungewohnte Richtungen gingen und etwas frecher waren.

„Spielen wir heute irgendwas?"

Spielen?

„Ich kann das Hockeyspiel für dich einschalten, Kurt", bot Davy an. Davy wollte es nicht sehen? Dann mussten es ja tolle Spiele sein, die geplant waren – wie Kurt zu Beginn der Saison herausgefunden hatte, begeisterte Davy sich nämlich wesentlich mehr für Hockey als für Baseball. Kurt ging es ähnlich.

„Spielt ihr so was wie Nackt-Twister?"

„Nein!", protestierte Davy entsetzt.

„Gerne doch!" Rick warf ihm – oder besser seiner Lendengegend – einen bedeutungsvollen Blick zu.

Kurt rollte die Augen. „Was dann? Flaschendrehen?"

Davy schüttelte kichernd den Kopf.

„Warum nicht?", fragte Rick.

„Strip-Poker?"

„Auch nicht!" Davy unterstrich die Verneinung mit einer die Luft durchschneidenden Handbewegung.

„Bitte?", flehte Rick.

Davy musste lachen. Und lachen. Er warf sich auf die Couch und kicherte, bis ihm Tränen über die Wangen liefen. Vielleicht lag es an den Margaritas. Oder an der Gesellschaft. Aber das war Kurt egal. Und den zufriedenen Blicken seiner Freunde nach zu urteilen, interessierte sie der Grund genauso wenig.

„Mit welcher Art von Party hast du denn bitte gerechnet?", fragte Davy keuchend, als er sich wieder beruhigt hatte.

„Na ja, keine Ahnung. Aber solange ich mich nicht ausziehen muss, mache ich so ziemlich alles mit."

„Oh, Süßer, das höre ich gerne." Überraschenderweise fand er Rick eher lustig als irritierend.

„Allerdings hätte ich nichts dagegen, im Hintergrund Hockey laufen zu lassen. Nur um den Spielstand im Auge zu behalten."

Davy schaltete den Fernseher ein und stellte ihn leise, während Jon einige Schachteln aus einer Tasche holte.

„Normalerweise fangen wir mit Brettspielen an und gehen später zu einem Kartenspiel über. Meistens Poker oder Arschloch."

Kurt zog eine Augenbraue hoch. „Ich soll mit euch ein Spiel namens Arschloch spielen?"

Die Frage brachte Davys Kichern samt Grübchen zurück. Kurt behielt für sich, dass ihm das Spiel nicht neu war und er sich bestens mit der richtigen

66

Strategie auskannte – auch wenn es sich hauptsächlich um ein Glücksspiel handelte. Allerdings lag ihm Poker noch mehr – die meisten Amateurspieler konnten bei Weitem nicht so gut bluffen wie die Kriminellen, die er verhörte.

Kurt deutete auf die Schachteln. „Von diesen Spielen habe ich noch nie gehört." Seine Familie besaß Berge von Brettspielen – so konnte man sieben Kinder kostengünstig beschäftigen –, allerdings handelte es sich dabei um die bekannteren.

Die Spiele, die jetzt auf dem Couchtisch lagen, wirkten kompliziert und hatten viele Figuren. Um sich die Regeln selbst beizubringen, hätte er vermutlich stundenlang Anleitungen lesen müssen.

Als sie begannen, bemerkte er das leidenschaftliche Leuchten in Davys Augen. Auch Jon und David spielten voller Begeisterung und Ehrgeiz.

„Oh mein Gott, in der Schule wart ihr eine Gruppe von Spielefreaks, stimmt's?"

Davy schaute vom Spielbrett auf und eine leichte Röte legte sich über diese modellhaften Wangenknochen, die Kurt eigentlich nie mit diesen seltsamen, superintelligenten und irgendwie bewundernswerten Kindern seiner Schulzeit assoziiert hatte.

„Na ja, ähm, irgendwie schon. Du warst wohl eher der beliebte Sportlertyp, oder?"

„Nicht besonders. Die guten ‚Rollen' waren immer schon von meinen älteren Geschwistern besetzt. Aber es überrascht mich, dass ich hier noch nie irgendeine Konsole gesehen habe. Ich liebe Videospiele."

Er und Ian hatten sich über die Jahre schon unzählige Male wegen des Ausgangs von Spielen in die Haare gekriegt.

Überraschenderweise zog sich Davy auf diese Frage hin zurück. Nicht körperlich, zumindest nicht sehr, doch seine Lebendigkeit schien etwas nachzulassen. Kurt hätte sich treten können. Er hätte wissen müssen, dass dem spießigen Ben keine Videospiele gefallen hatten.

Davys andere Freunde schienen die kleine Veränderung ebenfalls zu bemerken, sich allerdings nicht über den Grund im Klaren zu sein. Kurt wusste es sofort, als wäre es von einer Leuchtreklame über Davys Kopf verkündet worden – Ben hinterließ auch nach seinem Ableben noch viele Fallgruben in Gesprächen mit Davy.

Scheiße. Er musste das wieder in Ordnung bringen. Er hatte bis jetzt viel Spaß gehabt und was noch viel wichtiger war: Davy ebenfalls. Wenn ihm doch nur etwas einfallen würde, um vom Thema abzulenken.

„He, was ist mit deinem Arm passiert?", fragte Rick plötzlich. Ganz toll. Ausgerechnet jetzt musste er die verdammte Narbe bemerken. Noch mehr, was Davy an Bens Tod erinnerte.

„Nichts", murmelte Kurt und schob seinen Ärmel darüber.

„Er wurde bei einem Einsatz verletzt – nicht, dass es dich was angeht", sagte Davy mit Nachdruck, als müsste er Kurt verteidigen. Ein entschlossenes, kleines Lächeln zeigte sich auf seinem Gesicht. Keine Grübchen, aber es war ein Anfang.

Kurt erwiderte das Lächeln und hoffte, Davy würde die Entschuldigung darin sehen.

„Wer ist dran?"

ZU SEINER Überraschung gewann Kurt das erste Spiel. Den Fernseher hatten sie bereits während des ersten Drittels wieder abgeschaltet, da abzusehen war, dass das Hockeyspiel ein ziemlich schmerzhaftes und deprimierendes Ende nehmen würde. Stattdessen lief Musik und Kurt stürzte sich begeistert, wenn auch etwas unerfahren, in das Spiel.

Allerdings lag es dank seiner Arbeit in seiner Natur, den nächsten Schritt seines Widersachers vorauszusehen und rechtzeitig zu verhindern. David und Keith waren zwar nicht begeistert davon, wie schnell er die Regeln lernte, doch sein Platz zwischen Davy und Rick auf dem Sofa brachte ihm auch eine Menge Lob ein. Dafür sah er großzügig über Ricks … na ja – vorsichtig ausgedrückt – Kuscheln hinweg.

Nach seinem Sieg lehnte er sich in die Sofakissen zurück, während Jon das Brett für eine zweite Partie bereit machte. Davy stand auf, um neues Bier für Kurt zu holen und Rick mixte frische Margaritas.

Rick posierte mit in die Hüfte gestemmter Hand in Kurts Sichtfeld, sprach dabei aber mit Davy: „Davy, kommst du Halloween mit? Wir wollen in diesen neuen Club, das Empire."

Davy ließ sich wieder auf die Couch fallen und zuckte mit den Schultern. „Eher nicht. Zu Halloween ist mir immer alles ein bisschen zu wild."

„Aber das ist doch das Schöne daran. All diese heißen, jungen Typen, verschwitzt und halb nackt in den nuttigen Kostümen ihrer Wahl. Es herrscht so ein Gedränge, dass man niemandem ausweichen kann und überall ist nackte Haut." Rick schwang die Hüften und ließ seine freie Hand verführerisch an seiner Seite hinaufgleiten.

Jon leckte sich die Lippen. „Ja, es lohnt sich wirklich."

Keith und David schenkten dem Gespräch nicht viel Aufmerksamkeit, da David gerade auf Keith' Schoß saß und sie sich küssten, als wären sie allein im Raum.

Davy schnaubte. „Leute, wir sind heute hier, weil ich selbst an einem normalen Wochenende noch nicht bereit für einen Club bin. Und Halloween ist schon in zwei Wochen. Vielleicht nächstes Jahr. Obwohl ich dann schon dreiunddreißig bin. Wahrscheinlich fehlt mir dann die Energie."

„Warte mal." Kurt starrte Davy an. „Du wirst am Dienstag zweiunddreißig?"

Davy errötete. „Ich weiß, ich sehe älter aus, stimmt's?"

Rick schlug Kurt sanft auf den Arm, während er sich wieder auf seinen Platz neben ihm zwängte. „Süßer, wegen dir kriegt er noch Komplexe und dann kommt er niemals mit."

Er wollte wegen Davys Laune nicht wieder von Ben anfangen, dabei war der einzige Grund, aus dem er Davy für älter gehalten hatte, dass Ben bei seinem Tod bereits fünfundvierzig gewesen war. Scheiße. Davy musste zu Beginn ihrer Beziehung ja noch ein halbes Kind gewesen sein.

„Nein, Davy du siehst …" Kurt hatte keine Ahnung, wie er diesen Satz beenden sollte. Seine Schwestern hätten ihm schon allein dafür, dass er das Thema überhaupt angesprochen hatte, eine verpasst. Jedenfalls sah Davy jünger aus, als er war – zumindest wenn er genug geschlafen hatte.

„Jetzt lass doch den armen Hetero in Ruhe", unterbrach Rick seinen Gedankengang. „Du machst ihn ganz verlegen."

Davy warf ihm ein neckendes Lächeln zu. Glück gehabt.

„Und wie alt bist *du*, mein Hübscher?" Ricks Finger wanderte über seinen Bizeps. Wenigstens waren die Tattoos nicht zu sehen – sonst wäre Rick wahrscheinlich schon dabei gewesen, ihn abzulecken.

„Einunddreißig."

„Oho!", johlte Jon. „Davy, jetzt bist du nicht mehr das Baby."

Ach, verdammt. Kurt hatte es satt, der Jüngste zu sein.

„Praktisch noch ein Twink", erklärte Rick in vielsagendem Tonfall, der Kurt davon abhielt, nach der Bedeutung des Wortes zu fragen. Dafür gab es das Internet.

Selbst David und Keith unterbrachen ihre Knutscherei, um zu lachen.

„Mal ganz abgesehen davon, dass er hetero ist, sieht er von uns allen am wenigsten wie ein Twink aus", widersprach Davy.

Rick schmollte, aber mittlerweile wusste Kurt, dass es nicht ernst gemeint war. „Egal. Will ein heißer Kerl wie du nicht trotzdem Halloween mit uns feiern? Du könntest als nuttiger Feuerwehrmann gehen oder als nuttiger Engel … ich besorge dir ein Kostüm."

„Rick!", sagte Davy warnend. „Er ist Polizist."

„Tja, dann will er sich wahrscheinlich nicht als nuttiger Polizist verkleiden – da fühlt er sich ja wie bei der Arbeit."

Kurt konnte sein Lachen nicht unterdrücken. „So verlockend das auch klingt, werde ich entweder im Dienst sein oder mit meiner Schwester Süßigkeiten verteilen."

Rick seufzte. „Wie liebenswert. So eine Verschwendung."

„Davy, verteilst du auch Süßigkeiten?" Es würde zu ihm passen.

Davys Blick verdüsterte sich. „Nein, bis jetzt nie. Aber diesmal besuche ich Sandra und helfe ihr."

Dieser verdammte Ben.

„Können wir weiterspielen?", erkundigte sich Jon und stupste David an, der wieder mit Keith beschäftigt war.

ZUR FREUDE aller Anwesenden gewann Davy die zweite Partie, woraufhin sie beschlossen, zum Kartenspielen überzugehen.

„Aber erst kommt der Kuchen", sagte Jon.

Kuchen. Daran hatte Kurt überhaupt nicht gedacht. Für so etwas waren normalerweise seine Schwestern oder seine Mutter zuständig. Jon und Rick verschwanden in der Küche, während David es sich wieder auf Keith' Schoß gemütlich machte, nur dass das Küssen bald in etwas überging, das an unanständig grenzte.

„Du hast den Kuchen nicht auch noch selbst gebacken, oder?", flüsterte Kurt, nachdem er den Blick von dem schamlosen Gegrapsche abgewandt hatte.

„Nein, Rick hat ihn mitgebracht. Einer seiner Lover ist Bäcker."

„Oh, gut."

Davy wedelte mit der Hand in Davids und Keith' Richtung. „Ignorier sie einfach. Nach dem Kuchen bleiben sie wahrscheinlich sowieso nicht mehr lange. Ich verspreche, dass sie keine – na ja, fast keine – Haut zeigen werden. Sie stehen nur auf Zuschauer."

Kurt zuckte mit den Schultern. Es waren nicht die ersten Männer, die er beim Rummachen sah, aber sonst waren es meistens Unbekannte gewesen. Vielleicht hätte er sich dabei eigentlich unwohler fühlen sollen, doch wenn Davy es nicht für unhöflich hielt – oder zumindest kein Problem damit hatte –, würde Kurt sich auch nicht darüber aufregen.

Als Jon und Rick zurückkehrten, strahlte Davys Gesicht heller als die Kerzen auf dem Kuchen. Er schloss die Augen und blies sie aus. Dann nahm er das Messer in die Hand, um den Kuchen anzuschneiden, wurde jedoch von Kurt gebremst. In seiner Familie war es Tradition, immer ein Foto mit dem Geburtstagskuchen zu machen. Und es gab verdammt viele Geburtstage. Eigentlich hätte es Kurt viel früher einfallen müssen.

„Sollen wir nicht erst ein Foto machen?", schlug er also vor.

„Gute Idee, Süßer", säuselte Rick. „Hat jemand eine Kamera?"

Wie gelang es Rick bloß, praktisch jedes Wort zweideutig klingen zu lassen? Jedenfalls hatte Kurt nicht daran gedacht, eine Kamera mitzubringen.

„Wartet, ich mache einfach eins mit dem Handy", beschloss Kurt. Die anderen gesellten sich zu Davy und er machte ein Bild.

„Moment, du musst auch mal mit drauf", sagte Davy. „Hast du einen Selbstauslöser?"

„Ich glaube nicht." Und nach so viel Bier wollte er nicht anfangen, danach zu suchen.

„Ich mache einfach noch eins", mischte sich Keith ein.

„Sicher?" Kurt wusste selbst nicht, ob er damit Keith oder Davy meinte, doch es war Davy, der nickte.

Rick wackelte mit den Augenbrauen und machte auf dem Sofa Platz für Kurt. Kurz darauf leuchtete der Blitz und Keith gab ihm sein Handy zurück.

UM MITTERNACHT hatten sie den Kuchen aufgegessen und befanden sich mitten in einem Pokerspiel. Um zwei Uhr morgens kämpften dann nur noch Jon und er um den Sieg. Keith und David hatten sich, wie vorausgesagt, nach dem Kuchen verabschiedet, Rick schlief auf dem Sofa und Davy räumte in der Küche auf.

Kurt überlegte, wie viel Bier er getrunken hatte. Auf jeden Fall genug, um erleichtert darüber zu sein, dass er mit dem Taxi gekommen war.

Er betrachtete sein Blatt. Endlich hatte er, im wahrsten Sinne des Wortes, alle Karten in der Hand. Kurt ging all-in. Jon musterte ihn leicht weggetreten. Kurt war vielleicht selbst nicht mehr ganz nüchtern, aber Jon war eindeutig zu betrunken, um ihn zu durchschauen. Sein Beruf half Kurt auch bei diesem Spiel weiter – wahrscheinlich würde man ihn nie wieder zum Mitspielen einladen. Und selbst in dem unwahrscheinlichen Fall, dass Jon gewinnen sollte, waren die verlorenen zwanzig Dollar zu verkraften. Hauptsache, er konnte bald schlafen.

„Ich gehe mit."

Kurt legte seine Karten auf den Tisch.

„Scheiße, beim nächsten Mal spielen wir Arschloch", lallte Jon.

Kurt zuckte mit den Schultern und nahm seinen Gewinn an sich, während Jon ein Taxi rief und die Spiele zusammenpackte.

EIN PAAR Minuten später leuchteten Scheinwerfer durchs Fenster.

„Komm schon, Rick, das Taxi ist hier." Jon half ihm auf die Füße und die beiden Männer stolperten zur Tür. „Willst du auch mitfahren?", fragte Jon.

„Nein", antwortete Kurt. „Ich bleibe noch ein bisschen und helfe Davy beim Aufräumen."

Jon und Rick verschwanden aus der Tür und ließen dabei einen eisigen Luftschwall herein. Es wurde Winter.

Insgesamt hatten sie erstaunlich wenig Unordnung gemacht. Kurt sammelte seine Bierflaschen und einige Margaritagläser ein und brachte alles in die Küche. Bald hatte er hier so viele Bierflaschen angesammelt, dass es sich lohnen würde, sie gegen das Pfandgeld einzutauschen. Die Essensreste befanden sich bereits gut verpackt im Kühlschrank und bis auf die wenigen Gläser war kein schmutziges Geschirr mehr zu sehen.

Er verspürte leichte Schuldgefühle. Davy hatte vielleicht nicht den Kuchen gebacken, aber bei seiner eigenen Geburtstagsfeier gekocht und aufgeräumt. Das war einfach nicht richtig. Allerdings konnte Kurt in seinem betrunkenen, müden Zustand nicht viel tun, um es wiedergutzumachen. Er musste dringend schlafen.

Also rief er ebenfalls ein Taxi, bevor er sich auf die Suche nach Davy machte, um sich zu verabschieden.

„Davy?" Wo war er nur hingegangen?

Er öffnete einige Türen. „Davy?"

Schließlich fand er ihn, und zwar nackt auf seinem Bett ausgebreitet. Das dunkle Haar war zerzaust und auf seinem Gesicht, das halb in das Kissen gekuschelt war, zeichnete sich ein leichtes Lächeln ab. Ein Streifen Mondlicht erhellte die Stelle, an der sein schmaler Rücken in die Rundungen seines Hinterns überging. Kurts Blick wanderte zu dem schattigen Platz zwischen seinen Beinen. Als ihm durch den Biernebel hindurch klar wurde, wo er gerade hinsah, hob er hastig den Kopf.

Kurt wusste nicht, wie viel Davy genau getrunken hatte – schließlich hatte er sogar bei sich selbst den Überblick verloren –, vermutete aber, dass es genug gewesen war, um es am nächsten Morgen zu spüren. Also schlich sich Kurt in das angrenzende Badezimmer und füllte ein Glas mit Wasser.

Als er auf der Suche nach Kopfschmerztabletten den Badezimmerschrank öffnete, sah er als Erstes eine Flasche Gleitgel. Er schloss ihn wieder.

Gleitgel. Okay. Auch wenn Kurt ebenfalls welches besaß, erinnerte es ihn im Haus eines schwulen Mannes an andere Anwendungsmöglichkeiten und der Anblick verunsicherte ihn etwas.

Schließlich überwand er sich dazu, die Tür erneut zu öffnen und das Gleitgel zugunsten der Kopfschmerztabletten zu ignorieren.

Als er das Wasser und die Tabletten auf dem Nachttisch platzierte, bemerkte er, dass Davy sich auf den Rücken gedreht hatte. Das Mondlicht färbte seine blasse Haut bläulich. Ein Arm ruhte über seinem Kopf, während die andere Hand auf seiner Brust lag, als wollte er sich mit den Fingern über die Brustwarze streicheln. Gegen seinen Willen wanderte Kurts Blick abwärts.

Plötzlich ließ ihn ein lautes Hupen zusammenzucken. Er stürzte geradezu aus dem Haus, achtete allerdings darauf, die Tür gut zu verschließen. Auch wenn er nicht wollte, dass der Taxifahrer die halbe Nachbarschaft weckte, würde er Davy, besonders in seinem betrunkenen Zustand, nicht der Gefahr eines Einbruchs aussetzen.

DA DIE Fahrt zu seiner Wohnung eine Weile dauerte, gab sie ihm Gelegenheit, etwas wacher zu werden. Trotzdem brauchte er nach der harten Arbeit der letzten Wochen dringend Schlaf. Also zog er sich aus und legte sich ins Bett. Der Raum schien sich ein wenig um ihn zu drehen und er konnte einfach nicht einschlafen. Außerdem war sein Schwanz halb steif.

Er beugte sich zu seinem Nachttisch hinüber und holte seine eigene Flasche Gleitgel aus der Schublade, allerdings von einer anderen Marke als Davys. Ein Orgasmus würde ihm beim Schlafen helfen.

Mit etwas Gel in der Hand begann er, sich zu streicheln. Das Mondlicht an der Zimmerdecke verschwamm vor seinen Augen zu einer Vision glatter, schneeweißer Haut, die sich über schlanke, aber gut bemuskelte Glieder spannte. In seiner Fantasie bewegte Davys Hand sich plötzlich und zwickte in die kleine Brustwarze, während sich ein lustvoller Ausdruck auf sein Gesicht legte. Das Bild veränderte sich und wechselte zu dem Tag, an dem er mit Davy gerauft hatte – nur dass sie in seiner Vorstellung beide nackt waren. Davy wand sich unter ihm, während Kurt ihn auf den Boden presste.

Kurts Hand bewegte sich immer schneller und die durch seine feuchte Haut verursachten Geräusche schienen durchs Zimmer zu hallen.

Eine Sekunde lang, nur eine einzige Sekunde, hatte er ein Bild von Davy vor Augen, der einladend die Beine spreizte, um Kurts Schwanz in sich aufzunehmen. Seine Lippen bewegten sich, formten die Worte „fick mich".

Mit einem lauten Stöhnen ergoss sich Kurt über seine Hand und seinen Bauch, wo sich klebriges Sperma mit Gleitgel vermischte.

Seine Hand lag noch auf seinem schlaffen Schwanz, als er in einen tiefen Schlaf fiel.

9

VERDAMMTE SCHEISSE. Wie viel hatte er am Abend zuvor getrunken? Er schrie auf, als er sich das Schienbein an der Badewanne stieß. Schwankend presste er eine Hand gegen die Fliesen, um nicht hinzufallen. Die andere drückte er an seine Schläfe, als könnte er so sein dehydriertes Gehirn vor den durch seinen lauten Schrei ausgelösten Schmerzen schützen.

Als der Schmerz nachließ, kratzte er sich gedankenverloren den Bauch und stieß dabei auf getrocknetes Sperma. Ein Bild davon, wie er sich zu Fantasien von Davy einen runterholte, blitzte vor seinem geistigen Auge auf. Er stöhnte. Zu viel Bier. Das musste der Grund gewesen sein. Nie wieder.

Er duschte und spülte die verräterischen Spuren von seinem Körper.

Niemand außer ihm wusste es. Niemand musste es je erfahren. Fast jeder trank mal zu viel und machte dann Dummheiten. Eigentlich sollte ihm das in seinem Alter nicht mehr passieren, aber er würde es einfach vergessen. Die Erinnerung war ohnehin sehr verschwommen.

„HI, KURT, wie geht's?", erkundigte sich Christa lächelnd.

Oh. So laut. Am Tag nach Davys Geburtstag hatte er – immer noch verkatert – das Restaurant seiner Familie besucht, wo er im Endeffekt nur noch mehr getrunken hatte, um vor seinen Brüdern nicht zugeben zu müssen, wie schlecht er sich fühlte – und vor allem, warum. Er hatte sogar behauptet, dass er den Samstagabend im Dienst verbracht hatte. Er war schon lange nicht mehr in so einem Zustand bei der Arbeit erschienen und würde es auch so bald nicht wieder tun.

„Gut, Christa." Er hielt sich mit dem Lächeln zurück. Nach Ians Besuch war er stets darum bemüht, ihr keine falschen Hoffnungen zu machen. „Ist Simon schon da?"

„Ja, ich glaube im Pausenraum."

Gut. Kurt legte eine Hand um den Pappbecher mit warmem Kaffee. Er hatte sich die dringend nötige Portion Koffein bereits auf dem Weg hierher gekauft. Er trank einen Schluck und hoffte, dass er ihm bald beim Wachwerden helfen würde.

Sein Handy vibrierte und er schaute auf das Display. Nur eine Nachricht von Erin, nichts Wichtiges. Er kämpfte gegen den Drang an, seine Fotos zu öffnen. Wie mehrmals am Tag zuvor verlor er den Kampf. Er hatte nur zwei Fotos vom Samstagabend, doch das von Keith gemachte war wirklich gut geworden. Es erinnerte ihn an die fröhlichen Bilder, die Davy in seinem Schrank mit Schätzen aufbewahrte.

Davys Grübchen waren zu sehen, seine Augen leuchteten und … Scheiße. Eine weitere Erinnerung drängte sich an die Oberfläche: Davy beim Kochen und

Putzen. Die Schuldgefühle kehrten zurück. Ganz egal, welche seltsame Reaktion ihm am Samstag seine nächtlichen Fantasien beschert hatte, er konnte Davy den Dienstag nicht allein verbringen lassen. Nicht seinen ersten Geburtstag ohne Ben. Und diesmal würde er ihn nicht die ganze Arbeit machen lassen.

„Was Wichtiges?", fragte Simon und deutete auf Kurts Handy.

„Meine Güte, erschreck mich nicht so." Kurt drückte hastig einen Knopf, um das Foto zu schließen. „Und nein, nur eine Nachricht von meiner Schwester."

„Geht's dir gut?"

„Ja, entschuldige – ich bin nur ein bisschen müde."

Fuck.

AM DIENSTAGABEND vor Davys Tür zu stehen, war noch viel nervenaufreibender als am Samstag zuvor. Würde Davy irgendwie herausfinden, was Kurt getan hatte?

Quatsch. Das war Unsinn. Wie sollte das möglich sein? Außerdem … hatte Kurt es doch verdrängen wollen.

Er wollte gerade klingeln, als sich die Tür öffnete und eine sehr schwanger und blass aussehende Sandra vor ihm stand.

„Hi, Sandra." Er war so ein Idiot. Natürlich verbrachte Davy seinen Geburtstag nicht alleine.

„Hallo, Kurt. Was machen Sie denn hier?"

Kurts Hände verkrampften sich so sehr, dass sie das Päckchen in seinen Händen zum Knistern brachten. Ach ja: das Geschenk. „Ich wollte Davy nur ein Geschenk vorbeibringen. Und ich dachte, ich könnte ihn vielleicht zum Essen ausführen. Aber ich hätte wohl damit rechnen müssen, dass Sie da sind."

Ein Schweißfilm legte sich auf seine Oberlippe. Warum hatte er die Sache mit dem Essengehen zugegeben?

Sandra legte den Kopf schräg. „Tatsächlich? Mir geht es nämlich nicht besonders gut. Eigentlich sollte ich im Bett liegen, aber ich konnte meinen kleinen Bruder heute nicht allein lassen."

Sie drehte sich um. „Davy? Ist es dir recht, wenn du stattdessen mit Kurt essen gehst?"

„Kurt? Wie kommst du darauf?"

Tja, heute hätte er wirklich vorher anrufen sollen.

„Weil er vor der Tür steht, Süßer."

Am liebsten hätte er sich umgedreht und wäre weggerannt.

„Ach ja?" Davy schaute über Sandras Schulter und schenkte ihm ein strahlendes Lächeln mit Grübchen. Kurt beruhigte sich etwas. Allein Davys Lächeln war die Herfahrt wert gewesen.

„Hi, Kurt. Ich weiß, dass es dir nicht gut geht, Schwesterchen. Es macht mir nichts aus, mit Kurt essen zu gehen."

„Danke, Jungs. Das ist nett von euch."

„Können wir erst Sandra nach Hause bringen? Ich habe sie nach der Arbeit abgeholt."

„Klar. Hier." Er schob Davy das bunt verpackte Geschenk entgegen. „Herzlichen Glückwunsch."

Davy warf ihm einen verwirrten Blick zu. Kein Wunder, bei zwei Geschenken. Doch gestern war Kurt in der Mittagspause wieder an diesem farbenfrohen Schaufenster vorbeigekommen und ihm war ein leuchtend blauer Bilderrahmen mit unregelmäßig gewelltem Rand aufgefallen. Er hatte ihn gekauft und dafür Davys Geburtstagsfoto ausdrucken lassen. Es erschien ihm wie ein besseres, ein persönlicheres Geschenk als das Kochbuch. Trotzdem, wer brachte einem Freund schon zweimal ein Geschenk? Er hätte damit rechnen sollen, dass es peinlich werden würde.

„Kann ich es später aufmachen?"

Kurt zuckte mit den Schultern. „Von mir aus."

Davys Lächeln ließ etwas nach und er zog sich ins Haus zurück. Kurt führte Sandra zum Auto und half ihr hinein, während Davy die Tür abschloss.

EINE STUNDE später hatten sie Kurts Auto nicht weit vom Lettie's entfernt geparkt, da an einem Dienstagabend freie Plätze leicht zu finden waren.

„Und du bist sicher, dass du hier noch mal rein willst?" Ihr letzter Besuch hatte in einem ziemlichen Desaster geendet. Nichts, woran man gute Erinnerungen haben konnte, auch wenn es am Ende einen alten Freund in Davys Leben zurückgebracht hatte.

„Ja, ganz sicher."

„Na gut, Geburtstagskind. Nach dir."

Kurt verzichtete auf Bier, da er sich gerade erst von diesem furchtbaren Kater erholt hatte, ermunterte dafür aber Davy. „Trink ruhig was. Ich geb dir was aus. Ich muss fahren, aber du kannst dir doch was bestellen."

„Du musst mir nichts ausgeben."

„Und ob – du hast Samstag die ganze Arbeit gemacht, obwohl die Party für dich war." Kurt schaute ihn trotzig an, bis Davy lachen musste.

„Na gut, von mir aus, aber kein Bier. Es ist lange her, dass ich so einen Kater hatte und das will ich nicht wiederholen, schon gar nicht an einem Wochentag. Übrigens, was ist das Geschenk?"

„Das kannst du ja nachher selbst herausfinden. Aber es ist wirklich nichts Besonderes." Er wollte nicht darüber reden. Es war irgendwie sentimental, und obwohl es perfekt zu Davy passte, war es wohl ein ziemlich seltsames Geschenk von einem Mann an einen anderen.

„Wie war die Arbeit?"

Sie waren gerade richtig ins Gespräch gekommen, als sich eine Hand auf Kurts Schulter legte.

„Kurt, wie geht's?"

Er hob den Blick und entdeckte Simon, der in einem dreiteiligen Anzug neben ihm stand. Meine Güte, war der Mann groß. Er warf einen Blick auf Davy, der schweigend ganz in die Ecke seiner Bank gerutscht war, als wollte er sich verstecken.

„Was machst du denn hier, Simon?"

„Jen und ich haben Theaterkarten. Du hast so viel Gutes über das Lokal erzählt, dass wir es mal ausprobieren wollten."

Kurt sah sich im Raum um und stellte fest, dass Simon und Jen nicht die einzigen Gäste zu sein schienen, die vor dem Theaterbesuch die gute Küche und schnelle Bedienung im Lettie's ausnutzten. Zu anderen Tageszeiten hatte Kurt hier nie so elegante Kundschaft gesehen.

„Simon, Jen, das ist ein Freund, Davy. Davy, mein Partner Simon und seine Frau Jen."

Simon schien Davys Zusammenzucken beim Wort „Partner" nicht zu bemerken und Davy reichte ihm die Hand – Kurt war nicht sicher gewesen, ob er es tun würde.

„Hi, Davy. Schön, dich kennenzulernen." Jen setzte sich auf die Bank zu Kurt und Simon nahm neben Davy Platz. So passten sie am besten auf die Bänke, da Jen und Davy im Gegensatz zu Simon und Kurt ziemlich schlank waren. Allerdings wusste Kurt nicht, warum Davy sich in Simons Nähe so offensichtlich unwohl fühlte.

„Ihr habt doch hoffentlich nichts dagegen, wenn wir uns zu euch setzen", sagte Simon, wobei er ein bisschen die Augen verdrehte – es war nicht zu übersehen, dass es eigentlich Jens Entscheidung war.

„Hör schon auf, du." Jen verpasste ihm einen leichten Klaps auf den Arm. „Ich habe Kurt ewig nicht mehr gesehen. Außerdem haben wir sowieso nur Zeit für einen Snack. Habt ihr zwei schon bestellt?"

Davy schüttelte den Kopf, schien sich durch Jens unverwüstliche gute Laune etwas entspannt zu haben.

„Sehr gut." Sie schaute Simon an, der sofort eine große Hand hob, um die Kellnerin zu ihnen zu winken. Kurt wusste, dass Simon kein unterdrückter Pantoffelheld war oder wie auch immer die Allgemeinheit Männer bezeichnete, die eigentlich nur Rücksicht auf ihre Frauen nahmen. Er beneidete sie um ihre Verbundenheit. Er selbst war einunddreißig Jahre alt – wann würde er endlich etwas Ähnliches finden?

Nachdem sie sich eine Portion Nachos bestellt hatten, unterhielten sich Jen und Davy erst über ihren jeweiligen Beruf, dann über ihren Eindruck von verschiedenen Theaterstücken. Kurt hatte nur von wenigen überhaupt gehört – entweder weil er sie in der Schule hatte lesen müssen oder weil er sich dunkel an eine Werbekampagne dazu erinnerte. Es würde ihm vermutlich nicht schaden, sich mal wieder eins anzusehen. Seine Schwestern versicherten ihm immer, das Theater von Toronto sei … bodenständig und erstklassig? So was in der Art. Vielleicht sollte er sich selbst davon überzeugen – man kam billiger und leichter an die Karten als an die für ein Spiel der Leafs.

Irgendwann wurde das Gespräch von den Nachos unterbrochen, auf die sie sich alle hungrig stürzten. Davy schien sich mittlerweile an ihre überraschende Gesellschaft gewöhnt zu haben. Er lächelte Kurt zu, während er sich einen Spritzer Salsa vom Daumen saugte. Kurt biss sich auf die Lippe. Bei diesem Anblick stellte er sich sofort vor, dass Davy an etwas ganz anderem saugte. Er schob seine Hüften etwas weiter unter den Tisch.

Was war nur los mit ihm? Warum reagierte er so auf Davy? Er brauchte dringend Sex – und das *nicht* mit Davy.

Er wandte den Blick von Davy ab, bis Simon und Jen gegangen waren. Wenigstens würden die Burger, die sie bestellt hatten, Davy beim Essen nicht besonders sexy aussehen lassen.

„Sie machen einen netten Eindruck", bemerkte Davy, während die Kellnerin ihnen die Burger servierte. Er schob die Senfflasche in Kurts Richtung.

„Ich verstehe nicht, was du gegen Senf hast", sagte Kurt und verteilte einen großen, gelben Klecks auf seinem Brötchen.

Davy verzog das Gesicht. „Und ich verstehe nicht, wie du ihn essen kannst. Er sieht unnatürlich aus und schmeckt scheußlich."

„Und dein Ketchup ist besser? Das ist doch nur rote Zuckermatsche."

„Und trotzdem noch um Längen besser als Senf." Davy warf ihm einen herablassenden Blick zu.

Kurt lachte erleichtert, denn die sexuelle Spannung war verflogen. Wirklich. Zumindest benahm sich sein Schwanz jetzt besser.

„Du gehst also gerne ins Theater?", nahm Kurt das alte Gesprächsthema wieder auf. Dann wären Theaterkarten sicher ein gutes Geschenk für Davy. Für seinen nächsten Geburtstag musste er sich das merken.

„Ich liebe es. Aber ich gehe nicht … Ich bin lange nicht mehr hingegangen."

Kurt spürte Wut in sich aufsteigen. Wenigstens konnte er mit Wut besser umgehen als mit seinen anderen Gefühlen, auch wenn er sie selten verspürte. Aber es war einfach furchtbar zu wissen, dass Davy beinahe wie ein Gefangener gelebt hatte. Vielleicht nicht während der ganzen zehnjährigen Beziehung, aber es schien stetig schlimmer geworden zu sein, besonders nach Bens vierzigstem Geburtstag. Auch jetzt hielt er eine Therapie noch für eine gute Idee, würde diese jedoch ganz sicher nicht an Davys Geburtstag vorschlagen. Vielleicht bei seinem nächsten Besuch. Er wollte nicht die Freude aus Davys Gesicht vertreiben, wie er es mit der Frage nach den Videospielen getan hatte.

„Mann, bin ich satt." Davy schob den Teller mit seinem halb gegessenen Burger und den unberührten Pommes frites von sich. Kurt aß unbekümmert weiter – er hatte sich an den kleineren Appetit seines Freundes gewöhnt.

„Sollen wir uns gleich noch einen Film ansehen? Dienstags sind die billiger."
Kurts gespielt verführerischer Tonfall brachte Davy zum Lachen.

„Es ist schon fast acht. Da haben wir keine große Auswahl mehr."

„Na und? Dann nehmen wir eben den erstbesten Film." Kurt wollte den Abend noch nicht beenden. Sie waren zwar nicht mehr die Jüngsten, aber auch nicht so alt, dass sie sich schon um acht wieder auf den Nachhauseweg machen mussten.

„Na gut. Aber dann ist er bestimmt ganz furchtbar."

„Egal, es ist doch mein Geld. Außerdem können wir dann Popcorn auf die Leinwand werfen."

„Popcorn werfen? Ist das angemessenes Verhalten für einen braven, vorbildlichen Polizisten?", fragte Davy vorwurfsvoll, bis er am Ende losprusten musste.

„Na ja. Vielleicht erzählst du es besser niemandem."

Davy lächelte. „Na gut, ich werde mich nur über den Film beschweren. Aber lass mich wenigstens bezahlen."

„Vergiss es, Geburtstagskind. Sollen wir?"

Als Davy nickte, legte Kurt ein paar Scheine auf den Tisch und stand auf. Er wurde von einem Zupfen an seinem Ärmel gebremst.

„Danke, Kurt", sagte Davy aufrichtig. Kurt verstand, dass er ihm für mehr als nur das Essen dankte, und der letzte Rest seiner Unsicherheit verflog. Er durfte Davy nicht enttäuschen.

„Jederzeit. Das weißt du, oder?"

Davy lächelte und auch wenn seine Augen etwas feucht waren, fielen keine Tränen. Zum Glück. An seinem Geburtstag zu weinen, brachte bestimmt Unglück.

MIT POPCORN und Getränken setzten sie sich zwei Minuten vor Filmbeginn auf ihre Plätze. Sie hatten beide noch nie davon gehört, aber es war der nächste Film gewesen.

„Bist du sicher, dass wir hier richtig sind?" Davy schaute sich um.

„Ja. Kino acht. Wie soll man sich da vertun?"

„Aber wir sind ganz alleine."

Es war wirklich ein bisschen ungewöhnlich. An einem Dienstag hatte Kurt nicht mit vielen Besuchern gerechnet, doch bei einem Horrorfilm hätte man so kurz vor Halloween trotzdem einige Zuschauer erwarten können. Vielleicht hatten alle anderen einfach auch noch nie von diesem Film gehört.

Der Vorspann begann und Davy starrte derart übertrieben gespannt auf die Leinwand, dass Kurt lachen musste. Der Film war so furchtbar, wie Davy vorausgesagt hatte. Das Blut wirkte unecht und die Polizisten benahmen sich geradezu lächerlich unrealistisch. Während Davy also sarkastische Kommentare zum albernen Verhalten und den unlogischen Reaktionen der Personen abgab, beschwerte Kurt sich über die Darstellung des Polizeiberufs. Manchmal mussten sie so heftig lachen, dass sie größere Teile der an den Haaren herbeigezogenen Handlung verpassten – kein besonders großer Verlust.

Die letzte Szene war das typische offene Ende, das nach einer Fortsetzung schrie. Allerdings konnte Kurt sich nicht vorstellen, dass irgendjemand verrückt genug war, eine in Auftrag zu geben.

Davy erklärte: „Das war ein Zehn-Blowjobs-Film. Mindestens."

Schon allein das Wort aus Davys Mund zu hören, löste zwischen seinen Beinen ein Kribbeln aus. „Was?"

„Zehn Blowjobs. So viele wurden gebraucht, um jemanden davon zu überzeugen, diesen Film zu drehen."

Kurt musste so heftig lachen, dass er beinahe am letzten Schluck seines Getränks erstickte und seine Seiten noch heftiger schmerzten, als sie es schon während des Films getan hatten. „Zehn? Ist das dein Ernst? Da tippe ich eher auf hundert. Oder fünfhundert."

Davy lachte mit ihm.

AUCH DIE Fahrt zu Davys Haus half Kurts schmerzenden Rippen nicht sich zu beruhigen, da Davy immer wieder die lustigsten Stellen erwähnte. Als er vor dem Haus anhielt, verspürte er den fast überwältigenden Drang, Davy zu küssen. Gott. Das hier war doch kein Date. Er umklammerte krampfhaft das Lenkrad und starrte geradeaus.

„Noch mal danke, Kurt. Es war ein toller Abend." Er tätschelte ihm die Schulter und stieg aus. Ja, es war wirklich ein toller Abend gewesen. Trotz des miesen Films hatte er im Kino noch nie so viel Spaß gehabt.

ALS KURT später im Bett lag, musste er an den Anblick von Davys Hintern denken, als dieser auf sein Haus zuging. Scheiße. Allmählich wurde es wirklich unheimlich. Er war nicht schwul. Er hatte sich bisher nie zu einem Mann hingezogen gefühlt. Und Davy wirkte nicht besonders weiblich, also konnte es auch nicht daran liegen. Er war vielleicht schlank, hatte aber einen Bartschatten und große Hände und überragte Kurt um ein ganzes Stück.

Und trotzdem quälte ihn der Gedanke an diese roten Lippen. Sich ihre Berührung vorzustellen, brachte seine Haut zum Kribbeln und sein Herz zum Rasen. Es war erschreckend. Er wurde von immer neuen Davy-Fantasien überrascht. Die verlockendste war die, in der Davy vor ihm kniete und ihm einen blies. Verdammt, jetzt würde er nicht einschlafen können, ohne sich einen runterzuholen.

Er legte eine Hand um seinen Schwanz, der bereits schmerzhaft steif war. Warum hatte der Gedanke an Davys Mund diese Wirkung auf ihn? Schon allein seine Grübchen weckten bei seinem Schwanz mehr Interesse als eine nackte Tiffany, die nur auf ihn wartete.

Nein. Er durfte der Versuchung nicht nachgeben. Er konnte so einschlafen. Er ließ seine Erektion los und versuchte sie durch reine Willenskraft zum Nachlassen zu bewegen. Versuchte sich nicht vorzustellen, wie Davy im Restaurant unter den Tisch krabbelte und Kurts Reißverschluss öffnete. Oder wie er sich im dunklen Kino über Kurts Schoß beugte. Oder wie er Kurt mit einem ziemlich illegalen Blowjob während der Autofahrt verwöhnte. Und immer war es Davy und niemand anders, dessen dunkles Haar Kurts Bauch kitzelte. Seine Hüften hoben sich und er verkrallte die Finger im Bettlaken.

„Verdammt!" Sein Schrei hallte laut im stillen Zimmer wieder, doch wenigsten musste er sich dank der dicken Wände keine Sorgen wegen der Nachbarn machen.

Er drehte sich auf die Seite, um das Gleitgel vom Nachttisch zu nehmen. Er verteilte etwas davon auf seinen Händen und legte eine um seinen Schwanz, die andere um seine Hoden. Schon diese erste Berührung brachte ihn zum Stöhnen.

Er begann langsam, wie er es am liebsten hatte, seinen Schwanz zu streicheln, strich jedes Mal kurz über die Spitze, bevor er seine Hand wieder hinunterbewegte. Er gab vor, anstelle seiner Hand Davys heißen, feuchten Mund zu spüren, in ihn hineinzustoßen, und massierte dabei seine Hoden.

Plötzlich fand er sich in seiner Vorstellung auf Davy liegend wieder, zwischen seinen gespreizten Beinen. Davys Schwanz lag steif und schwer auf seinem Bauch, die geschwollene Eichel zeigte Richtung Kinn. Kurts Hand bewegte sich immer schneller, während die andere tiefer wanderte, bis sich ein einzelner Finger in ihn schob, wo nie zuvor etwas gewesen war. Vor seinem inneren Auge sah er, wie sein Schwanz in Davys Körper eindrang, und so schob er seinen Finger tiefer und stellte sich vor, dass sich Davy ebenso warm und eng anfühlte. Es war erschreckend gut. Sein Finger und seine Hand bewegten sich im gleichen Rhythmus, bis ihn schließlich die Vorstellung, wie Davy sich über seinen Bauch ergoss, während Kurt tief in ihm kam, mit einem langen Stöhnen zum Höhepunkt brachte.

Anschließend lag er keuchend im Bett, während sein Samen auf seinem Bauch abkühlte. Er schloss die Augen. Unglaublich. Er war doch nicht schwul, oder? Es war doch sicher normal, hin und wieder über andere Männer zu fantasieren. Auch wenn er das nie zuvor getan hatte …

Er löste seinen Finger aus seinem Körper, was seinen Schwanz ein letztes Mal zucken ließ, und sprang aus dem Bett, um eine Dusche zu nehmen. Doch zu seinem Entsetzen fand er sich dort wenige Minuten später an die Wand gelehnt wieder, Hand und Finger in derselben Position wie vorher im Bett und Bilder von Davy in seinem Kopf. Als er kam, wurde ihm klar, dass er heute noch nicht einmal das Bier als Ausrede hatte.

Oh Gott.

10

„WANN BEGINNT der große Ansturm?" Kurt lehnte sich auf seinem Klappstuhl neben der Tür zurück und betrachtete Erin, die ihm gegenübersaß. Erins Töchter und seine anderen Nichten und Neffen waren mit Erins Mann und seinen anderen verheirateten Geschwistern losgezogen, um Süßes zu verlangen und Saures anzudrohen. Es war beinahe unerträglich niedlich gewesen, wie die kleinen Zwerge da in ihren Kostümen gestanden hatten, denen im letzten Moment noch dicke Jacken hinzugefügt wurden. Das Problem hatte er als Kind auch immer gehabt: Ein paar Tage vor Halloween hatte es einen verdammten Kälteeinbruch gegeben und sein seit dem Sommer geplantes Kostümkonzept war völlig ruiniert gewesen.

„In zehn, fünfzehn Minuten müsste es eigentlich so langsam losgehen." Erin schnappte sich einen winzigen Schokoriegel aus der Schüssel zu ihren Füßen und steckte ihn in den Mund.

„He, Schwester, halt dich zurück. Iss den Bälgern nicht alles weg."

Erin warf einen Schokoriegel nach ihm und er wich lachend aus.

„Eigentlich wollte ich gerade sagen, wie schön es ist, mal wieder Zeit mit meinem kleinen Bruder zu verbringen. Aber ich habe es mir anders überlegt. Warum bist du eigentlich nicht bei einer Party? Du hättest doch mit Ian und Dylan ausgehen können."

Kurt zuckte mit den Schultern. Die Party, zu der seine beiden Single-Brüder verschwunden waren, wäre sicher ähnlich wild wie die, zu der Davys Freunde wollten. Ian hatte ihm versichert, dass jemand wie er dort nicht allein nach Hause gehen musste. Aber ... „Man könnte mich für einen Notfall brauchen. Deswegen sitze ich hier mit dir. Für eine lange, lange Weile." Er streckte ihr die Zunge heraus, woraufhin sie einen weiteren Riegel warf. Diesen fing er auf, um ihn zu essen.

Sie wurden von der Türklingel unterbrochen und Erin sprang auf, um Kostüme zu bewundern.

Kurt fragte sich, wie es gewesen wäre, wenn er Ricks Einladung angenommen hätte ... und Davy mitgekommen wäre. Er war schon ewig nicht mehr tanzen gegangen und die Vorstellung, Davy dabei zuzusehen, war bedrohlich verlockend. Sein Beruf hatte ihn einige Male in Schwulenclubs geführt und selbst im Dienst war ihm nicht entgangen, dass dort Sex in der Luft lag. Ob Davy ein guter Tänzer war?

Er fluchte, als ein Schokoriegel seinen Kopf traf. „He, was soll der Scheiß?"

„Vorsicht mit der Wortwahl, Knirps." Sie warf ihm einen bösen Blick zu.

„Was soll ... was soll das?" Er rieb sich die Stirn.

„Ich weiß nicht, wo du gerade warst, aber ganz bestimmt nicht hier. Wie heißt sie?"

„Wer?"

„Du hast doch an ein Mädchen gedacht. Du hast ganz dämlich gegrinst und warst total in Gedanken versunken. Wann stellst du sie uns vor?"

Niemals.

„Vergiss es, da ist niemand."

„Von wegen. Ich habe dich zweimal gerufen und du hast mich nicht gehört. Sie muss ja wirklich toll sein."

„Vergiss es, Erin." Er benutzte seine strengste Polizistenstimme und funkelte sie wütend an, was die Frau, die ihm die Windeln gewechselt hatte, allerdings nicht besonders beeindruckte. Für sie würde er immer der kleine Junge bleiben, der nicht allein zurechtkam. Der Knirps.

Erin verdrehte also nur die Augen und stand auf. „Ich hole uns ein paar *gesunde* Snacks. Kümmer dich um die nächsten Kinder."

Kaum hatte sie ausgesprochen, klingelte es auch schon wieder und Kurt sprang auf. Hoffentlich hatte Erin nicht sein rotes Gesicht bemerkt. Gott. Wenn Erin vermutete, dass er eine Freundin hatte, würde sie ihrer Mutter von dem Verdacht erzählen. Und er konnte ihnen nicht erzählen, dass es eigentlich um einen Mann ging. Es war nur eine Phase, über die er hinwegkommen musste. Seine starke Zuneigung zu Davy hatte mit der ungewöhnlichen Art zu tun, auf die er ihn kennengelernt hatte. Wenn es Davy wieder gut ging, würde alles nachlassen. Außerdem war es neu für ihn, so viel Zeit in der Gegenwart schwuler Männer zu verbringen. Kein Wunder, dass seine Gedanken ungewöhnliche Richtungen einschlugen.

Erin kehrte mit einem Teller geschnittenem Gemüse und Dip zurück und stellte das Ganze auf den kleinen Flurtisch.

„Danke, Erin." Er hatte gerade ein Stück Karotte genommen, als es erneut klingelte und gleichzeitig sein Handy vibrierte.

„Ich muss drangehen."

Erin nickte und öffnete die Tür, während er sich weiter ins Haus zurückzog, um dem Tumult der vom Zucker angetriebenen Kinder zu entkommen.

„Hi, Davy. Was ist los?"

„Sandra. Ich bin bei Sandra."

Die Panik in seiner heiseren, schwachen Stimme war selbst über das aufgeregte Kinderquietschen hinweg zu hören.

„Beruhige dich. Was ist passiert?" Er benutzte seinen Alles-unter-Kontrolle-Tonfall. Aus irgendeinem Grund griff er heute häufig auf seine Berufserfahrung zurück. „Hol tief Luft und halt sie kurz an."

Kurt schwieg und lauschte, ob Davy seine Anweisung befolgte. „Gut, jetzt atme langsam aus." Er wartete wieder. „Und jetzt erzähl mir alles."

„Sandra. Sie blutet und sie hat Wehen. Aber es ist noch zu früh für das Baby. Es soll erst in zwei Wochen kommen."

„Hast du einen Krankenwagen gerufen?"

„Nein, noch nicht."

83

Ihm wurde warm ums Herz. Davy hatte als Erstes ihn angerufen und rechnete damit, dass Kurt ihm half. Davy hielt ihn nicht für einen nutzlosen Knirps.

„Mach dir keine Sorgen, es ist ja nicht viel zu früh. Aber es wird bestimmt keine leichte Geburt." Hoffentlich bestand wirklich kein Grund zur Sorge. „Ich lege jetzt auf und rufe einen Krankenwagen. Dann sage ich dir, in welches Krankenhaus sie kommt und wir treffen uns da. In Ordnung?"

Davys Atmung beschleunigte sich wieder.

„Davy, atme. Schön langsam, sonst fällst du in Ohnmacht. Du musst jetzt Sandra helfen."

Er schlug gegenüber Davy nur ungern einen so schroffen Ton an, wusste jedoch, dass er nur so seine Panik durchdringen konnte.

„Also, ich lege jetzt auf. Es wird nicht lange dauern."

Kurz darauf schnappte Kurt sich seinen Mantel und seine Schlüssel und stürzte an Erin vorbei. „Ich muss los, Schwesterchen. Ich erklär's dir später." Sehr viel später, falls sie ihn immer noch wegen einer imaginären Freundin ausfragen wollte.

Wenigstens war sie dank seiner Arbeit daran gewöhnt, dass er überstürzt und ohne Erklärung das Haus verließ, und stellte keine Fragen. Während er das Auto anließ, bellte er Anweisungen in sein Handy.

Schon bald war er zügig, aber immer auf die vielen Kinder achtend, in Richtung Krankenhaus unterwegs.

DER VERKEHR war einfach nur verrückt. Es war ein ungünstiger Abend, um zu fahren, ein ungünstiger Abend für einen Notfall. Wenigstens war es noch so früh, dass sich die betrunkenen Missgeschicke und Alkoholvergiftungen in der Notaufnahme in Grenzen halten sollten. Als er endlich das Krankenhaus betrat, wurde er von der gelassen wirkenden Schwester am Empfang zum Wartebereich geschickt, in dem er Davy vorfand. Der Mann war beinahe so blass wie bei ihrer ersten Begegnung.

„Hi. Hast du schon was gehört?"

Davy starrte ihn mit großen, glasigen Augen an, bis er ihn plötzlich zu erkennen schien und sich Erleichterung in seinem Gesicht abzeichnete. Er machte einen Schritt auf Kurt zu, blieb dann aber mit an seinen Seiten geballten Fäusten stehen.

„Sie haben sich ziemlich schnell um sie gekümmert. Im Moment wird sie untersucht. Mehr … mehr weiß ich nicht."

„Komm her und setz dich, bevor du mir umkippst." Er führte Davy zu einem Stuhl und setze sich neben ihn. Am liebsten hätte er ihn umarmt. Bei seinen Brüdern hätte er es in einer solchen Situation ebenfalls getan. Nur war er einerseits nicht sicher, was Davy davon hielt, und fürchtete andererseits, dass seine seltsame Besessenheit von Davy sofort für jeden Menschen sichtbar wäre.

Zum ersten Mal konnte er Bens Heimlichtuerei beinahe verstehen. Andererseits war Ben schwul gewesen. Wäre Kurt schwul, würde er dazu stehen.

Oder? Sexfantasien mit Davy hatte er in letzter Zeit vermeiden können. Das war doch sicher ein gutes Zeichen. Als Davy plötzlich zu zittern begann, vergaß Kurt seine Sorgen und legte ihm einen Arm um die Schultern, drückte ihn kurz an sich.

„Ich hole dir einen Kaffee, okay? Damit dir ein bisschen wärmer wird." Kurt schaute sich um. „Wo ist dein Mantel?"

Davy sah sich ebenfalls etwas verloren im Wartezimmer um. „Keine Ahnung. Ich glaube, ich habe keinen getragen."

„Na gut, darum können wir uns später kümmern. Erst mal brauchst du ein warmes Getränk. Ich bin gleich wieder da."

Kurt eilte zur Cafeteria und zurück. In der Notaufnahme war es noch relativ ruhig, weshalb Sandras kurze Wartezeit nicht unbedingt damit zu tun haben musste, dass die Ärzte ihren Zustand für besonders ernst hielten.

Zurück bei Davy schob er ihm den Pappbecher in die Hand und Davy legte automatisch seine kalten Finger darum und beugte sich über den Becher, um den duftenden Dampf einzuatmen, bevor er einen vorsichtigen Schluck nahm. „Sehr süß", erklärte er und verzog das Gesicht.

„Du kannst den Zucker im Moment gebrauchen. Also trink ihn. Außerdem kenne ich den Kaffee hier und glaub mir, ohne ist der ungenießbar. Je mehr Zucker, desto besser."

Seine Worte sorgten für den Anflug eines Lächelns und Davy wirkte schon etwas weniger wie ein einsamer kleiner Junge. Nachdem er noch ein paar Schlucke getrunken hatte, wagte Kurt es, ihm weitere Fragen zu stellen.

„Bist du schon dazu gekommen, Sandras Mann anzurufen? Oder Freunde?"

Sie sprachen nicht oft über Davys wesentlich ältere Schwester. Kurt wusste nur, dass ihr Mann, William, im Ausland stationiert war und sie während ihrer schwierigen Schwangerschaft von den anderen Soldatenehefrauen unterstützt wurde.

„William hat erst in zwei Wochen frei." Trotzdem wählte Davy mit seiner freien Hand eine Nummer und presste das Handy ans Ohr.

Kurt entfernte sich ein paar Schritte und begutachtete die Zeitschriften, um Davy in Ruhe telefonieren zu lassen. Als er Davy schließlich das Handy in die Tasche stecken sah, setzte er sich wieder zu ihm.

„William konnte ich nicht erreichen, aber ich habe bei seinem befehlshabenden Offizier eine Nachricht für ihn hinterlassen. Und ich habe Sandras beste Freundin Liz angerufen. Ähm …" Davy senkte den Kopf und verbarg so sein Gesicht vor Kurt.

„Was?"

„Sie hat gefragt, ob sie herkommen soll", sagte Davy an die Topfpflanze in der Ecke gerichtet. „Ich habe ihr gesagt, dass das nicht sein muss und ich mich melde, wenn es etwas Neues gibt. Aber … du musst auch nicht bleiben. Auch wenn ich froh bin, dass du gekommen bist, will ich dir nicht den Abend ruinieren. Das hier könnte eine Weile dauern."

„Ich gehe nirgendwohin, Davy." Kurt zog seinen Mantel aus und hängte ihn über die Stuhllehne.

Davy kniff die Augen zusammen und biss sich auf die Lippe, bevor ihm ein tiefer Seufzer entwich. „Danke."

„Jederzeit, Davy. Das weißt du doch."

Davy sah sich kurz um und tätschelte Kurt flüchtig den Arm, zog seine Hand jedoch schnell mit einem schuldbewussten Blick zurück. Dabei schenkte ihnen niemand Beachtung. Die Menschen hier hatten ihre eigenen Sorgen. Mit dem Blick auf den an der Wand angebrachten Fernseher gerichtet, machten sie es sich für eine lange Wartezeit bequem.

EIN PAAR Stunden später war Davy mit dem Kopf an seiner Schulter eingeschlafen. Stress und Langeweile waren eine tückische Kombination. Kurts Augenlider waren ebenfalls ziemlich schwer, auch wenn es dank der Sitcoms zumindest geringfügig interessanter war als bei einer Observierung.

Ein junger Arzt in lila OP-Bekleidung sprach leise mit der Schwester am Empfang, die auf Davy deutete. Als der Arzt auf sie zukam, stupste Kurt Davy an und bemerkte voller Erleichterung das Lächeln auf dem Gesicht des gut aussehenden Arztes.

„Mr. Grey? Sie sind der Vater?"

„Nein, nein, ich bin Sandras Bruder, Davy Broussard."

Nachdem er Davy die Hand geschüttelt hatte, warf er einen fragenden Blick auf Kurt.

„Ich bin es auch nicht, ich bin nur ein Freund." Er wartete kurz, um Davy die Gelegenheit für Erklärungen zu geben. Da dieser allerdings schwieg, fuhr Kurt fort: „Sandras Mann befindet sich im Ausland. Selbst wenn er so kurzfristig freibekommt, braucht er einige Stunden hierher."

„Ich verstehe. Jedenfalls geht es ihrer Schwester gut, Mr. Broussard. Wir mussten einen Kaiserschnitt durchführen und sie wird ein paar Tage hierbleiben müssen. Aber sie ist schon wieder ansprechbar und hat nach Ihnen gefragt."

„Und das Kind?", fragte Davy.

„Ihm geht es gut. Sie können ihn morgen sehen, wenn sich alles etwas beruhigt hat. Und er muss zur Beobachtung noch etwas länger hierbleiben als ihre Schwester."

Plötzlich waren das Lächeln und die Grübchen mit voller Kraft zurück. Obwohl Kurt keinen besonders guten Gaydar besaß – schließlich brauchte er den nicht –, entging ihm nicht der anerkennende Blick, den der Arzt auf Davys Mund warf. Allein die Vorstellung, Davy könnte ebenfalls interessiert sein, versetzte ihm einen Stich, bei dem es sich nur um Eifersucht handeln konnte. Da er in seinem ganzen Leben noch nie eifersüchtig gewesen war, versuchte er, es zu ignorieren.

Davy drehte sich zu Kurt um.

„Keine Sorge", kam ihm Kurt zuvor. „Ich warte hier, bis du deine Schwester besucht hast." Davy brauchte jemanden, der ihn nach Hause brachte, und bei dieser Kälte würde Kurt ihn ganz bestimmt nicht ohne Mantel mit dem Taxi fahren lassen.

Davy nickte und folgte dem Arzt durch eine Schiebetür.

ZEHN MINUTEN später kam Davy zurück und wirkte viel entspannter.

„Alles in Ordnung?"

„Ja, ihr geht es gut. Liz oder ich holen sie ab, wenn sie entlassen wird. Ich kann es kaum erwarten, meinen Neffen zu sehen." Davys schwungvolle Schritte passten nicht zu seinen dunklen Augenringen. Er brauchte dringend Schlaf. Obwohl er sich natürlich noch an das erste Mal erinnerte, als eine seiner Schwestern ein Kind zur Welt gebracht hatte ... genau genommen sogar an alle. Es war immer etwas ganz Besonderes gewesen, etwas Ehrfurchtgebietendes. Wie konnte er da Davy seine Freude übel nehmen?

„Wie heißt er? Haben sie schon einen Namen ausgesucht?"

„Ja, haben sie: Oliver Alain, nach unseren Eltern. Mom hieß Olive und Dad Alain."

Davy erzählte selten von seinen Eltern. Kurt wusste, dass sie ein Autounfall das Leben gekostet hatte, als Davy noch ein Teenager gewesen war. Die elf Jahre ältere Sandra war daraufhin zu seiner Erziehungsberechtigten geworden. Im Gegensatz zu seinem jüngsten Verlust war diese Wunde vermutlich bereits verheilt, doch es war eben dieser Mangel an Menschen, die für Davy da waren – insbesondere, da Sandra ihre eigenen Probleme hatte –, der Kurt von Anfang an Sorgen bereitet hatte.

„ICH HABE gehofft, dass du heute kommen würdest."

„Ach ja?", fragte Kurt, der sich gerade seines Schals entledigte, und sein Herz klopfte schneller. Er hatte sich seit dem Krankenhausbesuch, der jetzt dreizehn Tage her war, von Davy ferngehalten – und hasste sich dafür, dass er die Tage zählte. Als er es nicht länger hatte ertragen können – was eigentlich bereits drei Tage früher der Fall gewesen war –, hatte er allerdings erst noch eine Ausrede gebraucht. Und heute wurde endlich ein Hockeyspiel um eine vernünftige Uhrzeit übertragen.

Davy würde niemals erfahren müssen, was Kurt sich nachts vorstellte. Kurt bemühte sich, so selten wie möglich darüber nachzudenken. Es war schlicht Neugier oder eine fehlgeleitete, alberne Schwärmerei. Irgendwann würde es nachlassen. Und er hatte nicht vor, seine Freundschaft mit Davy aufzugeben, nur weil er plötzlich einen unberechenbaren Schwanz hatte.

„Ja. Ich habe ein bisschen eingekauft, damit ich ein Burgerrezept aus deinem Kochbuch ausprobieren kann."

„Oh, cool." Vielleicht war es doch kein so dummes Geschenk gewesen, denn Davy aß genauso gern Hamburger wie er.

„Machs dir gemütlich. Ich bereite nur schnell alles vor."

Kurt schaltete den Fernseher im Wohnzimmer ein. Als er sich gerade auf die Couch setzen wollte, sah er aus dem Augenwinkel etwas ungewohnt Farbiges. Er stand auf, um sich das Kaminsims genauer anzusehen.

Er errötete, konnte aber ein Lächeln nicht unterdrücken. Der Bilderrahmen, den er Davy geschenkt hatte, nahm auf dem Sims einen zentralen Platz ein. Auf dem Foto sah Davy so verdammt glücklich aus.

Doch dieses Foto war nicht das einzige. Kurt schaute sich auch die anderen an, die ohne erkennbares System darum herum aufgestellt worden waren. Zwar erkannte er außer Davy und Sandra niemanden, freute sich aber trotzdem, dass Davy einige seiner Schätze hervorgeholt hatte. Ein Foto zeigte ein winziges, rotgesichtiges Baby, bei dem es sich vermutlich um Davys Neffen Oliver handelte. Obwohl er dank seiner Geschwister ein gewisses Maß an Erfahrung mit Babys vorweisen konnte, hatte er nie gelernt, sie auseinanderzuhalten. Selbst die Fotos, die Davy ihm bereits per Handy geschickt hatte, halfen ihm nicht viel weiter.

Wenigstens war Sandras Mann wieder bei ihr. Er war sechs Tage nach Halloween eingetroffen, da seine Reise durch mehrere Schneestürme verzögert worden war. Trotz der Unterstützung durch Sandras Freundinnen hatte Davy sich völlig dabei verausgabt, Sandra mit dem Baby zu helfen.

Einerseits war es ihm schwergefallen, Davy nicht ebenfalls seine Hilfe anzubieten, andererseits hatte er sich besser von Davy fernhalten können, da dieser so beschäftigt gewesen war. Eigentlich hätte er seine Schwestern oder seine Mutter um Hilfe bitten sollen. Für Kurt hätten sie alles getan. Doch immer wenn Schuldgefühle ihn dazu brachten, sein Handy in die Hand zu nehmen, hielt die Angst ihn von dem Anruf ab – Angst, seine Familie könnte herausfinden, dass er mehr für Davy empfand, als er sollte.

Er drehte sich um und musterte den Rest des Zimmers. Davys bunter Quilt, von seiner Mutter genäht, war über die Lehne des Sofas gelegt worden, auf dem sich neuerdings außerdem flauschige, rote Kissen befanden. Im Bücherregal standen jetzt Bücher anstelle von farbloser Dekoration, die wie aus dem Katalog wirkte. Den abgenutzten Buchrücken sah man gleich an, wie gern Davy las. Kurt konnte sich nicht erinnern, dass Ben jemals über Bücher geredet hatte.

Kurt näherte sich dem Regal, um sich die Titel anzusehen. Einige waren Kochbücher, zwischen denen sich eine Lücke in der Größe des Burgerkochbuchs befand. Daneben standen viele Romane, deren Autoren Kurt nur teilweise bekannt waren. Vor allem Fantasy, Scifi und ein paar Thriller. Er nahm eines der unbekannten

Bücher aus dem Regal und wurde rot, als er die zwei nackten Männeroberkörper auf dem Titelbild sah. Er schob es vorsichtig zurück ins Regal und wandte sich wieder dem restlichen Raum zu.

Er war zu einem Wohnzimmer geworden, das auch tatsächlich bewohnt aussah. Das Sterile, Unberührte war von Davy abgemildert worden. Kurt hielt es für ein gutes Zeichen, dass das Haus nicht länger an Bens paranoide Lebensweise erinnerte. Es freute ihn für Davy.

Ein Kaminfeuer hätte das Ganze gut abgerundet. Ob Davy irgendwo Feuerholz hatte?

Während Kurt noch darüber nachdachte, betrat Davy das Zimmer und brachte zwei Bierflaschen mit. „In ungefähr zehn Minuten können wir essen."

„Es riecht schon sehr gut." Das tat es wirklich, auch wenn Kurt nicht alle Düfte genau deuten konnte. Davy lächelte und der Anblick seiner Grübchen löste ein unerwartetes Kribbeln in Kurts Lendengegend aus. Gott. Würde das jetzt immer öfter passieren, nachdem Davy sich nun auf dem Weg der Besserung befand und häufiger lächelte? Kurt musste endlich von dieser Besessenheit loskommen. Nur schien sie, seinen vielen Fantasien über Davy nach zu urteilen, leider eher schlimmer zu werden.

Nein, es war sicher nur ein letztes Aufbäumen, bevor es besser wurde. Nichts Ungewöhnliches.

Sie saßen auf dem Sofa und hörten zu, wie die Spieler vorgestellt wurden. Anschließend folgte Werbung. Davon gab es viel zu viel. „Hast du Feuerholz?", fragte Kurt, um die Werbepause zu überbrücken.

„Feuerholz? Frierst du?"

„Nein, ich habe mich nur gefragt, ob du den Kamin benutzt."

„Nie. Der Rauch war Ben zu schmutzig und im Feuerholz hätte Ungeziefer sein können."

Kurt spürte Wut in sich aufsteigen. Wie konnte man etwas gegen Kaminfeuer haben? Sie waren wundervoll, besonders an richtig kalten Tagen, an denen aber nicht so viel Schnee gefallen war, dass man ihn wegschaufeln musste. An Tagen, an denen man nichts zu tun hatte und sich einfach nur entspannen wollte. Kurt sah einen Ofenschirm und Kaminbesteck. Warum war das überhaupt gekauft worden, wenn man es niemals benutzt hatte?

„Wir müssten uns zwar erst ansehen, ob der Abzug frei ist, aber wenn du mal ein Feuer machen willst, lass es mich wissen. Mein Bruder Dylan hat ein Haus auf dem Land und immer überschüssiges Feuerholz."

Kurt betrachtete den weichen weißen Teppich vor dem Sofa. Aus irgendeinem Grund gefiel es Davy nicht, einen Couchtisch direkt vor dem Sofa stehen zu haben. Falls man einmal dringend einen brauchte, hatte er den niedrigen Tisch und zwei Stühle in der Ecke neben dem Bücherregal platziert. So kam es, dass der Bereich vor dem Kamin frei war. Kurt stellte sich vor, wie das Kaminfeuer den hellen Teppich in ein warmes, oranges Licht tauchte. Und plötzlich malte er sich gegen seinen Willen aus, wie Davy sich nackt auf dem Teppich räkelte und die Wärme des Feuers genoss. Oh Gott, das musste endlich aufhören.

Er beugte sich vor und stützte die Arme auf die Knie, um seinen dämlichen, vorlauten Schwanz zu verbergen. Dann kam er sich dumm vor, denn Davy schaute ihm natürlich nicht zwischen die Beine und würde es auch nicht tun. Erstens trauerte er noch, zweitens hatte es nie einen Hinweis darauf gegeben, dass er sich auch nur im Geringsten von Kurt angezogen fühlte. Und das war gut so. Wirklich. Davy wusste eben, dass Kurt hetero war.

„Danke, ich werde drüber nachdenken."

Plötzlich brachte ein schrilles Piepen Davy dazu, sein Bier auf das Beistelltischchen neben der Couch zu stellen und in die Küche zu stürzen. Kurt seufzte. Vielleicht war das Kaminfeuer keine gute Idee. Zumindest nicht, bevor er über diese seltsame Phase hinweg war. Er würde es lieber nicht mehr erwähnen. Da das Essen wohl beinahe fertig war, holte er den kleinen Tisch aus der Zimmerecke und stellte ihn vor das Sofa. Zum Glück war er nicht besonders schwer.

Anschließend nahm er wieder seinen Platz ein und starrte in Gedanken versunken auf den Fernseher, bis plötzlich ein Tablett auf dem Tisch vor ihm landete und ihn aufschreckte.

„Warum hast du nichts gesagt? Ich hätte dir beim Tragen geholfen."

Davy zuckte mit den Schultern. „Kein Problem. Genau wie du habe ich mir während des Studiums mein Geld als Kellner verdient. Das verlernt man nicht."

„Und was gibt es?"

Davy verteilte die Teller. Kurt liebte es, so vor dem Fernseher zu essen – bei Ben hatte es das vermutlich nicht gegeben.

„Griechische Burger. Lammhackfleisch mit Feta und Tomaten und dazu Tsatsiki mit jeder Menge Knoblauch." Der Salat schien ebenfalls griechisch zu sein, denn auch hier entdeckte Kurt Feta, Tomaten und ein paar Oliven.

Ooh. „Selbst gemachtes Tsatsiki?"

Davy nickte.

Fantastisch. Wenn er in einem griechischen Restaurant war, aß er fast alles mit der köstlichen Joghurtsoße.

Davy hielt eine gelbe Flasche hoch. „Den habe ich dir zwar mitgebracht, aber probier es wenigstens erst einmal ohne Senf."

Kurt grinste. „Schon gut. Ich liebe zwar Senf auf Burgern, aber sonst habe ich ja auch kein Tsatsiki dafür." Obwohl er später vielleicht doch ein bisschen Senf nehmen würde, nur um Davy zu ärgern.

Davy stellte die Flasche auf den Tisch, warf Kurt aber misstrauische Blicke zu.

„Beruhige dich. Es sieht fantastisch aus." Er biss in seinen Burger. „Oh Gott, das schmeckt großartig", murmelte er um den ersten Bissen herum. Davy war ein hervorragender Koch. Obwohl er an das gute Essen seiner Mutter gewöhnt war, konnte er von Davys Gerichten nicht genug bekommen. Er würde wohl mehr Zeit im Fitnessstudio verbringen müssen.

Zufrieden mit Kurts Reaktion widmete sich Davy ebenfalls seinem Burger. Das Spiel begann und sie genossen das Essen, wenn sie nicht gerade lautstark die Übertragung kommentierten.

KURT SASS an seinem Schreibtisch und wartete auf Simon, der sich in einer Besprechung befand. Aus Langeweile schaute er sich noch einmal die neuesten Babyfotos an, die Davy ihm geschickt hatte. Man hätte denken können, er wäre Olivers Vater und nicht nur sein vernarrter Onkel. Andererseits hätte er beinahe einen weiteren geliebten Menschen verloren und es war kein Verbrechen, seine Familie zu lieben. Das tat Kurt schließlich auch, so sehr sie ihn auch manchmal nervte.

Die Geburt hatte einen angenehmen Nebeneffekt gehabt: Seitdem hatte Davy sich daran gewöhnt, Kurt Nachrichten zu schicken. Und zwar sehr oft. Es war ein bisschen wie damals in der Schule, als man heimlich kleine Zettel ausgetauscht hatte – was Kurt nicht daran hinderte, sich wie verrückt zu freuen, sobald sein Handy piepte. Und wie ein besessener Idiot behielt er alle Nachrichten, um sie später noch einmal lesen zu können. Eigentlich konnte es so nicht weitergehen. Nur wusste Kurt nicht, wie er es stoppen sollte, ohne den Kontakt zu Davy vollständig abzubrechen. Und das konnte er einfach nicht.

„Na, was hast du da Schönes?"

Kurt versuchte schuldbewusst, die Nachrichten zu schließen, wobei ihm in der Eile das Handy auf den Schreibtisch fiel.

„Nur Babyfotos von einem Freund." Kurt hoffte, dass sein Erröten nicht allzu auffällig war.

Simon verdrehte die Augen. „Zeig die bloß nicht Jen. Sie erwähnt in letzter Zeit immer wieder Kinder, aber ich würde lieber noch etwas warten."

Kurt verstaute das Handy in seiner Tasche. „Da fällt mir ein: Habt ihr zwei Samstag Zeit?"

„Vielleicht. Warum, hast du ein Date und willst nicht alleine hin?"

Als wäre Kurts Gesicht noch nicht rot genug gewesen. Vor allem, weil er sich an Davys Geburtstag erinnerte, als sie mit Jen und Simon zusammengesessen hatten, als wären sie ebenfalls ein Paar.

Simon sagte leise: „Entschuldige, Kumpel. Das hätte ich nicht sagen sollen."

Kurt schüttelte den Kopf. „Macht nichts. Jedenfalls findet Samstag im Restaurant meiner Eltern eine Geburtstagsparty für meinen Bruder statt. Wollt ihr kommen? Meine Familie würde euch wirklich gerne kennenlernen."

„Oh, ach so. Sehr gerne, wenn es sich einrichten lässt. Wollen wir dann los? Ich habe ein paar Adressen, denen wir einen Besuch abstatten sollen."

Gott sei Dank. Dann war das Thema Verabredungen vorerst wieder erledigt. Er wollte im Augenblick weder über Tiffany noch über Davy nachdenken.

„Klar", antwortete Kurt, zog seinen Mantel an und folgte Simon nach draußen.

11

KURT ENTDECKTE Simon, sobald er mit ein paar Schneeflocken bedeckt das Restaurant betrat. Er war größer als jeder andere im Raum. Vermutlich befand sich Jen neben ihm, doch da sie so klein war, war es über die Menge hinweg nicht zu erkennen. Samstags war im Finn's immer viel los.

Er hob einen Arm und winkte Simon, der ihn bemerkte und auf ihn zukam. Zwar waren auch hier viele Menschen, doch die eigentliche Party fand im Hinterzimmer statt.

„Hi, wie geht's? Das ist also das Familienrestaurant." Er klopfte Kurt zur Begrüßung auf die Schulter.

„Es ist toll hier", erklärte Jen und umarmte ihn.

„Ja. Es war eine alte Brauerei, die meine Eltern gekauft haben, kurz nachdem sie eingewandert sind. Sie haben sie wiederhergerichtet und nach meinem Großvater benannt und seitdem ist es ihre große Leidenschaft. Aber als Kinder hat es uns manchmal ganz schön genervt, weil wir oft beim Kellnern oder in der Küche helfen mussten. Als das Geschäft dann richtig lief, konnten meine Eltern ein paar Leute einstellen und seitdem helfen wir nur noch ab und zu aus, wenn die beiden mal eine Pause brauchen."

Kurt drehte sich um und führte sie ins Hinterzimmer.

„Oh, Schatz, wer ist denn das?" Wie üblich bemerkte seine Mutter als Erste die neuen Gesichter.

„Das sind mein Partner Simon und seine Frau Jen. Simon, Jen: Meine Mutter Deirdre."

Simon umarmte seine Mutter schwungvoll. Diese wirkte überrascht, lachte aber. Jen verdrehte gespielt genervt die Augen, schien es aber eigentlich komisch zu finden.

„Schön, Sie kennenzulernen, Mrs. O'Donnell", sagte Simon und stellte Kurts Mutter wieder auf die Füße.

„Bitte nicht so förmlich. Wie mein Kleiner schon sagte: Deirdre."

„Na gut, Deirdre." Simon grinste.

Mittlerweile hatte auch der Rest seiner Familie Simons Ankunft bemerkt – er war ja auch nicht zu übersehen. Mike kam als Erster zu ihnen herüber, während seine Mutter sich mit Jen unterhielt.

„Ist das dein neuer Partner, Knirps?"

„Knirps?", fragte Simon mit hochgezogener Augenbraue. Jen unterdrückte ein Lachen.

„Simon, Jen, das ist mein großer Bruder Mike, das Geburtstagskind. Er ist schon ein alter Mann: dreiundvierzig."

93

Mike warf ihm einen bösen Blick zu, nahm aber freundlich Simons und Jens Glückwünsche entgegen.

„Also, warum Knirps?", wiederholte Simon.

Kurt stöhnte, Mike lachte. „Na ja, wir dachten alle, das Nesthäkchen würde am kleinsten bleiben. Wie man sieht, haben wir uns geirrt und er wurde stattdessen der Größte von uns."

„Das liegt daran, dass Mom mich am liebsten hat", sagte Kurt und streckte Mike die Zunge heraus. Dieser schnappte sich Kurt, als wollte er ihn in den Schwitzkasten nehmen, drückte ihn jedoch stattdessen kurz an sich.

Kurt hoffte, dass er nur aus Höflichkeit darauf verzichtete und nicht, weil er Kurt auch sechs Monate nach seinem Unfall noch für zerbrechlich hielt.

„Wie geht es dir, Knirps? Ich sehe dich in letzter Zeit viel zu selten."

Nein, nicht aus Höflichkeit. „Mir geht es gut, Mike. Versprochen. Alles verheilt." Er schob seinen Ärmel hoch, um die Narbe an seinem Arm zu zeigen. Nur eine leichte rosa Färbung verriet, wie frisch sie noch war.

„Schon gut, schon gut."

Kurt musste daran denken, wie Davy sie damals hauchzart mit seinem Finger nachgezeichnet hatte und lächelte, während er den Ärmel wieder hinunterzog.

„Dieser tüchtige junge Mann wird bestimmt gut auf meinen Liebling aufpassen." Seine Mutter drückte Simons Arm. Kurt konnte kaum glauben, wie anders das Verhältnis seiner Familie zu seinem neuen Partner bereits war, wenn man es mit ihren wenigen Begegnungen mit Ben verglich.

„Natürlich werde ich das Ma'am."

„Guter Junge. Und Mikey, es ist zwar dein Geburtstag, aber hol Simon und Jen doch bitte etwas zu trinken und stell ihnen den Rest der Bande vor."

„Ooh, jetzt wird es ernst für dich", flötete Mike, während er Simon und Jen, beide grinsend, mit zu den anderen Familienmitgliedern nahm.

Doch anstatt ihm Vorwürfe zu machen, wie Mike es vermutet hatte, umarmte seine Mutter ihn nur.

„Also, wann stellst du sie mir vor?"

„Wen?"

„Deine Freundin."

„Verd… verflixt, Mom, hast du das von Erin? Ich habe keine Freundin."

„Nein, Erin hat nichts gesagt, aber jetzt werde ich sie fragen. Du lügst nämlich, Junge. So wie du jetzt hat Mike ausgesehen, als er Heather kennengelernt hat. Da wusste ich gleich, dass er sie einmal heiraten würde."

„Heiraten! Gott, Mom, ich führe noch nicht mal eine Beziehung!" Wenn man von einer freundschaftlichen mit einem Mann absah, in dessen Gesellschaft er mehr Spaß hatte als bei jedem seiner bisherigen Dates.

Seine Mutter schaute ihm in die Augen und legte eine Hand auf seinen vernarbten Arm. „Ach Schatz, auch wenn du noch keine Beziehung mit ihr führst, du hast sie getroffen. Die Narbe hat dich an sie erinnert und es war nicht zu übersehen: Du bist verliebt."

Es war ein *er* und Kurt war nicht in ihn verliebt. Seine Mutter musste verrückt geworden sein. Oder sie war betrunken.

„Das bin ich nicht, Mom, ich schwöre." Kurt hoffte, dass sie seine Panik nicht bemerkte. Sie musste ihm einfach glauben.

„Schon gut, Liebling, schon gut, mach dir keine Sorgen. Du wirst sie schon noch überzeugen. Du bist ein guter Fang."

Scheiße. Sie hatte sie doch bemerkt.

„Vergiss nicht, dass du immer mit mir reden kannst. Ich bin zwar deine alte Mutter, aber was Frauen angeht, kenne ich mich aus."

Kurt gab ein bitteres Lachen von sich. Hätte sie gewusst, was in seinem Kopf vor sich ging, wäre sie nicht so versessen darauf gewesen, ihn zu verkuppeln. Sie war eine gute Katholikin. Wahrscheinlich würde sie ihn hassen, anstatt ihm Ratschläge zu geben. Genau wie der Rest seiner Familie.

„Na, Knirps?" Ian näherte sich und drückte ihm eine Flasche Bier in die Hand – der einzige Grund, aus dem Kurts böser Blick ziemlich harmlos ausfiel. „Ich habe deinen Partner kennengelernt. Macht einen netten Eindruck." Dylan, der hinter Ian stand, nickte.

„Komm mit, wir haben ihn zu einer Partie Billard überredet und brauchen einen vierten Mann."

Kurt ließ sich, dankbar, den erschreckenden Einsichten seiner Mutter entkommen zu sein, an den Billardtisch entführen. Gott. Wenn sie herausfände, dass er sich von einem Mann angezogen fühlte – und er war natürlich *nicht* verliebt, schließlich war er nicht schwul – und über ihn fantasierte, würde sie ausrasten. Ihn vermutlich sogar enterben. Wie die anderen Familienmitglieder auch.

„He, was ist denn mit dir los?", fragte Ian. „Du siehst ganz fertig aus."

„Mom hat mit mir übers Heiraten geredet."

„Oh Mann, das ist ja echt scheiße. Warum solltest du das tun? Es gibt noch so viele unentdeckte Frauen."

Dylan schnaubte. „Trotz eines fleißigen Entdeckers wie dir. Aber ernsthaft, ich kann mir das auch noch nicht vorstellen. Vielleicht in ein paar Jahren."

Kurt war zwar der Jüngste, allerdings nur drei Jahre jünger als Dylan, während Ian sich ziemlich genau in der Mitte dazwischen befand. Sie hatten alle noch jede Menge Zeit, um sesshaft zu werden.

„Du hast aber keine Freundin, die du uns verschweigst, oder?", erkundigte sich Ian.

„Nein." Warum konnten sie nicht endlich mit diesem Thema aufhören?

Ian und Dylan tauschten misstrauische Blicke. Um Gottes willen, sie hatten doch nicht etwa einen Verdacht? Das war unmöglich, oder?

„Ähm … Billard …?"

SIMON SPIELTE fast so gut wie er und seine Brüder, was sehr beeindruckend war, da sie an diesem Tisch übten, seit sie groß genug waren, um über den Rand zu schauen. Trotzdem beließen sie es bei einem Spiel und gaben den Tisch für die anderen Gäste frei.

Jen gesellte sich zu ihnen und reichte Simon ein Bier. „Danke, Schatz." Er beugte sich zu ihr hinunter, um sie zärtlich zu küssen.

„Ich mag deine Familie", sagte Jen an Kurt gewandt.

„Danke. Die meiste Zeit über mag ich sie auch."

Jen lächelte, während Ian ihm gegen die Schulter boxte.

„Wir sind gleich zurück", sagte Dylan und er und Ian hielten ihre leeren Bierflaschen hoch.

„Bringt mir auch eins mit", rief Kurt ihnen hinterher, woraufhin ihm Ian lediglich den Mittelfinger zeigte.

„Entschuldige, ich hätte dir auch eins holen sollen", sagte Jen.

„Das musst du nicht, ich hole mir gleich selbst eins. Und Ian stellt sich nur ein bisschen an."

Caitlyn kam an den Tisch. „Da bist du ja", sagte sie zu Jen. „Komm rüber und bring Simon mit." Dann warf sie Kurt einen tadelnden Blick zu.

„Du hättest mir erzählen sollen, dass du Jen kennst."

„Wann denn das?"

Kurt fand ihren vorwurfsvollen Ton ungerechtfertigt. Er sah die Zwillinge kaum, weil sie meistens mit Familienunternehmungen beschäftigt waren.

„Wir sind seit Kurzem Arbeitskolleginnen, haben aber heute erst festgestellt, dass Simon dein Partner ist."

„Und ich hätte wissen müssen, dass ihr zusammenarbeitet?" Wie immer überhörte seine Schwester den Sarkasmus. Vielleicht hätte er es gewusst, würde seine Schwester nicht so oft den Arbeitsplatz wechseln wie andere Leute bei ihrem Auto das Öl. Wie sollte er da den Überblick behalten?

„Geh ruhig", fügte Kurt hinzu, da Simon zögerte. „Ich gehe an die Bar."

Er holte sich endlich ein Bier und lehnte sich damit an die Wand. Überall um sich herum sah er Paare. Seine Schwester hatte einige Freundinnen eingeladen, die ebenfalls Single waren. Allerdings hielt er ein Date mit ihnen für eine genauso schlechte Idee wie eines mit seiner Arbeitskollegin.

„Hallo, du musst Kurt sein." Eine kleine, vollbusige Frau mit braunem Haar stand plötzlich vor ihm – viel zu nah für eine Fremde. Doch sie war ziemlich hübsch und der Größenunterschied erlaubte ihm einen tiefen Einblick in ihren Ausschnitt, in dem der Rand von rosa Spitzenunterwäsche zu sehen war.

„Ja, das stimmt."

„Ich bin Heidi, eine Freundin von Heather."

„Schön, dich kennenzulernen, Heidi."

„Heather sagt, du bist Polizist." Heidi kam noch ein Stückchen näher und legte eine zierliche Hand auf seinen Bizeps. Eigentlich fielen die Freundinnen seiner Schwägerin ebenfalls in die Kategorie Frauen, mit denen er sich nicht verabreden sollte. „Du musst sehr mutig sein. Und offensichtlich bist du auch sehr stark." Sie drückte seinen Arm.

Kurt trank einen großen Schluck Bier und unterdrückte ein Augenrollen.

Trotzdem … er stellte sich vor, wie er sich zu ihr hinunterbeugte und sie küsste. Wie er sie auszog. Wie er seine Hände auf ihre vollen Brüste legte. Doch es hatte keinen Effekt. Nichts regte sich – wenn möglich sogar noch weniger als bei Tiffany.

Fuck.

Er versuchte es erneut. Diesmal malte er sich aus, wie sie zusammen nackt im Bett lagen. Nur war sie nicht groß genug. Und hatte keine Grübchen.

Oh, Scheiße. Ihm brach der Schweiß aus und er versuchte zurückzuweichen, woran ihn die Wand allerdings hinderte.

„Da bist du ja", hörte er plötzlich Simons Stimme sagen. Heidi hatte sich mittlerweile an ihn geschmiegt und eine Hand unter seinen Pullover geschoben. Ihre Brüste waren gegen seinen Oberkörper gepresst.

„Tut mir leid, Miss, ich muss mir Kurt kurz ausleihen." Simon lächelte ihr zu, löste ihre Hand von Kurt und führte ihn zum Billardtisch.

„Danke fürs Retten." Kurt konnte endlich wieder atmen. Noch ein Debakel wie das mit Tiffany hätte sein Ego vermutlich nicht verkraftet.

„Bedank dich bei Jen." Simon deutete auf seine Frau, die Kurt mitfühlend zuwinkte. „Sie sagt, dass sie einen Hai erkennt, wenn sie einen sieht."

Wahrscheinlich hatte sie einfach seinen verängstigten Gesichtsausdruck bemerkt. Ganz toll. Aber er konnte ihr nicht böse sein. Besser so, als sich weiter Heidis nicht sehr originellen, aber entschlossenen Verführungsversuchen stellen zu müssen.

„Sollen wir noch ein Spiel machen? Jen und ich gegen dich?"

„Ach nein, spielt ihr ruhig. Ich sehe zu."

Kurt machte es sich auf einem Barhocker bequem, der ihm einen guten Blick auf den Raum bot. Allerdings fiel es ihm schwer, sich auf das Spiel zu konzentrieren.

Sein Bruder Mike küsste ein Stück weit entfernt mit einem glücklichen Lächeln seine Frau Heather. Sein Vater nahm seiner Mutter grinsend ein schweres Tablett ab. Erins Mann strich ihr zärtlich eine Haarsträhne aus dem Gesicht. Simon stand dicht hinter Jen und tat, als müsste er ihr bei einem schwierigen Stoß helfen, doch ihrem leisen Kichern nach zu urteilen, war es nicht der einzige Grund.

Obwohl er von Freunden und Verwandten umgeben war, die ihn liebten, hatte er sich nie zuvor so einsam gefühlt. Er hätte sich nicht durch seine Angst davon abhalten lassen sollen, Davy einzuladen. Tatsächlich erinnerten seine Gründe dafür so sehr an Bens Verhalten, dass er sich plötzlich heftig schämte. Davy hätte sich gut mit seiner Familie verstanden, da war er sicher. Sie hätten ihn geliebt und Davy hätte ihm den ganzen Abend Gesellschaft geleistet. Simon war ein guter Freund, hatte aber Jen. Mit Ian und Dylan konnte man ebenfalls Spaß haben, doch die beiden hatten die Party bereits verlassen, vermutlich um sich noch ein Date für ein bisschen Spaß später am Abend zu suchen. Genau wie Kurt fischten sie lieber in fremden Gewässern.

Aber er konnte Davy nicht einladen, so sehr er es sich auch wünschte. Er konnte einfach nicht riskieren, dass irgendjemand etwas bemerkte.

Jen versenkte eine Kugel und quietschte, was Kurts Aufmerksamkeit wieder auf den Tisch lenkte. Sie hatte gewonnen, was bei Simons Talent wahrscheinlich nicht sehr oft passierte.

„He, Kumpel, wir wollten uns so langsam auf den Weg machen", sagte Simon, der jetzt einen Arm um Jens Schultern gelegt hatte. „Danke für die Einladung."

„Gern geschehen. Meine Familie findet euch toll. Schön, dass ihr gekommen seid."

Jen umarmte ihn und die beiden gingen auf die Tür zu. Kurt warf einen Blick auf seine Uhr. Schon nach Mitternacht. Er konnte auch gehen. Obwohl er am liebsten viel mehr getrunken hätte, hatte er sich sehr zurückgehalten, weswegen er noch fahren konnte.

Er verabschiedete sich von seiner Familie – abgesehen von Ian und Dylan, die noch verschwunden waren – und verließ das Hinterzimmer, um sich durch die vielen Menschen im öffentlichen Teil des Restaurants zum Ausgang zu schlängeln.

Plötzlich packte jemand seinen Arm und jeder Muskel in seinem Körper spannte sich an, bis er bemerkte, dass es sich nur um Ian handelte.

„Wo willst du hin? Die heiße neue Kellnerin hat uns zu einer anderen Party eingeladen. Ihre Freundinnen sind Stripperinnen", zischte Ian.

„Und sie sind zwanzig."

Ians Blick sagte deutlich *na und?*

Gott. Eine ganze Party mit aufdringlichen Frauen wie Heidi. Frauen mit Erwartungen, die er nicht erfüllen konnte – und eigentlich auch nicht wollte. Und zu allem Überfluss noch vor den Augen seiner beiden wilden Brüder. Da hätte er sich lieber mit einer Gabel die Augen ausgestochen. Seine miese, leere, einsame Wohnung mit der beinahe vollen Flasche Wodka wartete auf ihn.

„Nicht heute Ian, ich bin müde. Es war eine lange Woche."

„Dagegen hilft am besten eine schnelle, leicht zu habende Nummer." Ian grinste.

Kurt schüttelte den Kopf. Ian wirkte fast ein bisschen verzweifelt. Ob er unter einer frühen Midlife-Crisis litt? „Lass das ja nicht Mom hören. Und ich gehe trotzdem."

„Na gut. Treffen wir uns trotzdem nächste Woche zum Mittagessen?"

„Klar, ruf mich einfach an, wenn du Zeit hast."

Nachdem Ian gegangen war, stand Kurt da und fragte sich, ob er die richtige Entscheidung getroffen hatte. Während er die Bar betrachtete, um herauszufinden, welche Kellnerin Ian gemeint hatte, fiel ihm ein schlanker blonder Mann ins Auge. Sein Körperbau und Profil waren Davys so ähnlich, dass man ihn aus der Entfernung mit ihm verwechselt haben könnte, wäre da nicht das helle Haar gewesen. Plötzlich drehte der Mann sich um und bemerkte seinen Blick. Als Kurt ihn weiter anstarrte, zog er eine Augenbraue hoch und leckte sich die Lippen. Eine unerwartete Welle der Lust durchflutete Kurt so heftig wie ein Faustschlag in den Magen. In einer Sekunde hatte dieser Mann einen größeren Effekt auf ihn gehabt als Heidis üppige Brüste in mehreren Minuten.

Oh fuck.

Er knöpfte seinen Mantel zu und schob sich durch die Menge in die eisige Novembernacht hinaus.

12

Es WAR zu spät, um zu klingeln. Abgesehen von der fröhlichen rot-grünen Weihnachtsbeleuchtung in den Fenstern lag Davys Haus im Dunkeln. Kurt wusste, dass es für ihn keinen Grund gab, hier in seinem Auto zu sitzen. Nur hatte sich das überwältigende Bedürfnis, in Davys Nähe zu sein, nach ein paar Flaschen Bier einfach nicht mehr unterdrücken lassen. Mit all den glücklichen Paaren um sich herum hatte er sich so furchtbar einsam gefühlt. Auch wenn Davy von den vielen Menschen vielleicht nicht begeistert gewesen wäre, hätte Kurt ihn zumindest einladen sollen. Es war dumm gewesen, es nicht zu tun. Eigentlich hatte er sich in letzter Zeit allgemein sehr dumm verhalten, denn keine Frau hatte je so starke Gefühle in ihm ausgelöst wie Davy. Er musste herausfinden, wie gut Davy in sein Leben passte. Er musste sich endlich zusammenreißen und auf ihn zugehen. Nicht, dass er ihn drängen wollte – Davys Trauer war noch längst nicht vorüber. Er konnte einfach noch nicht so weit gehen, Davy – oder überhaupt irgendjemandem – seine neu entdeckten Neigungen zu gestehen. Erst musste er ganz sicher sein. Aber Davy als Freund in sein Leben integrieren? Das hätte er schon lange tun sollen.

Kurt rieb sich die kalten Hände und betrachtete die weißen Wölkchen, die sich beim Ausatmen vor seinem Mund bildeten.

Er war verrückt. Er saß vor Davys Haus wie bei einer Observierung – nur dass er vor einer Observierung niemals trinken würde. Gott. Das Ganze musste furchtbar verdächtig aussehen. Es würde ihn nicht überraschen, wenn bald ein Streifenwagen vorbeikäme. Dann hätte Inspector Nadar sicher einiges zu seinem Verhalten zu sagen. Und er konnte es noch nicht einmal erklären, ohne etwas zuzugeben, das er nicht laut aussprechen und sich selbst kaum eingestehen wollte.

Kurts Gedankengang wurde von einem schwarzen Kleinwagen unterbrochen, der in Davys Auffahrt einbog. Der Motor ging aus und ein schwarz gekleideter kleiner Mann stieg aus.

Ohne darüber nachgedacht zu haben, war Kurt ebenfalls ausgestiegen und überquerte eilig die Straße, um den Fremden abzufangen. Wer sich mitten in der Nacht auf dem Weg zu Davys Haustür befand, hatte sicher nichts Gutes im Sinn.

Doch plötzlich öffnete sich die Beifahrertür und Davy stieg aus. Kurt erstarrte, als wäre er mit Wasser übergossen worden und augenblicklich auf dem dunklen Gehweg festgefroren. Obwohl er nur wenige Meter entfernt zum Stehen gekommen war, hatten ihn die beiden Männer nicht bemerkt.

Das Kältegefühl breitete sich von seinen Fingern bis in den Rest seines Körpers aus. Kurt war ziemlich sicher, dass es nicht an der Temperatur lag.

Der Mann war ihm völlig unbekannt und er konnte nicht genau ausmachen, was sie sagten, während Davy die Tür aufschloss und sich dann zu dem Fremden umwandte.

Als Davy ihm zulächelte, ihm für einen kurzen Moment diese Grübchen zeigte, legte der blonde Mann seine Hände an Davys Wangen und küsste ihn.

Wut explodierte wie heiße Lava in Kurts Brust und löste ihn aus seiner Starre. Unter seinen Füßen knirschte Schnee, als er auf Davys Tür zusprintete. Er stürzte die Verandastufen hinauf und riss den Fremden von Davy los. *Seinem* Davy.

Der Mann stieß einen Schrei aus und prallte mit einem dumpfen Knall gegen das Fenster.

Davy starrte Kurt, der keuchend und mit geballten Fäusten vor ihm stand, verwirrt an.

„Was ist hier los?" Kurt erkannte seine eigene Stimme kaum wieder.

Der Fremde hatte sich wieder aufgerappelt. „Wer sind Sie?"

„Wer zum Teufel sind *Sie*? Davy, du hattest doch nicht etwa eine *Verabredung*?" Kurt war nicht ganz sicher, wie er seine fürchterliche Wut zum Ausdruck bringen konnte, ohne eine Anzeige wegen Körperverletzung zu riskieren. Obwohl das Arschloch Davy nicht länger küsste oder anfasste, wurde er von Sekunde zu Sekunde aufgebrachter.

„Was soll das, Kurt?"

„He, ich wusste nicht, dass du einen eifersüchtigen Ex hast."

„Den habe ich nicht." Die Worte schossen aus Davys Mund wie Pistolenkugeln. Kurt hatte ihn noch nie so wütend gesehen, starrte aber genauso wütend zurück.

„Wer zum Teufel ist der Typ dann?"

Kurt wandte sich wieder dem Fremden zu. „Das geht Sie nichts an." Sein Gesichtsausdruck schien den Mann zu erschrecken.

„Davy, soll ich die Polizei rufen?"

„Nein, er *ist* die Polizei. Fahr nach Hause, Andrew."

Andrew. Jetzt hatte er einen Namen, auf den er seinen Hass richten konnte.

„Bist du sicher?" Andrew schob sich vorsichtig, als hätte er es mit einem wilden Tier zu tun, an Kurt vorbei. Kurt wusste, dass er sich beruhigen sollte, aber das kümmerte ihn nicht. Am liebsten hätte er diesen Idioten kopfüber von der Veranda in den Schnee geworfen.

„Ja, fahr einfach." Davy verwendete denselben schneidenden Tonfall, den Kurt heute zum ersten Mal von ihm gehört hatte, auch für Andrew. Gut. Andrew gehorchte.

Während Andrew hinter ihnen losfuhr, öffnete Davy die Tür und trat ein.

„Komm rein", befahl Davy. „Ich werde nicht noch weiter vor den Nachbarn rumschreien."

Kurt folgte ihm ins Wohnzimmer, wo Davy sich seines Mantels entledigte und ihn über einen Stuhl warf.

„Also, was sollte das Ganze?" Davy klang kein bisschen ruhiger. „Und zieh deine verdammten Schuhe aus. Du verteilst überall Schnee."

„Du verabredest dich schon wieder? Wie konntest du nur?" Kurt riss sich die Schuhe von den Füßen und warf sie in die Zimmerecke. Vielleicht wäre es ihm leichter gefallen, seine Gedanken zu ordnen, hätte er sich auch nur für eine Sekunde von der Sorge befreien können, Davy könnte sich von ihm lösen, ihn nicht mehr brauchen.

Davy starrte ihn mit offenem Mund an. „Ich bin dir zwar keine Rechenschaft schuldig, aber nein, ich *verabrede* mich nicht." Er äffte das Wort in Kurts entsetztem Tonfall nach. „Noch nicht."

Kurt hätte noch sechs Monate haben sollen, bevor Davy sich wieder mit Männern traf. Das war es doch, was Trauertherapeuten sagten: ein Jahr der Trauer. Sechs Monate länger, um zu entscheiden, ob er Davy für sich wollte oder sich diese Besessenheit von ihm lieber aus dem Kopf schlug.

„Noch nicht?" Davys Worte hätten ihn beruhigen sollen, taten es jedoch nicht. Er zitterte aus dem unterdrückten Bedürfnis heraus, Davy zu packen und zu schütteln, damit er Vernunft annahm. Davys Augen funkelten ihn wütend an, reflektierten die bunten Lichter der Fenster. Er hatte sich nicht die Mühe gemacht, eine Lampe einzuschalten, was Kurt nur recht war. Hierfür brauchten sie kein Licht.

„Wenn du dich nicht verabredest, warum hat der Typ dich dann geküsst?"

Davy warf ihm einen verärgerten Blick zu, während er sich ebenfalls die nassen Schuhe von den Füßen schob.

„Meine Güte, er ist ein Freund von Jon. Wir waren in einem Club und er hat angeboten, mich nach Hause zu fahren. Ja, er hat einen Annäherungsversuch gestartet, aber verrat mir doch mal … was zum Teufel geht dich das an?"

Kurt näherte sich Davy und bemühte sich um eine möglichst einschüchternde Körperhaltung. Davy mochte ein paar Zentimeter größer sein, allerdings war Kurt kräftiger gebaut und hatte eine Menge Übung darin, bedrohlich zu wirken. Aber Davy gab nicht nach, blieb aufrecht stehen, hob das Kinn und schaute Kurt in die Augen.

„Ich mag ihn nicht."

„Na und? Du musst die Männer, mit denen ich mich treffe, nicht mögen. Oder die, mit denen ich schlafe."

„Mit denen du *schläfst*?" Die Worte waren wie ein Messerstich. Er bekam vor lauter Schmerzen kaum Luft.

Davy warf ihm einen weiteren bösen Blick zu. „*Noch nicht*, du Idiot."

Der Schmerz ließ augenblicklich nach. Kurt atmete tief durch, bereitete sich auf einen neuen Angriff vor. Doch plötzlich stieg ihm Davys frischer Zitronengrasduft gemischt mit einem Hauch von Schweiß in die Nase. Sein Schwanz erwachte mit beinahe schmerzhafter Heftigkeit zum Leben. Plötzlich war Streiten das Letzte, was er mit Davy tun wollte.

Er legte die Hände auf Davys schmale Schultern, zog ihn an sich und presste zum ersten Mal in seinem Leben seine Lippen auf die eines Mannes.

Davy stand wie angewurzelt da, während Kurt seine überraschend weichen Lippen kostete. Als er eine Hand an Davys Wange legte und raue Bartstoppeln unter seinen Fingern spürte, löste sich ein Stöhnen aus seiner Kehle. Er leckte über Davys Lippen, sehnte sich nach seinem Mund. Kurz fürchtete er, Davy würde sich ihm verweigern, doch dann öffnete sich plötzlich sein Mund, während seine Arme sich um Kurts Taille schlangen.

Oh Gott. Davys Geschmack. Die Hitze seines Mundes. Das gehörte ihm, nicht diesem verdammten Andrew. Er schob Davy auf die Couch zu und presste ihn mithilfe seines Gewichts auf eine aggressive Art und Weise darauf, wie er es bei einer Frau nie getan hätte – und er hatte auch niemals das Bedürfnis danach verspürt.

Ein letzter Zentimeter und dann lag er auf Davy, sein Mund auf Davys Mund, seine Hüften auf Davys Hüften. Ein weiteres Stöhnen erklang zwischen ihren Mündern. Vermutlich Kurts eigenes. Das völlig neue Gefühl einer Erektion, die sich gegen seine presste, von Hüften, die sich ihm entgegenschoben, war unglaublich erregend. Niemals hatte er sich einer Frau körperlich so nah gefühlt. Wie denn auch? Sein fester, muskulöser Körper passte zu Davys, als hätte man sie füreinander geschaffen. Die Heftigkeit seines Kusses ließ etwas nach, während viele unbekannte Gefühle auf ihn eindrängten und sein Schwanz sich nach mehr sehnte, mehr Druck, mehr Berührung, mehr nackte Haut.

Davy klammerte sich an ihn, stemmte sich gegen ihn, rang mit ihm und stieß ihm die Zunge in den Mund, als wären sie dabei zu kämpfen, anstatt sich zu küssen. Das hier mit jemandem zu tun, der ihm an Körperkraft beinahe gleichkam, war faszinierend und erstaunlich aufregend.

Doch irgendwann riss Davy seinen Mund los und fragte: „Verdammt, was soll das werden?"

„Ich küsse dich." Eigentlich fiel er eher über ihn her.

„Und warum darf Andrew mich nicht küssen, aber du schon?" Es war keine ernst gemeinte Frage, sondern eine höhnisch provozierende.

Kurts Wut kehrte ungebremst zurück und seine Hände verkrallten sich in Davys Haar, um seinen Mund wieder in Reichweite zu bringen. „Weil du mir gehörst", knurrte er und schob seine Zunge zurück in Davys Mund.

Allerdings ließ Davy sich das nicht gefallen: Er biss Kurt in die Lippe und riss sich erneut los. Kurt zuckte zurück, auch wenn der Schmerz nicht nur unangenehm war.

„Von wegen." Davy warf ihm einen bösen Blick zu, schob ihm aber gleichzeitig energisch seine Hüften entgegen. Der Druck einer jeansbedeckten Erektion gegen seine eigene ließ Kurt aufkeuchen.

Plötzlich drehte sich der Raum um ihn herum. Davy hatte seine Unaufmerksamkeit ausgenutzt und ihn auf den Boden befördert. Kurt blieb atemlos auf dem weichen Teppich liegen, der seinen Fall gebremst hatte. Davy beugte sich über ihn, schaute mit zerzaustem dunklem Haar, kussgeschwollenen Lippen und roten Wangen auf ihn herab. Soweit Kurt wusste, hatte ihn bisher nie ein Mann lustvoll angesehen. Doch das Verlangen in Davys Augen war unverkennbar und wurde nicht durch die Zärtlichkeit abgemildert, die Kurt bei Frauen sah.

Und dann stürzte Davy sich auf ihn, zerrte an seinem Reißverschluss und zog ihm die Jeans herunter. Kurts Schwanz sprang heraus, begierig nach Aufmerksamkeit, und Davy ließ sich nicht lange bitten, bevor er ihn in diesen feuchten, glühend heißen Mund nahm, der so gut küssen konnte. Kurt schrie auf und hob die Hüften, bemüht, sich tiefer hineinzuschieben.

Davy saugte, leckte und knabberte, während Kurt sich hilflos unter dieser Flut von Empfindungen auf dem Boden wand. Noch nie hatte ihm jemand mit so viel Begeisterung und Geschick einen geblasen. Großer Gott.

Plötzlich verließ Davys warmer Mund seinen Schwanz und Kurt schaute nach unten. Warum hatte Davy aufgehört?

Mit einem teuflischen Lächeln schob Davy sich an seinem Körper hinauf und zog ihm den Pullover über den Kopf, während seine Zunge einen feuchten Pfad über die freigelegte Haut leckte. Kurt wand sich noch heftiger und versuchte, auch seine Arme aus dem Pullover zu befreien. Die Hand an seinem Schwanz und die Lippen an seiner Brustwarze machten ihn nur noch verzweifelter.

Doch dann brachen die Berührungen unvermittelt ab und Davy hob den Kopf, um ihm ernst in die Augen zu schauen. Kurt sah, dass er wütend und erregt war. „Nein", sagte Davy. „Wenn du mehr willst, bleibst du so liegen."

Oh Gott. Das sollte ihm nicht so gut gefallen. Und er hätte alles getan, damit Davy ihn nur wieder berührte. Er bemühte sich, still zu liegen, konnte allerdings nicht verhindern, dass seine Hüften sich auf der Suche nach Davys Hand ein wenig vom Boden hoben.

Er erwiderte Davys Blick. Auch wenn er sich nicht ganz dazu überwinden konnte, Davy anzubetteln, schien sein flehender Gesichtsausdruck Wirkung zu zeigen. Davy grinste, jedoch kein fröhliches Grinsen. Seine Grübchen wirkten plötzlich teuflisch – und unglaublich verführerisch. Sekunden später waren sie beide nackt, abgesehen von dem Pullover, der Kurts Hände davon abhielt, Davy zu berühren.

Nackt. Mit einem Mann. Er war der Erektion eines anderen Mannes nie zuvor so nahe gekommen und die Bedeutung dieser Situation tat sich vor ihm auf wie eine tiefe Schlucht. Sein Schwanz hatte keinerlei Zweifel, doch seine Atemzüge waren etwas zu schnell und hektisch, selbst für seinen erregten Zustand. Trotzdem konnte er den Blick nicht von Davy abwenden. Oder von Davys Schwanz. Er war lang, länger als Kurts, dabei aber schlanker – genau wie Davy. Er hob sich rötlich von der blassen Haut seines Bauchs und seiner Schenkel ab und wurde von dunklem Schamhaar umgeben, das den Blick auf sich zog.

Flüssigkeit hatte sich an der Spitze gesammelt. Während Kurts Schwanz noch mitfühlend zuckte, beschleunigte sich seine Atmung immer mehr und ihm wurde beinahe schwarz vor Augen – bis Davys Lippen sich wieder um ihn legten und er mit beinahe brutaler Heftigkeit saugte. Plötzlich war die Welt wieder in Ordnung. Davy zog sich ein Stück zurück und liebkoste die Eichel ausgiebig mit seiner Zunge, wie es noch nie jemand getan hatte. Dabei fischte er mit einer Hand etwas aus der Schublade des Beistelltischchens.

Als Davy sich weiter zwischen Kurts Beine schob, spreizte Kurt sie für ihn, als hätte er nicht zum ersten Mal einen Mann zwischen seinen Schenkeln knien, der sündige und wundervolle Dinge mit seinem Schwanz anstellte. Kurt hörte ein Knacken, konnte es aber nicht einordnen, bis er plötzlich einen kühlen, feuchten Finger an seinem Hinterteil spürte. Gleitgel. Hätte er es nicht vor Kurzem mit seinem eigenen Finger ausprobiert, hätte er sich geweigert. Und vielleicht hätte er es trotzdem getan, wäre er nicht so sehr von der Lust überwältigt gewesen, dass er lieber Davy die Führung überließ. Stattdessen spreizte er die Beine nur noch weiter und stöhnte.

Davy antwortete mit einem Knurren, das Kurts Schwanz in seinem Mund zum Vibrieren brachte. Er begann seinen Finger zu bewegen und Kurts Hüften nahmen seinen Rhythmus auf, brachten ihn dem Höhepunkt näher.

Nur dass Davy es noch nicht dazu kommen lassen wollte und seinen zauberhaften Mund von ihm löste, als er mit einem weiteren Finger in ihn eindrang. Das unerwartete Brennen ließ Kurt aufkeuchen, verhinderte aber seinen bevorstehenden Orgasmus. Trotzdem gelang es ihm nicht, seine Hüften ruhig zu halten.

„Ja, genau so", murmelte Davy.

Als er einen weiteren Finger hinzunahm, stieß Kurt einen leisen Schrei aus, da das Brennen heftiger wurde. Was tat Davy da? Als Kurt ihm gerade sagen wollte, er solle aufhören, senkten sich Davys Lippen wieder auf seinen Schwanz und seine Finger berührten etwas in Kurts Innerem.

„Oh Gott", stöhnte Kurt stattdessen und fügte wenige Sekunden später hinzu: „Mehr, bitte, mehr."

Davy hob den Kopf. Die bunten Lichter spiegelten sich in seinen glänzenden Lippen, als er mit einem unheilvollen Lächeln seine Finger aus Kurt löste.

Leer. So leer. Kurt stöhnte erneut und warf Davy einen bösen Blick zu. „Das ist nicht mehr."

„Jetzt beschwerst du dich auch noch?" Blitzschnell beugte Davy sich über ihn und brachte ihn mit seinem Mund zum Schweigen. Diesmal schmeckte Davy salziger und Kurt begriff beinahe schockiert, dass es sich um seinen eigenen Geschmack auf Davys Lippen handelte.

Und während Davy ihn noch küsste, erfüllte er Kurts Sehnsucht nach mehr: Sein Schwanz presste sich gegen ihn und drang nach der langen Vorbereitung mühelos in Kurt ein. Kurts Hände verkrallten sich in seinem Pullover, als er von Panik und Lust durchflutet wurde, und seine Ausrufe der Angst und Verzweiflung und Verzückung verklangen wirkungslos in Davys Mund. Er wollte schreien, brüllen, stöhnen, schien jedoch nichts anderes tun zu können, als Davys unaufhaltsames Vordringen in seinen Körper hinzunehmen.

Als Davy sich schließlich vollkommen in ihm befand, richtete er sich auf. Mit seinem wilden, lustvollen Blick glich er einem Racheengel.

Kurt keuchte, versuchte einen klaren Gedanken zu fassen. Ungewohnt feste Muskeln, spitze Hüftknochen und drahtiges Haar berührten seine Schenkel. Davys weiche Hoden kitzelten etwas. Er war beim Sex noch nie jemandem so hilflos ausgeliefert gewesen. Doch als er um den Schwanz in seinem Innern herum die Muskeln anspannte, brachte er damit sowohl Davy als auch sich selbst zum Stöhnen und es fühlte sich so wundervoll an, so unglaublich perfekt.

Davy zog sich fast völlig aus ihm zurück, bevor er sich erneut in ihn schob. Kurt spürte seinen tropfenden Schwanz auf seinem Bauch zucken. „Mehr", flüsterte er ein weiteres Mal.

Ein ersticktes Heulen brach aus seiner Kehle hervor, als Davys Stöße sich beschleunigten. Die Geräusche ihrer aufeinanderprallenden nackten Körper waren beinahe so erregend wie der harte Schaft, der wieder und wieder in ihn eindrang und seine Prostata streifte. Davys Schwanz sandte Wellen der Lust durch seinen Körper, weckte unvorstellbare Empfindungen in ihm. Hätte es doch niemals aufgehört.

„Bitte, oh, bitte." Er stand so kurz vor dem Höhepunkt und Betteln erschien ihm wie der schnellste Weg, zu bekommen, was er wollte. Und er wollte kommen. Er *musste* kommen. Sonst würde er vor lauter Wonne explodieren.

Davy legte eine Hand um Kurts Schwanz, um ihn im Rhythmus seiner Stöße zu streicheln, und nur Sekunden später keuchte Kurt, stöhnte und kam über seinen Bauch und Davys Hand. Davy bewegte sich mit konzentriertem Gesichtsausdruck weiter, während Kurts beinahe krampfartige Zuckungen langsam verebbten.

Dann schob er sich, so weit er konnte, in Kurts Körper.

„Oh, fuck." Die Worte gingen in ein Stöhnen über, als Davy die Augen zukniff und über ihm erbebte, sich warm und feucht in Kurts Inneres ergoss.

Davy brach keuchend auf ihm zusammen. Kurt schnappte ebenfalls nach Luft, genoss die ausklingende Lust. Er hatte noch niemals so fantastischen Sex gehabt, ignorierte aber die logische Folgerung daraus. Darüber konnte er später nachgrübeln, wenn er wieder Kraft geschöpft hatte. Er befreite seine Hände problemlos aus seinem Pullover, was ihm in seinem lustvernebelten Zustand noch wie eine große Herausforderung vorgekommen war, und konnte jetzt endlich Davys weiche Haut spüren. Er streichelte ihm den schweißnassen Rücken und erinnerte sich daran, dass die Wirbel vor einigen Monaten noch erschreckend weit hervorgetreten waren und er um Davys Leben und Verstand gefürchtet hatte. Jetzt fühlte sich Davys Rücken genau richtig an und dazu verdammt sexy.

Kurt hob den Kopf, um Davys Schläfe zu küssen. Doch kaum berührten seine Lippen Davys Haut, setzte Davy sich ruckartig auf. Er starrte kurz auf die Stelle hinunter, an der sie noch verbunden waren, bevor er sich aus Kurt löste. Dann hob er den Kopf und schaute Kurt mit einem Gesichtsausdruck an, den man nur als entsetzt beschreiben konnte. Kurt streckte eine Hand nach ihm aus, aber Davy erhob sich hastig und zog sich an, hielt dabei den Blick gesenkt.

„Du musst jetzt gehen, Kurt."

„Was? Warum?" Kurt streifte ebenfalls seine Jeans über, wobei er die klebrige Flüssigkeit zwischen seinen Schenkeln so gut wie möglich ignorierte. Die Stimmung war plötzlich wieder umgeschlagen und obwohl Kurt nicht sicher war, warum, würde er angezogen vermutlich besser damit umgehen können. Auf eine Dusche musste er im Augenblick wohl verzichten.

Davy wich seinem Blick aus. „Geh einfach. Das hier hätte nie passieren dürfen."

„Vergiss es." Kurt packte ihn an den Schultern, um ihn zu küssen, doch als Davy sich diesmal ernsthaft zur Wehr setzte, wich er zurück. Er wollte Davy auf keinen Fall wehtun.

„Hau endlich ab!"

„Davy, es tut mir leid, aber sag mir doch, warum. Es war doch gut, oder nicht?" Zumindest hoffte Kurt, dass es für Davy gut gewesen war. Denn für Kurt war es *unglaublich* gut gewesen.

Davy öffnete den Mund. Schloss ihn wieder. Seine Wangen röteten sich vor Wut und er holte zu einem Faustschlag aus, den Kurt dank seiner Ausbildung abfangen konnte – was nichts daran änderte, dass er völlig schockiert war.

Davy riss sich von Kurt los, wich zurück und plötzlich traten ihm Tränen in die Augen. „Es hätte nicht passieren dürfen. Ich bin noch nicht so weit. Und selbst wenn ich es wäre, würde ich mich niemals mit *dir* einlassen."

Davy kennenzulernen hatte Kurts Leben völlig auf den Kopf gestellt und jetzt schien Davy es mit ein paar kurzen Worten in Stücke zu zerreißen. Das Blut pochte in seinen Schläfen und er holte ebenfalls aus, konnte sich aber noch rechtzeitig bremsen und schlug nur mit der Faust vor die Wand. Ihm war egal, dass er das am nächsten Tag wohl ziemlich deutlich spüren würde.

„Warum nicht mit mir?"

„Weil ich eher sterben würde, als wieder etwas mit einem verkappten schwulen Polizisten anzufangen! Zehn Jahre lang musste ich mich verstecken und ich werde ganz bestimmt nicht wegen dir wieder damit anfangen! Ich habe so viel verloren! Nie wieder!" Im Gegensatz zu seinem Schlag traf ihn Davys Schmerz mit voller Wucht. In seinem vom Orgasmus berauschten Zustand hatte er völlig vergessen, dass der Mann noch trauerte.

„Davy, ich bin nicht Ben. Und vielleicht ist jetzt nicht der beste Augenblick dafür, aber wenn du es mit einer Therapie versuchen würdest …"

Er wurde von einem auf seinen Kopf zufliegenden Buch unterbrochen.

„Fick dich! Du bist also besser als Ben? Und deswegen lauerst du wie ein Stalker im Dunkeln vor meiner Tür und wartest darauf, dass ich nach Hause komme?"

107

„Ich habe nicht gelauert. Ich bin nur auf dem Heimweg von der Geburtstagsparty meines Bruders bei dir vorbeigefahren."

Davy presste die Lippen aufeinander. „Das bringt mich auf die Frage: Wie viele deiner Familienmitglieder hast du mir denn schon vorgestellt? Hast du mich ihnen gegenüber überhaupt erwähnt? Wissen sie, dass wir Freunde sind?"

Auch wenn Kurt nicht wusste, was er sagen sollte, sprach sein Schweigen offenbar Bände.

„Eben", zischte Davy. „Genau wie Ben. Wenn wir alleine sind, bin ich gut genug, aber lass bloß niemanden wissen, dass wir *Freunde* sind." Davy stieß das Wort mit besonderer Bitterkeit hervor.

„Was ist mit Simon und Jen?"

„Hättest du sie mir wirklich vorgestellt, wenn wir ihnen nicht zufällig über den Weg gelaufen wären? Ich glaube nicht. Verdammt, ich weiß ja noch nicht mal, wo du wohnst! Du hast mich nicht ein einziges Mal zu dir eingeladen. Schämst du dich vor deinen Nachbarn?" Ein weiteres Buch flog an seinem Kopf vorbei.

„So ist das nicht!" Das war es wirklich nicht.

„Nein, denn jetzt willst du, dass ich deine heimliche Affäre werde." Die Enttäuschung in Davys Worten versetzte Kurt einen Stich, obwohl er sie ihm nicht übel nehmen konnte. Trotzdem war er der Meinung, dass es viel zu wunderschön gewesen war, um es so zu bezeichnen.

„Das stimmt nicht. Ich …"

„Ach nein? Dann bist du jetzt offiziell schwul? Und erzählst es deinen Freunden und deiner Familie? Die alle überhaupt nichts von meiner Existenz wissen? Wirst du zugeben, dass du einen Mann geküsst hast? Dass du einen Mann gefickt hast? Und was ist mit deinen Kollegen? Glaubst du, sie hätten nichts dagegen, mit einer Schwuchtel zu arbeiten? Ben hat es nicht geglaubt."

Kurt wusste nicht, wie er auf den Ansturm von Fragen reagieren sollte. Er hatte Sex mit Davy gehabt, ohne vorher darüber nachdenken zu können. Auch wenn er es nicht bereute, hatte er noch keine Antworten für Davy. Er war ja noch nicht einmal sicher, ob er überhaupt schwul war oder nur neugierig. Doch Davys schonungslose Worte ließen auch den letzten Rest seines Hochgefühls verfliegen und ersetzten es mit Verzweiflung.

„Ich will dir doch nur helfen. Bitte."

„Ich brauche deine verdammte Hilfe nicht. Hör auf, dich um mich kümmern zu wollen. Ich komme allein zurecht, ganz ohne dich. Und jetzt raus – und komm nicht wieder, sonst rufe ich die Polizei." Davy stürmte in sein Schlafzimmer und knallte die Tür hinter sich zu.

Kurt blieb mit seinem Pullover in der Hand wie erstarrt stehen. Am liebsten wäre er Davy gefolgt, wusste aber nicht, was er ihm sagen sollte. Ein kleiner Teil von ihm wollte Davy verletzen, wie dieser ihn verletzt hatte. Nur wollte er nicht, dass der Streit eskalierte. Die quälende Leere in seinem Innern machte ihn …

108

unberechenbar. Trotz der Schmerzen in seiner Brust zwang er sich, ein paar Mal tief durchzuatmen, und kämpfte gegen den Drang an, irgendetwas zu zerstören.

Es half nur wenig. Er brauchte mehr Zeit, um sich zu beruhigen. So gut der Sex auch gewesen war, vielleicht hatten sie wirklich einen Fehler gemacht. Er streifte sich den Pullover über, ohne darauf zu achten, ob er ihn richtig herum anzog. Vielleicht würden Davys Worte ihn von seiner Besessenheit heilen.

Nachdem er die Tür hinter sich zugeworfen hatte, joggte er zu seinem Auto und verzog das Gesicht, als sich seine ungewohnten Aktivitäten dabei deutlich bemerkbar machten.

NACHDEM ER endlich die ersehnte Dusche hinter sich gebracht hatte, stützte er sich auf den Waschtisch, atmete tief durch und betrachtete sich im Spiegel. Er hatte sich nicht verändert. Es prangte kein blinkendes Schild auf seiner Stirn, das verkündete, ein Mann habe es ihm besorgt. Und die leichte Rötung an seinem Kinn durch Davys Stoppeln würde am Morgen verschwunden sein.

Er überraschte sich selbst mit einem bitteren Lachen. Auf gewisse Weise hatte er gerade seine Jungfräulichkeit verloren und es war alles viel zu schnell gegangen. Auf den Streit hätte er verzichten können und … Scheiße. Davy hatte das doch hoffentlich alles nicht so gemeint, oder? Er war sicher nur wütend gewesen. Er hatte Kurt doch nicht wirklich endgültig aus seinem Leben verbannt?

Kurt hatte Angst. Was bedeutete das jetzt für ihn? Er hatte sich noch nie so unsicher gefühlt. Würden sie wieder Sex haben? Durfte Kurt das zulassen? Konnte er widerstehen?

Er schaute seinem Spiegelbild in die Augen und sagte: „Ich bin schwul."

Sein Magen zog sich schmerzhaft zusammen.

„Ich bin schwul", wiederholte er lauter und stellte sich dabei vor, wie er es zu seiner Mutter sagte. Er bekam feuchte Hände.

Dann malte er sich aus, wie er es Ian gestand. Er keuchte.

Seinem Vater. Sein Herz raste und ihm wurde so schwindelig, dass er sich am Waschtisch festklammern musste.

„Das geht nicht. Ich kann nicht schwul sein. Ich bin es nicht."

Ein paar heftige Atemzüge später verließ er das Badezimmer und suchte seine Wodkaflasche. Sie war noch voll genug, um zumindest für kurze Zeit seine Sorgen vergessen zu können. Er wollte sich im Moment nicht daran erinnern, wie er mit Davy geschlafen hatte. Am Ende würde es ihn noch erregen, an jemanden zu denken, der den Sex mit ihm gehasst hatte. Kurt hätte es ebenfalls hassen sollen. Er hätte Davy hassen sollen. Er hätte sich benutzt vorkommen müssen.

Aber das tat er nicht. Das leichte Brennen, das er auch jetzt noch verspürte, war eine angenehme Erinnerung an den besten Orgasmus seines Lebens. Nur mit den Folgen konnte er nicht umgehen.

Denn er konnte einfach nicht schwul sein.

13

Es WAREN schon mehr als zwei Wochen. Seit er ihn kennengelernt hatte, war nie so viel Zeit ohne einen Besuch bei Davy vergangen. Er lehnte sich auf dem Schreibtischstuhl zurück und ließ sein Handy auf der Tischplatte neben der Fallakte kreisen, die er seit zwei Stunden ignorierte.

Davy hatte den Kontakt abgebrochen. Schon vorher hatten sie selten telefoniert, doch jetzt hatten auch die Nachrichten aufgehört. An Abenden, an denen ein Spiel übertragen wurde, war Kurt ein paar Mal zu Davys Haus gefahren, hatte sein Auto aber nicht in der Einfahrt vorgefunden und das Haus war dunkel gewesen – selbst die Lichterketten hatten nicht gebrannt.

Er hatte der Versuchung widerstanden, abzuwarten, ob Davy wieder mit Andrew nach Hause kommen würde, und Andrew dann ordentlich zu verprügeln. Aus irgendeinem Grund hatte Kurt erwartet, dass bald wieder alles beim Alten sein würde – eine Hoffnung, die mit jedem neuen Tag weiter in die Ferne rückte.

Allerdings hatte Kurt ebenfalls nicht angerufen oder geschrieben. Die komplizierten Fragen, die Davy ihm gestellt hatte, gingen ihm pausenlos durch den Kopf. Wenn er allein war, wurden sie noch lauter, ließen sich jedoch durch den Wodka etwas dämpfen. Auch wenn ihn Davys Stimme in seinem Kopf quälte, hatte er nicht das Recht, sich mit Davy in Verbindung zu setzen, bevor er ihm seine Fragen beantworten konnte. Und es war nicht unmöglich, dass Davy vielleicht doch noch nachgeben und ihn von seinen Qualen erlösen würde.

Sechzehn Tage. Es machte ihn fertig, nicht zu wissen, ob es Davy gut ging. Hasste er Kurt? Oder war er ihm egal? Vielleicht hatte Kurt nicht dieselbe gähnende Leere in Davys Leben hinterlassen, die Kurt durch den Verlust von Davy verspürte.

Ein besonders lauter Seufzer ließ Simon von seinem Bericht aufschauen. Kurt hatte es schon vor Tagen aufgegeben, einen zu schreiben, da er sich einfach nicht konzentrieren konnte, und Simon hatte kommentarlos auch Kurts Teil des Papierkrams übernommen.

„Willst du heute Abend nicht doch vorbeikommen? Jen fragt auch schon nach dir."

„Nein danke. Ich wäre keine besonders angenehme Gesellschaft."

Simon presste die Lippen aufeinander und widmete sich wieder seinem Bericht. Kurt war ihm dankbar für seinen uneingeschränkten Beistand. Er hätte die Einladung annehmen sollen. Eigentlich war es bereits Tradition, dass er einmal wöchentlich Simon und Jen zum Essen besuchte, mal mit anderen ihrer Freunde, mal alleine. Doch in den letzten zwei Wochen war Kurt, wie um sich zu bestrafen, jeden Abend in seine einsame Wohnung zurückgekehrt. Dort sah er fern, trank und redete sich ein, dass er nicht auf einen Anruf von Davy wartete.

„Vielleicht nächste Woche", lenkte Kurt ein. Eventuell gelang es ihm bis dahin, sich wieder fröhlich zu geben.

Simon lächelte ihm kurz zu, während sein Blick Kurt sagte, dass er sich lieber bald wieder fangen sollte, da Simon sonst eine Erklärung verlangen würde.

Eine Wolke blumig süßen Parfums kündigte Christas Ankunft an seinem Schreibtisch an.

„Hi, Kurt."

„Hi, Christa. Kann ich dir helfen?" Kurt hatte sich angewöhnt, sie nicht zu fragen, ob sie etwas brauchte. Der für gewöhnlich darauf folgende schmachtende Blick hatte ihm nicht gefallen.

„Du hast Post." Christa reichte ihm einen weißen Umschlag mit handgeschriebener Adresse.

„Danke." Die Absenderadresse war Davys. Und Christa stand noch immer erwartungsvoll lächelnd neben seinem Schreibtisch.

„Willst du ihn nicht aufmachen?"

Was zum Teufel sollte das? Natürlich bekam er hier eigentlich keine private Post – wie Davy ihm vorgeworfen hatte, wusste dieser nur eben nicht Kurts Adresse und als Polizist sorgte er dafür, dass man diese auch nicht einfach online fand –, aber das hieß noch lange nicht, dass es Christa etwas anging.

„Es ist nichts Wichtiges." Kurt steckte den Brief in die Manteltasche und wandte sich wieder seinem Computer zu. Christa zuckte mit den Schultern und setzte sich an ihren Schreibtisch.

Kurts ganzer Körper kribbelte. Den Inhalt des Briefes zu erfahren, kam ihm wichtiger vor als zu atmen. Aber wenn Christa ihn gerade mal nicht ansah, tat es dafür Simon. Oder sein Chef. Oder Ivan vom Drogendezernat, der ebenfalls schwul war. Nein, Moment, nicht *ebenfalls*.

Und was hatte es damit eigentlich auf sich? Sendete Kurt jetzt plötzlich Signale aus? Oder hatte er die Blicke vorher einfach nie bemerkt? Oder … Gott … wusste Ivan etwa über Ben Bescheid?

Die letzten zwei Wochen hatten ihm in dieser Hinsicht die Augen geöffnet. Seit er darauf achtete, hatte er bemerkt, dass ganz und gar nicht jeder die offen schwulen Kollegen mit Respekt behandelte. Nadar würde es ihnen sicher nicht durchgehen lassen, aber in seiner Abwesenheit hielt das einige seiner Mitarbeiter nicht von Beleidigungen und zweideutigen Bemerkungen ab. Wenigstens kamen diese hauptsächlich von Typen, die Kurt bereits aus anderen Gründen als Arschlöcher abgestempelt hatte. Trotzdem war er zu feige, sich zu einem ihrer Ziele zu machen. Er wollte nicht ausgegrenzt werden.

Plötzlich kam Ivan auf ihn zu und beugte sich zu Kurts Ohr herunter. „He, ich dachte, das wolltest du vielleicht wissen: Wir sind kurz davor, Novi zu erwischen", sagte er leise.

Kurt musste erst verarbeiten, dass Ivan ihm nicht gerade mitten an seinem Arbeitsplatz ein unmoralisches Angebot gemacht hatte. Seine Panik ließ nach.

„Tatsächlich?"

„Ja. Behalt es für dich. Eigentlich darf ich nicht darüber reden, aber dir wollte ich es sagen. Wir kriegen das Arschloch."

„Danke. Ich weiß es zu schätzen." Das tat er wirklich. Kurt kannte Ivan nicht besonders gut, aber er machte einen netten Eindruck. Er hatte es nicht verdient, von manchen Kollegen so mies behandelt zu werden.

Verdammt. Kurt rutschte auf seinem Stuhl herum. Sortierte seine Bleistifte. Las seine E-Mails, ohne sie tatsächlich wahrzunehmen. Was war bloß in diesem verdammten Umschlag?

Simon warf ihm misstrauische Blicke zu. „Ich bin hier fertig. Ich hole mir nur noch einen Kaffee und dann können wir uns auf den Weg machen. Willst du auch einen?"

„Gerne." Auch wenn sein Magen nach dem vielen Wodka, mit dem er sich abends in den Schlaf zu trinken versuchte, von Kaffee nicht begeistert war, machte der Schlafmangel ihn nötig. Und wenigstens hatte er dann überhaupt etwas im Magen, denn das Essen fiel ihm zurzeit auch nicht leicht.

Simon entfernte sich und Christa wirkte beschäftigt. Kurt nahm vorsichtig den Brief aus seiner Tasche und wandte sich etwas von ihr ab, damit sein Körper ihn verdeckte. Das leise Geräusch des zerreißenden Papiers kam ihm laut wie ein Schuss vor, aber er wusste es besser.

In dem Umschlag befand sich ein einzelnes Blatt Papier. Kurt faltete es auseinander und brauchte einige Sekunden, bis er begriff, was er da vor sich hatte.

Das Ergebnis einer Blutuntersuchung. Davys. Vorgenommen worden war sie zwei Tage, nachdem sie Sex gehabt hatten. Negativ.

Sein Magen brannte wie Feuer. Kurt hatte mögliche gesundheitliche Folgen überhaupt nicht in Betracht gezogen. Dabei hätte er es verdammt noch mal tun sollen. Er knüllte das Stück Papier zusammen und stopfte es in seine Tasche.

Plötzlich überrollte ihn die Erkenntnis, wie unvorsichtig er sich verhalten hatte, wie eine riesige Flutwelle. Ihm wurde übel.

Kurt sprang auf und rannte zu den Toiletten, erreichte sie gerade noch rechtzeitig, bevor er sich übergeben musste.

Nicht, dass sich besonders viel in seinem Magen befand. Seit Mikes Geburtstag hatte er wenig gegessen. Trotzdem konnte er nicht aufhören zu würgen.

Irgendwann hörte Kurt schwere Schritte und das Geräusch der sich schließenden Tür.

„Meine Güte", sagte Simon hinter ihm. „Brauchst du einen Arzt?"

„Nein", stieß Kurt mühsam hervor.

Als sich sein Körper endlich beruhigt hatte, ließ er sich gegen die kühle Metallwand der Kabine fallen und betätigte mit zitternder Hand die Spülung. Simon verschwand, nur um kurz darauf mit einem feuchten Papiertuch zurückzukehren. Kurt wischte sich damit das Gesicht ab und warf es in die Toilette.

„Du siehst furchtbar aus. Und das schon länger. Du solltest wirklich nach Hause gehen, dich ausruhen und diesen Virus, oder was auch immer es ist, endlich loswerden."

Virus. Kurt hätte gelacht, wären da nicht die schrecklichen Magenschmerzen gewesen. Also nickte er nur.

„Soll ich dich fahren? Oder einen deiner Brüder anrufen?"

Großer Gott, nein. Das Letzte, was er jetzt brauchte, war seine überfürsorgliche Familie. Er wollte Ruhe. Da er, abgesehen von seiner Verletzung, sehr selten krank war, hatte er mehr als genug Urlaubstage.

„Du hast recht, ich fahre nach Hause. Aber das schaffe ich allein. Du musst niemanden anrufen."

„Sicher?"

Simon half ihm auf die Beine, sodass er sich zum Waschbecken schleppen konnte.

Er sah wirklich furchtbar aus. Nachdem er sich den Mund ausgespült hatte, entriegelte Simon die Tür.

„Sag mal, tust du mir einen Gefallen?"

„Jederzeit, Kurt. Das weißt du doch."

Dasselbe hatte er mehr als nur einmal Davy gesagt. Er biss sich auf die Lippe, um den Schmerz zu unterdrücken.

„Kannst du meinen Mantel holen und ihn mir zum Auto bringen? Im Moment möchte ich niemanden sehen."

„Klar, das verstehe ich. Geh schon vor, ich komme gleich."

„Danke."

Er wirkte kurz, als wollte er Kurt umarmen, schien es sich jedoch glücklicherweise anders zu überlegen.

Nach einem Zwischenstopp beim Schnapsladen ließ Kurt sich zu Hause mit einem Glas Wodka auf dem Sofa nieder und schrieb Davy eine Nachricht.

Zehn Minuten später eine weitere.

Und nach einem zweiten Glas Wodka eine dritte. Als er eingesehen hatte, dass Davy nicht antworten würde, meldete er sich für den Rest der Woche von der Arbeit ab und hoffte, seine Familie würde nichts davon erfahren.

ALS SIMON sie zu ihrem nächsten Tatort fuhr, piepte sein Handy, um ihn auf eine neue Nachricht aufmerksam zu machen. Auch jetzt, Wochen später, hoffte er noch auf ein Lebenszeichen von Davy. Trotz der großen Menge an Textnachrichten, die er Davy nach seinem Brief geschickt hatte, gefolgt von mehreren Nachrichten auf seiner Mailbox, hatte er bisher nichts von ihm gehört. Kein einziges Mal. Kurt war mehrmals an Davys Haus vorbeigefahren und hatte sein Auto in der Zufahrt stehen sehen. Doch die Unerschrockenheit, die ihn bei seinem ersten Besuch über Davys

Schwelle geführt hatte, war verschwunden. Er wusste einfach, dass Davy ihn nicht sehen wollte.

Trotzdem konnte Kurt nicht anders, als weiter jeden Tag eine Nachricht an Davy zu schicken, so sinnlos es auch war. Und jedes Mal, wenn sein Handy sich meldete, verspürte er noch einen Rest Hoffnung. Betete, dass es Davy war.

Diesmal war es seine Mutter.

„Simon, willst du Weihnachten mit Jen bei meiner Familie zum Essen vorbeikommen? Ihr hattet doch noch nichts vor, oder?"

„Ich frage Jen. Aber bist du sicher, dass es in Ordnung ist? Seid ihr nicht so schon genug Leute? Oder findet es im Restaurant statt?"

„Eine Weihnachtsfeier im Restaurant käme für Mom nicht infrage. Und wir sind gar nicht so viele: Die Zwillinge machen mit Mark, Evan und den Kindern einen Skiausflug und Erin besucht ihre Schwiegereltern. Also bleiben nur noch meine Brüder und Mikes Familie."

„Dann hätte ich nichts dagegen. Jen und ich hatten nur einen ruhigen Abend geplant und sie würde euch bestimmt gerne besuchen."

Kurt antwortete seiner Mutter, dass Simon wahrscheinlich kommen würde. Die nächste Nachricht, ob Kurt denn ein Date mitbringen wollte, verneinte er mit Nachdruck. Gott, wie würde seine Mutter wohl reagieren, wenn er einen Mann mitbrächte? Wie verabredete man sich überhaupt mit einem Mann, ohne ausgelacht zu werden oder eine verpasst zu kriegen? War Kurt zu alt, um sich auf etwas Neues einzustellen? Darüber wollte er sich in nächster Zeit keine Gedanken machen. Er musste irgendwie darüber hinwegkommen, Davy verloren zu haben, und sich an den Gedanken gewöhnen, dass er sich zu Männern hingezogen fühlte, bevor er über eine Verabredung mit einem auch nur nachdenken wollte.

Außerdem war Weihnachten etwas Besonderes. Davy hätte er mitgebracht, aber niemand anderen, egal ob Mann oder Frau.

IAN WISCHTE mit einem Lappen über den Tresen. „Ich kann nicht glauben, dass wir an einem der vollsten Tage des Jahres an der Bar arbeiten müssen."

In diesem Jahr war der Valentinstagsandrang noch verrückter als sonst, da seine Eltern anlässlich ihres fünfundvierzigsten Hochzeitstags mit besonderem Preisnachlass geworben hatten.

„Es könnte schlimmer sein: Stell dir vor, sie hätten uns zum Kellnern gezwungen. Ich bin so dankbar, dass ich das nicht mehr machen muss." Kurt versorgte sich mit neuen kitschigen Verzierungen für die Getränke. Ihm war nicht entgangen, dass Ian und er die einzigen Familienmitglieder bei der Arbeit waren.

„Wartet denn schon ein heißes Date auf dich?" Vielleicht war das die Erklärung für Ians Ungeduld.

„Machst du Witze? Erstens kann man Frauen billiger rumkriegen und zweitens kann man am Valentinstag keine Frau einladen, ohne dass sie ernste

Absichten vermutet." Ian schnaubte und schüttelte den Kopf, als wäre Kurt der naivste Mann aller Zeiten.

War es bei Männern genauso? Feierten schwule Männer den Valentinstag überhaupt? Er wusste es nicht – was ihn nicht davon abgehalten hatte, eine einzelne rote Rose zu kaufen und sie am Nachmittag vor Davys Tür zu legen. Dafür hatte er eine Uhrzeit gewählt, zu der Davy sicher nicht zu Hause war – er hatte nicht riskieren wollen, Davy mit einem anderen Mann zu sehen, falls er, wie Kurt fürchtete, eine Verabredung hatte.

Armselig. Dumm und armselig – sowohl die Rose als auch die Tatsache, dass er Davy aus Feigheit nicht gegenübertrat. Selbst in seinen Nachrichten, die er jetzt nur noch wöchentlich schrieb, konnte er Davy nie sagen, was dieser vermutlich hören wollte: dass er bereit war, offen zu dem zu stehen, was zwischen ihnen passiert war.

Und so war er jetzt hier und trank bei jeder sich bietenden Gelegenheit heimlich Schnaps, um den Schmerz zu lindern, den ihm der Anblick der glücklich verliebten Paare verursachte.

„Eigentlich sollte Dylan mit uns leiden müssen", sagte Ian.

„Ja. Ich war echt sprachlos, als er Weihnachten plötzlich mit einer Freundin aufgetaucht ist. Hat er es dir vorher verraten?"

„Mit keiner Silbe. Wahrscheinlich hatte er Angst, ich könnte sie ihm wegschnappen, und wollte sich ihrer erst ganz sicher sein", antwortete Ian lachend und wackelte mit den Augenbrauen.

„Dylan hatte schon immer eine Vorliebe für Geheimnisse."

„Genau wie du." Plötzlich wurde Ians schmales Gesicht ernst und Kurt fiel es schwer, Luft zu bekommen.

„Wie ... wie meinst du das?"

„Du gehst der Familie aus dem Weg und du siehst ... abgemagert aus. Stimmt etwas nicht?"

Kurt presst die Lippen aufeinander. Genau *deshalb* war er der Familie aus dem Weg gegangen. Sie kannten ihn zu gut. Weihnachten hatte er einigermaßen überstanden, da ihm in Abwesenheit seiner Schwestern nur seine Mutter wirklich große Aufmerksamkeit geschenkt hatte und er noch nicht ganz so dünn gewesen war.

Trotzdem hatte sie ihn in die Küche gezerrt und ihm dieselbe Frage gestellt.

„Schatz, stimmt etwas nicht? Bist du krank?"

Kurt war ihrem Blick ausgewichen, da er gefürchtet hatte, sich zu verraten – seine Mutter besaß ein Gespür für die Geheimnisse ihrer Kinder. Nur dieses durfte sie nie erfahren. Niemals.

„Oh, Schatz. Ist es dein Mädchen? Immer noch kein Glück?" Seine Mutter hatte ihn kräftig umarmt, wobei ihr Kopf kaum bis zu seiner Schulter hinaufgereicht hatte. Es war Kurt gelungen, sich die einzelne entkommene Träne vom Gesicht zu wischen, bevor seine Mutter ihn losgelassen hatte.

„Es gibt kein Mädchen, Mom." Kurt hatte gehofft, sie würde nicht dahinterkommen, wie man diesen Satz auch interpretieren konnte. So nah war er einem Geständnis noch nie gekommen.

„Aber heute wirst du richtig essen. Dich für eine Frau auszuhungern, die eindeutig schlechten Geschmack hat ... das lasse ich nicht zu. Wenn sie nicht sieht, was für ein toller Mann du bist, dann ist sie für dich sowieso falsch."

Für ihn falsch. Die Worte hatten ihm nur noch tiefer ins Herz geschnitten. An diesem Abend hatte er sich bemüht, zu essen und normal zu wirken. Erst zu Hause hatte er sich betrunken und alles wieder von sich gegeben. Das tat er in letzter Zeit viel zu oft, fand aber einfach nicht in die richtige Spur zurück.

EIN FEUCHTES Geschirrtuch traf Kurts Schulter und riss ihn aus seinen Gedanken. „He, was soll der Scheiß?"

Ian musterte ihn aufmerksam. Kurt überlegte, ob er seine Augentropfen benutzt hatte. In den letzten Wochen nahm er sie regelmäßig, um seine blutunterlaufenen Augen zu verbergen. „Ich habe dich gefragt, ob etwas nicht stimmt und du warst plötzlich total weggetreten. Was ist bloß los mit dir?"

„Nichts ist los. Was habt ihr alle für ein Problem? Darf ich nicht ab und zu mal einen schlechten Tag haben?" Ian riss die Augen auf, als Kurt das Glas in seiner Hand so kräftig in die Spüle warf, dass es zerbrach. Obwohl er es später bereuen würde, stieß er seinen Bruder aus dem Weg und floh in den Pausenraum. Der größte Ansturm war vorbei, da die Gäste so langsam das Bedürfnis verspürten, sich auf den Weg nach Hause zu machen, wo sie es wie die Verrückten treiben konnten – verdammt –, anstelle noch mehr zu trinken. Ian, der neugierige Mistkerl, konnte den Rest alleine machen.

Der kurze Anflug von Schuldgefühlen kam nicht gegen den Sirenengesang seines neu angelegten Wodkavorrats an, der in seiner Küche auf ihn wartete. In seiner miesen Wohnung konnte er endlich genug trinken, um alles zu vergessen – zumindest für ein paar Stunden.

KURT KLOPFTE an Inspector Nadars Bürotür.

„Herein."

Nachdem er die Tür hinter sich geschlossen hatte, setzte er sich. Er hatte bei seiner Ankunft schon genug von dem Geflüster um ihn herum aufgeschnappt, um ungefähr zu wissen, was Nadar ihm mitteilen wollte.

„O'Donnell. Ich weiß, wie schwer die letzten Monate für Sie gewesen sein müssen."

Kurt unterdrückte ein verächtliches Schnauben.

„Und ich weiß auch, wie gerne Sie sich an den Ermittlungen zu Bens Tod beteiligt hätten. Allerdings wären Sie einfach nicht unvoreingenommen gewesen und es war ohnehin ein Fall für das Drogendezernat."

Das kümmerte Kurt nicht im Geringsten – nicht, wenn die Gerüchte wirklich der Wahrheit entsprachen. Er hatte noch nie verstanden, warum Nadar sich bei manchen Angelegenheiten so übervorsichtig ausdrückte, während er bei anderen beinahe schmerzhaft direkt war.

„Gestern Abend wurde eines unserer Teams bei der Verhaftung von Viktor Novikov angegriffen und es kam zu einem Schusswechsel."

Es dauerte ein paar Sekunden, bis Kurt begriff, dass Nadar über Novi, den russischen Bären sprach.

„Novikov ist heute Morgen im Krankenhaus gestorben, doch es besteht kein Zweifel daran, dass er für Bens Tod verantwortlich war."

Kurt bemühte sich um einen neutralen Gesichtsausdruck, während er von einem düsteren, gehässigen Gefühl der Freude durchflutet wurde. Ein schönes Valentinstagsgeschenk, auch wenn es einen Tag zu spät kam: Der Bär hatte bekommen, was er verdiente, auch wenn Kurt lieber selbst den tödlichen Schuss abgefeuert hätte. Aber da blieb noch eine wichtige Frage:

„Sir, haben Sie schon … Bens Familie …?"

„Ob ich seine Familie informiert habe? Ja, sobald ich es wusste."

„Danke. Gibt es sonst noch etwas?"

„Ich möchte, dass Sie sich den Rest der Woche freinehmen, um alles zu verarbeiten."

Kurt zuckte mit den Schultern und verließ das Büro.

Draußen eilte ihm Simon entgegen. „He, Kumpel, alles in Ordnung? Ich habe es gerade gehört."

„Mir geht es gut. Allerdings hat mich Nadar bis Montag beurlaubt."

„Das kann wahrscheinlich nicht schaden. Ruf mich an, falls du irgendetwas brauchst."

Nicht schaden. Er wollte nicht nach Hause. Allmählich hasste er seine Wohnung, konnte allerdings auch nicht ins Finn's oder zu seiner Familie gehen. Sie hätten ihn mit ihrer übertriebenen Fürsorglichkeit erstickt. Wenigstens konnte er sich mit dem Gedanken trösten, dass es Davy helfen würde, seinen Verlust zu verarbeiten, ohne ihn bei einem Gerichtsverfahren erneut durchleben zu müssen. Auch wenn Kurt egoistischerweise bereits darauf gehofft hatte, Davy bei dem Verfahren sehen zu können.

Kurt schrieb eine schnelle Nachricht zur Situation an Davy, auf die er allerdings keine Antwort erwartete.

Draußen im matschigen, grauen Februarwetter machte er zuerst beim Schnapsladen Halt, falls er nicht mehr genug Alkohol im Haus hatte, um sich für den Rest der Woche zu betäuben, damit er schlafen konnte. Er hatte nicht vor, seine

Wohnung vor Montag auch nur ein einziges Mal zu verlassen. Vielleicht würde er auch auf das Duschen verzichten.

KURT ÖFFNETE den Kühlschrank und betrachtete das Bier.

Scheiß drauf. Er knallte die Tür zu und griff stattdessen nach der Flasche Wodka und goss sich etwas davon in ein Whiskyglas mit Eiswürfeln.

Er nahm kurz das Telefon in die Hand, legte es aber wieder hin. Er war nicht hungrig genug, um sich etwas zu essen zu bestellen, und nachdem er erst etwas getrunken hatte, wäre der Hunger ganz verschwunden.

Also ließ er sich mit dem Glas in der Hand auf die Couch fallen und schaltete das Hockeyspiel ein. Immer wieder warf er Blicke nach rechts, als könnte dort plötzlich Davy auftauchen. Andererseits konnte er sich Davy nicht in seiner Wohnung, auf seinem Sofa und vor seinem Fernseher vorstellen. Denn Davy hatte recht gehabt: Kurt hatte sich in Davys Leben gedrängt, war jedoch nie so höflich gewesen, Davy auch in seines einzuladen. Er war so ein Arschloch. Trotzdem wollte er das Spiel nicht alleine schauen.

Er hätte ins Finn's gehen können, aber dazu hätte er duschen müssen. Und sich rasieren. Das hatte er schon seit Tagen nicht mehr getan und hatte es auch nicht vor, bevor er wieder arbeiten musste. Außerdem hatte er kein Interesse an den neugierigen Fragen seiner Familie.

Auf dem Bildschirm verfehlte ein spektakulärer Schuss das Tor. Davy wäre aufgestanden und hätte sich lautstark beschwert. Bei Hockeyspielen wurde er richtig lebhaft, viel mehr als beim Baseball.

Kurt starrte auf den Fernseher, ohne den Rest des Spiels wahrzunehmen, während er sich an ihr erstes gemeinsames Hockeyspiel erinnerte. Bei einer zweifelhaften Schiedsrichterentscheidung war Davy fluchend aufgesprungen und hatte dabei Bier verschüttet. Dann hatte er Kurt einen verlegenen Blick zugeworfen. Es war … fuck … es war so verdammt süß gewesen. Kurt war vor Lachen fast geplatzt, während er Davy beim Aufwischen geholfen hatte.

Lauter Jubel lenkte seine Aufmerksamkeit wieder auf den Fernseher. Er hob sein Glas an den Mund, stellte aber fest, dass es leer war. Er wischte sich die Tränen aus dem Gesicht.

„Scheiße." Mit Schwung schleuderte er das leere Glas an die Wand, wo es mit einem befriedigenden Knall zersplitterte. Schmelzende Eiswürfel mischten sich auf dem Boden mit glitzerndem Glas. Kurt schnappte sich eine nahe stehende leere Bierflasche und warf sie hinterher, fügte braune Scherben hinzu.

Nach dem Ende des Spiels – er hatte keine Ahnung, wer überhaupt gespielt hatte, geschweige denn, wer der Sieger war – stolperte er zu dem Scherbenhaufen, um ihn zu beseitigen.

Rote Flüssigkeit tropfte in die Wasserpfütze. Kurt drehte seine Hand um und sah den tiefen Schnitt, spürte ihn aber erst, als er die Scherbe herauszog. Dann tat es plötzlich schweineweh.

Wer hatte eigentlich diesen Ausdruck erfunden? Er ergab überhaupt keinen Sinn. Seine Hand pochte und blutete immer heftiger, sodass er beschloss, das Ganze später zu beseitigen.

Stattdessen wickelte er seine Hand in ein einigermaßen sauberes Handtuch und ließ sich voll bekleidet ins Bett fallen. Sein letzter Gedanke vor dem Einschlafen war, dass der Schnitt bis Montag hoffentlich weit genug verheilt war, um keine Aufmerksamkeit zu erregen.

14

KURT WAR seit zwei Tagen zurück bei der Arbeit und mittlerweile war alles wieder etwas ruhiger geworden. Dafür war er dankbar, da er nur ungern über Ben oder Novi oder überhaupt irgendetwas reden wollte. Auf den Straßen unterwegs zu sein, war ihm da wesentlich lieber. Und im Moment interessierte er sich vor allem dafür, seinen Zeugen zum Reden zu bringen. Leider war Wally ein nutzloser, zugedröhnter Versager.

Kurt schob ihn gegen die Mauer und beugte sich vor, um ihm eine Drohung ins Ohr zu zischen.

Doch Simon, der riesige Mistkerl, packte ihn am Kragen und zog ihn von Wally weg, wobei er ihn bis auf die Zehenspitzen hob. Jetzt, da Kurt ihn nicht mehr festhielt, rutschte Wally im matschigen Schnee aus und er landete auf einem Knie.

„Reiß dich verdammt noch mal zusammen, O'Donnell", zischte Simon ihm zu. Wally fiel vermutlich überhaupt nicht auf, wie kräftig Simon ihn gepackt hielt, aber tatsächlich hätte Kurt sich nur mit großer Mühe befreien können.

„Hau ab, Wally." Das ließ sich der ungepflegte kleine Mann nicht zweimal sagen.

Als Wally verschwunden war, versuchte Kurt sich aus Simons Griff zu winden, schnürte sich dabei allerdings nur die Luft ab. „Was soll das? Er entkommt uns!"

Simon ließ ihn los und Kurt schwankte kurz, als er wieder auf seinen Füßen stand. Er drehte sich verärgert zu Simon um, der ihm einen bösen Blick zuwarf, den er sich normalerweise für die Verbrecher aufhob. Was Kurt nur noch wütender machte.

„Ich hatte ihn doch, was soll der Scheiß?"

„Hätten wir ihn mit aufs Revier genommen, wärst du suspendiert worden." Die Worte „du Idiot" schwangen deutlich in Simons gereiztem Tonfall mit.

„Was redest du da?"

„Was du mit ihm gemacht hast, grenzt an Körperverletzung und bei einer Verhaftung hätte der kleine Mistkerl das garantiert jeden wissen lassen. Was ist bloß los mit dir?"

„Nichts ist los! Wer bist du, meine Mutter?" Kurt knirschte mit den Zähnen und ballte die Fäuste, verlagerte sein Gewicht. Er spürte das Adrenalin durch seinen Körper strömen. Wollte er wirklich Simon schlagen? War es ihm das wert?

Simon nahm ihm die Entscheidung ab. „Meine Güte, Kurt. Steig endlich ins Auto", sagte er und schob ihn kurzerhand auf den Beifahrersitz. Da Kurt nicht besonders wild darauf war, hier zu stranden und mit öffentlichen Verkehrsmitteln zurückfahren zu müssen, schnallte er sich an und verschränkte die Arme.

„Was ist mit Wally?", fragte Kurt, sobald Simon ebenfalls im Auto saß. „Er ist ein Verdächtiger und du hast ihn entwischen lassen." Der Vorwurf brachte einen Muskel in Simons Kiefer zum Zucken.

„Als Zeuge taugt er nicht viel und das weißt du auch." Simon ließ das Auto an und fuhr los.

Während der Fahrt herrschte Schweigen, das nur vom störenden Knistern des Funkgeräts unterbrochen wurde. Als Simon schließlich vor Kurts Wohnung anhielt, war ein großer Teil seiner Wut verraucht.

„Was willst du hier?"

„Steig aus." Simon wartete nicht auf ihn, sondern ging auf die Haustür zu, ohne sich umzudrehen.

Im Nachhinein betrachtet musste Kurt zugeben, dass er vielleicht ein bisschen übertrieben hatte. Trotzdem war es eigentlich nicht Simons Aufgabe, ihn vor sich selbst zu schützen. Simon war sein Partner, nicht sein Vater.

„Schließ auf", befahl Simon in immer noch ziemlich schroffem Tonfall.

Kurt öffnete die Tür zu seiner Wohnung, zog seinen Mantel aus und warf sich wie ein schmollender Teenager auf die Couch. Simon betrat die Küche … und kam mit einer leeren Wodkaflasche in der Hand gleich wieder heraus. Er setzte sich Kurt gegenüber auf den Couchtisch und stellte die Flasche – eine von mehreren, die sich in der Küche angesammelt hatten – neben sich ab.

„Mein Gott, Kurt." Die Wut war verflogen und durch etwas anderes ersetzt worden. Mitleid vielleicht. Da Kurt es lieber nicht genau wissen wollte, wich er Simons Blick aus. Die Alternative, sich im Badezimmer einzuschließen, würde Simon vermutlich ebenfalls nicht zum Gehen bewegen.

„Wie viel trinkst du? Und vor allem, warum?", fragte er ruhig, als wollte er Kurt nicht wieder provozieren. „Man sieht dir schon länger an, dass etwas nicht stimmt, aber mir war nicht klar, wie schlimm es ist." Er deutete auf die Küche.

Kurt wagte einen kurzen Blick in Simons Gesicht, doch trotz der Besorgnis und des Mitgefühls darin hielt er es nicht lange durch.

„Komm schon, Kurt, rede mit mir. Ich bin dein Partner. Dein Freund. Lass mich dir helfen – so kann es doch nicht weitergehen."

Kurt öffnete den Mund, um „mir geht es gut" zu sagen, wie er es in den letzten Wochen immer und immer wieder getan hatte.

Stattdessen brach ein Schluchzer aus ihm heraus, seine Augen füllten sich mit Tränen und jedes einzelne schmutzige, schreckliche Detail seiner Beziehung zu Davy sprudelte hervor. All seine dunklen Geheimnisse, seine Ängste, seine Unentschlossenheit, sein schmerzlicher Verlust.

Simon stand nur einmal kurz auf, um eine Rolle Toilettenpapier zu bringen, damit Kurt sich die Nase putzen konnte. Davon abgesehen tat er nichts, um Kurts Redestrom zu unterbrechen, und ließ ihn sich alles von der Seele reden, was er seit Bens Tod in sich hineingefressen hatte. Und auch Kurt selbst konnte die Flut nicht stoppen, bevor er wirklich alles gesagt hatte, Simon sein Innerstes offenbart hatte.

Am Ende starrte er auf seine Hände, die ein feuchtes Stück Toilettenpapier umklammerten. Sein Hals brannte vom vielen Reden, als hätte er Schmirgelpapier verschluckt, und die Haut seines Gesichts schmerzte, als wäre sie zu straff gespannt. Doch Simon war noch bei ihm. Er hatte ihn nicht geschlagen oder ausgelacht. Allerdings hatte er auch noch nichts gesagt, seit Kurt mit dem Reden aufgehört hatte, und es war kein gutes Gefühl, in dieser unheilvollen Stille auf seinem billigen Sofa zu sitzen. Hatte er eine weitere Freundschaft zerstört? Würde es so weitergehen, bis er ganz allein war? Was hätte sein Leben dann noch für einen Sinn?

Simon holte tief Luft und atmete langsam aus, was kleine Toilettenpapierfetzen aufwirbelte.

„Okay. Das erklärt einiges. Und ich will dir dazu nur eins sagen: Ich weiß nicht, ob du wirklich schwul bist, aber wenn du wirklich ehrlich zu dir selbst bist, solltest du die Antwort ziemlich schnell finden. Egal ob du es am Ende bist oder nicht, ob du offen dazu stehst oder nicht … ich bin dein Freund. Ich werde immer dein Freund sein. Und für die Menschen, die dich lieben, ist es furchtbar, dich so leiden zu sehen." Er zog die Augenbrauen hoch. „Ach ja, und auf den Alkohol kannst du jetzt hoffentlich verzichten, oder?"

Kurt wagte ein vorsichtiges Lächeln. Er war noch nie so erleichtert gewesen.

„Und auf den Kaffee am besten auch – in letzter Zeit hast du rekordverdächtig viel davon getrunken. Hast du vielleicht irgendwo Tee? Sonst frage ich Jen, ob sie welchen rüberbringt."

Den hätte ihm seine Mutter auch aufgedrängt. „Meine Eltern sind irisch. Ich habe garantiert irgendwo Tee", krächzte er.

Simon klopfte sich auf die Oberschenkel und richtete sich zu seiner vollen Größe auf. „Bleib sitzen. Denk nach. Von mir aus darfst du auch ein bisschen grübeln. Aber fang nicht wieder an, dir Sorgen zu machen, okay?"

Gegen seinen Willen kehrte das schwache Lächeln zurück und er lehnte sich gegen die Polster, um dem Geklapper in der Küche zu lauschen, das ihn beruhigte, wie es seit Monaten nichts mehr getan hatte.

Er musste kurz eingenickt sein, denn plötzlich saß ihm Simon mit einem dampfenden Kaffeebecher voll Tee gegenüber. Seine Mutter hatte ihn davon überzeugt, Tee im Haus zu haben, aber bei den dazu passenden Tassen war ihr das nicht gelungen. Er nahm den Tee entgegen und ließ sich davon die Hände wärmen, während der Dampf seine strapazierten Schleimhäute beruhigte.

Nachdem er ein paar Schlucke getrunken hatte, fragte er: „Und es macht dir wirklich nichts aus?"

„Wirklich nicht. Ein paar von den Jungs werden das leider anders sehen. Dieser Ivan vom Drogendezernat scheint einiges abzukriegen … aber so fertig wie dich habe ich ihn nie gesehen. So etwas heimlich mit sich herumzutragen, belastet einen. Und Ivan hat übrigens auch jede Menge Freunde."

„Ich muss es meinen Eltern sagen, oder? Davy wird vielleicht nie wieder mit mir reden, aber um …"

„Um jemals wieder eine Chance bei ihm zu haben? Ja, wenn du die willst, musst du wohl wirklich dazu stehen. Aber vergiss nicht, dass seit Bens Tod erst ein Jahr vergangen ist. Vielleicht braucht ihr beide noch ein bisschen Zeit."

Es war ihm nicht entgangen, dass sie beide klangen, als wäre Kurt definitiv schwul. Aber wie Simon gesagt hatte: Wenn er ganz ehrlich war, wusste er es bereits.

„Aber was, wenn er nie wieder …"

Simon unterbrach ihn mit einer ungeduldigen Handbewegung. „Dann wirst du damit umgehen und über ihn hinwegkommen müssen. Aber darüber kannst du dir später Gedanken machen. Du musst erst mal dein eigenes Leben in Ordnung bringen, bevor du an eine Beziehung denken kannst, okay?"

Beim Gedanken daran, Davy aufgeben zu müssen, tat sich tief in seinem Innern eine schmerzhafte Leere auf. Aber auch damit hatte Simon recht: Erst wenn Kurt sich wieder im Griff hatte, konnte er über Davy nachdenken. Selbst wenn nicht mehr daraus werden konnte, bestand vielleicht wenigstens die Möglichkeit, ihre Freundschaft zu retten.

„Und bevor ich es vergesse", fügte Simon hinzu. „Um noch mal auf den Alkohol zurückzukommen …"

„Den werde ich los", unterbrach ihn Kurt. „Versprochen. Ich glaube nicht, dass ich zum Alkoholiker geworden bin."

„Das hoffe ich. Aber wenn es damit Probleme geben sollte, sagst du es mir, verstanden?"

„Verstanden. Danke, Simon."

Simon legte ihm eine Hand auf die Schulter. „Wieso versuchst du nicht, ein bisschen zu schlafen? Das hast du doch in letzter Zeit bestimmt auch viel zu selten gemacht."

Fast wie in Trance gehorchte Kurt. Als er sich ins Bett fallen ließ, drang das Klappern von Geschirr und leeren Flaschen an sein Ohr. Vielleicht war es manchmal ganz schön, sich von jemandem helfen zu lassen … so, wie er Davy helfen wollte. Aber daraus würde vielleicht niemals etwas werden. Eine letzte Träne lief ihm über die Wange, als er in tiefen Schlaf fiel.

DIE ANKÜNDIGUNG einer neuen Einsatzmannschaft, bei der die Zusammenarbeit der verschiedenen Abteilungen geplant war, hielt alle in Atem und Kurt war eine Zeit lang zu beschäftigt, um sich über irgendetwas anderes Gedanken zu machen als die Arbeit, weshalb er seine neuen Erkenntnisse noch für sich behielt. Simon erwähnte sie ebenfalls nie wieder, außer um ihm zu sagen, dass Jen davon wusste, und ihn dazu zu überreden, seine wöchentlichen Treffen mit ihnen wieder aufzunehmen. Jen war auch jetzt noch ganz wild darauf, ihn zu verkuppeln – diesmal mit verschiedenen Männern, die sie bei der Arbeit kennengelernt hatte –, hielt sich aber glücklicherweise vorerst zurück.

Er schrieb Davy nach wie vor jede Woche eine Nachricht, doch je länger sein Schweigen anhielt, desto mehr schwand Kurts Hoffnung. Wenigstens hatte Davy bisher keine Unterlassungsverfügung gegen ihn beantragt. Seit seinem Geständnis gegenüber Simon vor fast drei Monaten hatte Kurt nicht einen Schluck getrunken und war gut damit zurechtgekommen.

Mittlerweile konnte er in den Spiegel sehen und „ich bin schwul" sagen, ohne zusammenzuzucken oder zu erröten. Beim Gedanken daran, es seiner Familie zu erzählen, schauderte er allerdings nach wie vor.

Also hatte er das einzig Mögliche getan: sie gemieden. Glücklicherweise hatten Caitlyn und Colleen vor Kurzem bekannt gegeben, dass sie – wieder zur gleichen Zeit – schwanger waren. Das lenkte die Aufmerksamkeit fürs Erste von ihm ab.

Doch heute war es mit den Ausflüchten vorbei. Es gab keine Entschuldigung, die seine Mutter dafür akzeptiert hätte, seine eigene Geburtstagsfeier zu verpassen. Er würde es ihnen nicht direkt bei der Party sagen, um diese nicht zu ruinieren, aber schon sehr bald. Er musste es bald tun. Er war bereit.

Vielleicht.

Er ließ sich vom Taxi nicht ganz bis zum Restaurant bringen, sondern stieg etwas früher aus, da er hoffte, ein kleiner Spaziergang in der kühlen Frühlingsluft würde ihn beruhigen.

Doch das tat er nicht. Bei jeder Berührung, jeder Umarmung zuckte er zusammen. Jedes Wort kam ihm wie eine Andeutung vor. Jeder Blick wirkte wissend und kritisch.

Seine Eltern umarmten ihn, doch seine Mutter sah ihn auf seltsame Art und Weise an, beinahe gequält. Er war nicht sicher, was es bedeutete, wusste aber, dass er dringend mit ihr reden musste.

Nachdem er einige Minuten lang Gäste begrüßt und sich dabei wie ein Schwindler gefühlt hatte, setzte er sich mit einer Flasche Bier in eine Ecke und hoffte, der Abend würde schnell vergehen.

Wäre sein Leben jetzt anders gewesen, wenn er Davy zur letzten Geburtstagsparty eingeladen hätte? Wären sie jetzt Freunde? Oder sogar zusammen? Vielleicht hätten sie an Kurts Feier offiziell als Paar teilgenommen. Er würde es nie erfahren.

„Hi, kleiner Bruder." Ians Stimme überraschte ihn so sehr, dass er zusammenzuckte und Bier verschüttete.

„Oh, ähm, hi." Sein Vorhaben, sich normal zu verhalten, ging bis jetzt ziemlich daneben. Als verdeckter Ermittler wäre er jetzt schon tot gewesen.

„Oh, ähm, hi", imitierte ihn Ian. „Mehr hast du mir nicht zu sagen? Ich habe dich seit Monaten nicht gesehen. Seit du am Valentinstag einfach abgehauen bist. Hast du dich mit 'ner scharfen Braut in deiner Wohnung eingeschlossen?" Wenigstens klang er nicht allzu verärgert. Ian war selten nachtragend.

„Nein, ich musste nur viel arbeiten." Was wenigstens keine Lüge war.

„Ausgezeichnet! Dann kannst du ja mitkommen, sobald wir uns hier rausschleichen können. Ich habe uns nämlich VIP-Karten für diesen schicken Stripclub auf der Queen Street besorgt. Die Frauen sind der Wahnsinn. Der perfekte Ort, um den Geburtstag meines letzten Singlebruders zu feiern. Wir müssen zusammenhalten, jetzt, wo sich Stephanie Dylan geschnappt hat."

Wie an dem Tag mit Simon hatte Kurt plötzlich genug. Keine Lügen mehr. „Wo ist Mom?"

„Was?"

„Vergiss es, ich ..." Ihm fehlte die Energie, sich eine Ausrede einfallen zu lassen. „Ich muss Mom finden." Ian blieb mit offenem Mund zurück, aber das war jetzt seine kleinste Sorge.

Er suchte die Menge nach seiner Mutter ab, bis er sie plötzlich an der Bar entdeckte, auf der sie gerade den Geburtstagskuchen abstellte.

„Mom, ich muss mit dir reden."

Ihr Blick wanderte vom Kuchen zur Menschenmenge und zurück. „Jetzt?"

„Bitte." Bevor ihn der Mut verließ.

„Na gut, im Pausenraum?"

Der Raum war klein, aber ruhig und hatte eine Tür. „Ja."

Sie presste die Lippen aufeinander, wirkte traurig und resigniert. „Was ist mit deinem Vater?"

Der kleine Junge in ihm wollte die Flucht ergreifen. „Nein, nicht jetzt. Nur du, bitte." Wenn sie mit Ablehnung reagierte, konnte er sich wenigstens das enttäuschte Gesicht seines Vaters sparen. Er würde einfach sofort gehen und alles hinter sich lassen. Seine Mutter kommunizierte mit ein paar kurzen Blicken mit seinem Vater – ein Verhalten, das er bei Paaren erst nach seiner Begegnung mit Davy bemerkt hatte, da er sich seitdem selbst eine so innige Beziehung wünschte.

Als er seiner Mutter in den Pausenraum folgte, warf er einen letzten Blick zurück und bemerkte Simon, der ihm aufmunternd zunickte. Und Jen war sicher ebenfalls dort, auch wenn er sie nicht sehen konnte. Immerhin zwei Menschen, die ihn unterstützten. Besser als nichts.

SIE NAHMEN im Pausenraum Platz. Seine Mutter hatte ihre Hände in ihrem Schoß zusammengekrallt. Kurt hätte es ihr am liebsten gleichgetan, fürchtete aber, dabei seine Bierflasche zu zerbrechen. Stattdessen trank er einen Schluck, um das Unvermeidliche noch etwas hinauszuzögern. Den Kickboxer-Schmetterlingen in seinem Bauch gefiel das allerdings kein bisschen.

„Bitte, Schatz, rede mit mir." Er blickte in die tränenfeuchten Augen seiner Mutter und begriff, dass sie seinen Schmerz geteilt hatte, obwohl es ihm entgangen war. Wenn sie ihn jetzt hasste ... Nein. Er musste es ihr sagen und ihr die Gelegenheit geben, die liebende Mutter zu sein, als welche er sie kannte.

„Ich bin schwul", flüsterte er und brachte sogar den Mut auf, ihr dabei weiter in die Augen zu schauen. Denn er musste wissen, was sie dachte, was sie empfand. Die Tränen fielen, doch sie lächelte. War sie etwa erleichtert?

Dann sprang sie plötzlich auf, um ihn stürmisch zu umarmen und er erwiderte die Umarmung, während seine Anspannung von ihm abfiel. Hoffentlich würde es nie wieder so furchtbar werden, diese Worte auszusprechen.

Schließlich löste sie sich von ihm, küsste ihm die Stirn und setzte sich wieder auf ihren Stuhl, hielt aber weiter eine seiner Hände in ihren.

„Oh, Schatz. Ich hatte Angst, du wolltest mir sagen, dass du schwer krank bist. Oder etwas anderes Furchtbares."

„Und das hier ist nicht furchtbar?" Kurt konnte nicht aufhören zu flüstern.

„Nein, Schatz, nein. Ich liebe dich. Also möchte ich, dass du glücklich bist. Und das bist du schon seit ziemlich langer Zeit nicht."

Sie musterte ihn eingehend. „Schatz, ich hatte recht, oder? Du warst wirklich verliebt." Sie schob seinen Ärmel hoch und berührte die Narbe. „Was ist passiert?"

Oh Gott. Seine Augen brannten. Hoffentlich hatte es nur mit der emotionalen Achterbahnfahrt der letzten Zeit zu tun und wurde jetzt nicht zur Gewohnheit. Es war nämlich ein schreckliches Gefühl.

„Ich war – bin – tatsächlich verliebt. Aber er will mich nicht." Er wollte die ganze Geschichte nicht noch einmal erzählen. Doch selbst bei seinem Gespräch mit Simon hatte er nicht zugegeben – sich selbst nicht eingestanden –, dass er sich in Davy verliebt hatte. Er wusste jetzt, warum so viele Menschen ihre erste große Liebe gleichzeitig verfluchten und priesen. Sie war so wunderschön wie ein Sonnenaufgang und schmerzhafter, als im Höllenfeuer zu schmoren.

Er bekam eine zweite Umarmung.

„Tja, wenn er nicht sieht, was ihm entgeht, ist er nicht gut genug für dich. Es sei denn, er ist verheiratet. Dann sollte man ihn köpfen." Seine Mutter klang wirklich empört und es wärmte ihm das Herz, wie sehr sie auf seiner Seite stand.

„Nein, er ist nicht verheiratet. Und es war hauptsächlich meine Schuld. Ich war unehrlich – mir selbst und ihm gegenüber. Ich wollte mich verstecken."

„Und jetzt, wo du dich nicht mehr versteckst?"

„Ich weiß es nicht. Es ist kompliziert." Der Jahrestag von Bens Tod war bereits in zwei Wochen. Er hoffte, Jon oder, wenn es sein musste, Andrew würde für Davy da sein. Er wollte nicht, dass Davy das allein durchstehen musste. Obwohl er am liebsten selbst dort sein wollte, Davy von seinem Coming-out erzählen wollte, durfte er diesen wichtigen Schritt in seinem Leben nicht zu sehr von Davy abhängig machen. Er musste es für sich tun, nicht für Davy. Davy und Simon hatten ihm klargemacht, dass er erst mit sich selbst im Reinen sein musste, bevor er über eine Beziehung nachdenken konnte.

„Kenne ich diesen Mann? Wie heißt er?"

„Er heißt Davy. Irgendwann werde ich dir von ihm erzählen. Aber jetzt muss ich mir als Erstes überlegen, wie ich mit dem Rest der Familie umgehe."

Sie zuckte mit den Schultern. „Du musst es ihnen sagen. Sie haben sich alle Sorgen um dich gemacht. Vielleicht muss es nicht bei allen heute Abend sein, aber bei deinem Vater auf jeden Fall. Weil er immer so still ist, bemerkt man oft nicht, wie viel er sieht. Er hatte genauso viel Angst um dich wie ich, nur dass er dachte, du hättest vielleicht ein Drogenproblem."

„Drogen? Wie kommt er denn bloß darauf?" Dabei war er damit gar nicht so weit von der Wahrheit entfernt gewesen. Seine Eltern hatten zwar mehr Kinder als die meisten Paare, schenkten jedoch trotzdem jedem von ihnen Aufmerksamkeit. Sie waren sich schon immer der individuellen Bedürfnisse ihrer Kinder bewusst gewesen und hatten niemals übersehen, wenn eines von ihnen sich schlecht fühlte oder Probleme hatte.

„Du hast viel Stress im Beruf. Unter so großem Druck greifen viele Menschen zu chemischer Unterstützung."

Kurt errötete. Kein Wunder, dass er als Kind selten mit etwas davongekommen war. Obwohl er sie seit Monaten gemieden hatte, waren sie ihm einen Schritt voraus.

Die Schmetterlinge kehrten mit neuer Energie zurück. „Wird er mich hassen?"

„Kurt Patrick O'Donnell, dein Vater ist ein guter Mensch und er liebt dich", sagte sie mit vorwurfsvoller Stimme. „Ich schicke ihn jetzt rein und danach essen wir deinen Geburtstagskuchen." Trotzdem drückte sie ihm tröstend die Hand, bevor sie das Zimmer verließ.

WIE ER da so im Pausenraum saß, kam er sich vor wie in seiner Jugend, als er manchmal wegen einer Missetat auf sein Zimmer geschickt worden war, um die Strafe seines Vaters abzuwarten. Normalerweise war es etwas ziemlich Schreckliches gewesen, zum Beispiel das Putzen der Restauranttoiletten. Vielleicht hätte er seine jetzige Situation nicht damit vergleichen sollen, denn nun fiel es ihm schwer, nicht auch diesmal ein schreckliches Ende zu fürchten.

Plötzlich tauchte sein Vater in der Tür auf, eine bedrohlich dunkle Silhouette vor dem hellen Restaurant. Doch Kurt war kein Kind mehr und versuchte auch nicht, einen Streich zu verheimlichen. Er war ein Mann und es gab nichts, wofür er sich schämen musste, auch wenn er sich vor der Reaktion seines Vaters fürchtete.

Als sein Vater den Raum betrat, erhellte das Licht sein Gesicht und den fragenden Ausdruck darin.

„Hi, Dad."

„Kurt." Sein Vater ließ sich auf dem Stuhl nieder, auf dem vorher seine Mutter gesessen hatte. Der eigentlich sehr energische, lebensfrohe Mann wirkte jetzt zutiefst besorgt. Vielleicht gab es doch etwas, wofür er sich schämen musste, wenn er seinen Eltern solche Schmerzen bereitet hatte. Und trotzdem gelang es ihm einfach nicht, es auszusprechen.

Doch obwohl sein Vater ein sehr stiller Mensch war, machte ihn das nicht unbedingt geduldig. Nachdem sie also einige Sekunden still dagesessen hatten, befahl er: „Spuck's aus, mein Sohn. Kurz und schmerzlos."

Klar. Schmerzlos. „Ich bin schwul."

Sein Vater holte geräuschvoll Luft, sagte aber nichts.

Kurt konnte das Schweigen nicht lange ertragen. „Es tut mir leid."

Sean schüttelte den Kopf. „Was tut dir leid? Dass du deiner Mutter so lange Angst gemacht hast? Das sollte es auch."

„Ja, aber ich meine …"

„Dass du schwul bist?" Der erwartete missbilligende Blick blieb aus.

„Ja."

„Sohn, wenn Gott dich so erschaffen hat, warum sollte es dir leidtun? Ich musste es nur erst … Ich dachte nämlich, du würdest …"

„Schon gut. Mom hat es mir erzählt. Und ich ähm … habe in letzter Zeit wohl wirklich ziemlich viel getrunken."

Oh, da war der Blick ja endlich. „Und jetzt?"

„Ich …" Er dachte darüber nach. Er war in letzter Zeit zu beschäftigt gewesen, um sich selbst leidzutun, aber es lag nicht nur daran, dass er keinen Alkohol mehr brauchte. Und jetzt gab es noch zwei Menschen, die hinter ihm standen. Auch wenn er nicht wild darauf war, es dem Rest der Familie zu sagen, war ihm bereits eine riesige Last von den Schultern gefallen.

Er atmete erleichtert aus. „Ich glaube, das ist jetzt vorbei."

„Aber du musst es allen sagen. Nicht sofort, aber du musst aufhören, ihnen auszuweichen, verstanden?"

Sie standen auf und Sean legte den Kopf schräg. „Oh, Junge, du hast ganz schön gelitten, nicht wahr?"

Kurt biss sich auf die Lippe und nickte. Sein Vater umarmte ihn – die Art von Umarmung, in der man sich sicher und geborgen fühlte. Als er sich von ihm löste, waren die Augen seines Vaters etwas feuchter als vorher.

„Na komm, geh schon raus, damit wir den Kuchen anschneiden können, sonst kriegen wir's mit deiner Mutter zu tun. Oder mit deinen Schwestern – Gott, keine andere schwangere Frau ist so verrückt nach Süßem wie die zwei."

Es war kaum zu glauben, wie anders sich Kurt fühlte, als er sich wieder unter die Leute mischte. Viel zufriedener. Auch wenn er Davy noch genauso heftig vermisste, kam er sich jetzt unglaublich befreit vor.

Seine Familie überredete ihn zu dem traditionellen Foto mit dem Kuchen, obwohl er es sich wahrscheinlich niemals ansehen würde. Das Ganze erinnerte ihn zu schmerzhaft an die glückliche Zeit mit Davy an dessen Geburtstag – was man wahrscheinlich auch seinem Gesicht auf dem Foto ansah.

Als sie den Kuchen anschnitt, schenkte seine Mutter ihm ein trauriges Lächeln. Sie wusste sicher, dass sein größter Wunsch heute die Versöhnung mit Davy war.

Von der anderen Seite des Raumes warf Simon ihm mit hochgezogener Augenbraue einen fragenden Blick zu. Kurt hob wie zu einem Toast seine Bierflasche und grinste. Simon erwiderte das Grinsen und beugte sich zu Jen hinunter, um ihr etwas zuzumurmeln, woraufhin sie sich auf die Zehenspitzen stellte und Kurt zuwinkte.

Nachdem Kurt seine Bierflasche geleert hatte, beschloss er, auf Wasser umzusteigen. An der Bar gesellte sich Ian zu ihm. „Also, wie schlimm ist es?"

„Schlimm?"

„Na ja, unsere Leithammel haben dich bei deiner eigenen Geburtstagsparty in den Pausenraum geschleift. Da müssen sie dir doch wegen irgendwas eine ziemliche Strafpredigt gehalten haben."

„Nein, haben sie nicht. Alles okay." Und zum ersten Mal seit Monaten entsprachen diese Worte der Wahrheit. Kurt lachte.

„Na gut, dann lass die gefräßigen Schwestern ihren Kuchen essen, verabschiede dich von allen und dann geht's los in den Club."

„Nein, Ian, ich komme nicht mit."

„Was? Warum nicht?"

Einen guten Zeitpunkt würde es dafür sowieso nicht geben, also: „Ich bin schwul."

Ian starrte ihn an. „Wie bitte?"

„Ich bin schwul. Deshalb habe ich mit Mom und Dad geredet."

Ian erblasste, was den Kontrast zwischen heller Haut und dunklem Haar noch vergrößerte. „Ich … ich …"

„Ja, ich weiß, das kommt ziemlich überraschend."

Plötzlich drehte Ian sich um und rannte praktisch aus dem Raum. Seine Reaktion war für Kurt wie ein Schlag in die Magengrube, der seine gute Laune gnadenlos zermalmte. Von allen Familienmitgliedern hatte er bei Ian mit dem größten Verständnis gerechnet, weil sie sich so nahestanden.

Sowohl Simon als auch Mikey hatten Ians Flucht bemerkt und kamen von verschiedenen Enden des Raums auf Kurt zu.

„Knirps, was ist los? Warum ist Ian abgehauen?", fragte Mike.

Kurt warf einen Blick auf Simon. Dieser nickte ihm zu und zuckte mit den Schultern. Warum nicht. Kurz und schmerzlos, oder? „Ich habe ihm gesagt, dass ich schwul bin."

Mike musterte sie beide kurz, als wäre er nicht sicher, ob sie sich einen Scherz mit ihm erlaubten. Dann betrachtete er Kurt genauso nachdenklich, wie sein Vater es getan hatte. „Oh. Und das fand er schlimm?"

Ähm … ernsthaft? Jetzt war es gleich das andere Extrem? Mike wirkte noch nicht einmal überrascht. Er konnte es doch nicht vermutet haben, wenn sogar Kurt es bis vor Kurzem nicht gewusst hatte, oder?

„Sieht so aus."

„Er wird sich schon wieder beruhigen, Knirps. Heißt das, du bringst jetzt endlich mal jemanden zu Familienfeiern mit? Mom macht es nämlich ganz verrückt, dass du immer noch alleinstehend bist."

Simons kaum hörbares Keuchen zeigte Kurt, dass dieser wusste, wie schmerzhaft diese Frage für ihn war, auch wenn Mike es nicht beabsichtigt hatte.

„Vielleicht. Eines Tages."

AM ENDE des Abends wusste es seine ganze Familie. Seine Schwestern waren tatsächlich etwas schockiert gewesen, hatten aber anschließend positiv reagiert. Ian war nicht zurückgekommen und hatte sich auch bei niemandem gemeldet. Kurt beschloss, dass er sich darum jetzt keine Sorgen machen konnte. Wenn Ian sich so anstellte, würde Kurt sich wohl an ein Leben ohne ihn gewöhnen müssen. Er hatte zu viele andere Probleme, um sich Gedanken darüber zu machen, wie er einen Bruder zurückgewinnen konnte, der ihn wegen einer nicht zu ändernden Veranlagung hasste. Es war ihm nicht unbedingt egal, aber die schrecklichen emotionalen Strapazen der letzten Zeit hatte er hinter sich gelassen. Er war beinahe glücklich.

15

DIE LÄNGEREN Sommertage schienen auch längere Arbeitstage zu bedeuten, was vor allem an der neuen Einsatzmannschaft lag, für die jetzt ihre erste Operation anstand. Glücklicherweise wurde von ihm und Simon nicht allzu viel erwartet – sie bildeten hauptsächlich die Verstärkung. Kurt freute sich schon darauf, nach diesem Einsatz endlich wieder nur normal überarbeitet zu sein anstatt völlig überarbeitet.

„Wir müssen hier abbiegen", sagte Kurt, als er von der Nachricht aufschaute, die er gerade schrieb. Sein Partner kannte die Stadt mittlerweile ziemlich gut, aber um diese Tageszeit würden sie fast zehn Minuten sparen, wenn sie kleinere Straßen nahmen. Kurt wählte *Senden* und steckte sein Handy in die Tasche.

„Danke. War das deine wöchentliche Nachricht an Davy?"

Kurt seufzte. „Ja." Er hatte es bisher nicht übers Herz bringen können, den Mann, den er liebte, endgültig aufzugeben, obwohl sie sich seit fast einem halben Jahr nicht mehr gesehen hatten. Am Jahrestag von Bens Tod hatte er eine zusätzliche geschickt, jedoch selbst darauf keine Antwort erhalten. Es war sogar durchaus möglich, dass Davy die Nummer gewechselt hatte. Er hätte es leicht herausfinden können, wollte die Illusion aber nicht aufgeben. So konnte er sich immer noch vorstellen, dass seine Nachrichten Davy wenigstens zum Lächeln brachten.

„Und wie läuft es damit?"

Kurt zuckte mit den Schultern. „Immer noch nichts." Er wusste selbst, wie lächerlich er sich verhielt. Die meisten Männer, die sich zum ersten Mal zu ihrem Schwulsein bekannten, hatten sicher wesentlich mehr Sex als er. Leider war Kurt noch ziemlich unsicher. Schon bei Verabredungen mit Frauen hatte er sich nie besonders wohlgefühlt, aber dabei hatte er wenigstens ungefähr gewusst, was von ihm erwartet wurde und an welche Spielregeln man sich hielt. Vielleicht sollte er doch Ivan um Rat fragen.

„Kommst du Samstag zu unserer Party?"

„Klar." Auch wenn ihm ein ruhiges Essen mit den beiden eigentlich lieber war als ihre Partys – wenn er mit einem Haufen fremder Leute trinken wollte, konnte er das im Finn's tun –, wollte er Jen nicht verletzen, indem er absagte.

Am Tatort angekommen stiegen sie aus dem Auto. Einer der Streifenpolizisten kicherte und murmelte: „Schwuchtel". Simon und Kurt knurrten, woraufhin der Polizist sich eilig zurückzog.

Kurt rollte die Augen. Es nervte, dass einige Mitarbeiter ihn wegen seiner sexuellen Orientierung so respektlos behandelten. Und es war irgendwie ironisch, wenn man sein momentan enthaltsames Leben bedachte. Glücklicherweise hatte er die meisten dieser Mitarbeiter sowieso nicht leiden können. Abgesehen von der ein oder anderen Drohgebärde ignorierte er sie also. Trotzdem sollte er wirklich mal Ivan zu einem Bier einladen – nicht als Date, sondern um zu reden, sich Rat zu holen ... vielleicht sogar als Freund.

„Also, was haben wir hier?" Er musste sich auf seine Arbeit konzentrieren. Daran, Davy zu vermissen, hatte er sich sowieso schon fast gewöhnt.

„KURT! WIE schön, dass du kommen konntest." Jen umarmte ihn und zog ihn ins Haus. Kurt wunderte sich. Die Umarmung war zwar nicht ungewöhnlich, doch ganz so stürmisch begrüßte ihn Jen eigentlich nicht. Vielleicht hatte sie schon ziemlich viel Wein getrunken?

Er folgte ihr ins Wohnzimmer, wo er unter den Gästen einige bekannte Gesichter entdeckte. Eines davon war Tiffanys. Sie lächelte ihm zu und winkte, schien keinen Groll mehr gegen ihn zu hegen.

„Hast du es ihr gesagt?"

Jen folgte seinem Blick bis zu Tiffany. „Ja, das habe ich. Sie war ziemlich fertig wegen eurem ... ähm ... Date. Es macht dir doch nichts aus?"

Machte es das? Kurt dachte kurz darüber nach. „Nein, eigentlich nicht." Er hatte nicht vor, es an die große Glocke zu hängen und Werbung dafür zu machen, konnte jedoch damit leben, wenn die Leute in seinem Umfeld es erfuhren, selbst wenn es nicht von ihm war.

„Das ist jetzt sowieso egal." Jen hüpfte praktisch vor Aufregung. Plötzlich hatte er ein ungutes Gefühl und blieb stehen.

Doch Jen sah sich zu ihm um, packte ihn beim Handgelenk und zog ihn mit sich ins Esszimmer. Dort angekommen blieben sie vor einem schlanken braunhaarigen Mann stehen, der ein paar Zentimeter kleiner war als Kurt. Das ungute Gefühl ging in Panik über.

„Justin?"

Der Mann hob den Blick vom Buffettisch. „Hi, Jen." Mit seinen blassblauen Augen musterte er Kurt von Kopf bis Fuß.

„Justin, das ist unser Freund Kurt. Kurt, das ist Justin. Er wohnt ein paar Häuser weiter."

„Schön, dich kennenzulernen, Kurt."

Oh, verdammt. Das war Jens neuester Verkupplungsversuch. Daran bestand kein Zweifel, als Jen sie mit einem verschmitzten Grinsen sofort allein ließ. Das hatte sie damals auch bei Tiffany getan. Zugegeben, Justin wirkte bereits auf den ersten Blick anziehender auf ihn – nur wusste er trotzdem nicht, wie er jetzt reagieren sollte.

„Jen sagt, du bist ein Detective, wie Simon?" Justin reichte ihm einen Teller und machte ihm Platz am Tisch.

„Ja, das bin ich. Und mir scheint, ich befinde mich ein bisschen im Nachteil." Gott, er klang wie seine Großtante Martha. Er nahm den Teller, obwohl die Ninja-Schmetterlinge den Gedanken ans Essen unerträglich machten.

132

„Keine Sorge, nicht besonders. Mehr weiß ich nämlich auch nicht."

Kurt grinste. „Dann ist es ja gut."

Justin erwiderte das Grinsen. „Ich arbeite im Vertrieb und sitze praktisch die ganze Zeit am Schreibtisch. Sicher nicht halb so aufregend wie dein Beruf."

„Na ja, eigentlich verbringe ich auch viel Zeit am Schreibtisch. Es gibt jede Menge Papierkram und man muss Datenbanken durchsuchen und im Internet recherchieren. Verfolgungsjagden und Schießereien sind eher selten."

Er war nicht sicher, was Justin von seinem Beruf hielt. Er war schon einigen Frauen begegnet, die Polizisten heiß fanden und deshalb mit jedem von ihnen Sex gehabt hätten. Er ging davon aus, dass es unter schwulen Männern ähnliche Fälle gab. Und der Gedanke an Sex in Verbindung mit diesem Mann weckte durchaus sein Interesse.

Sie unterhielten sich weiter und fanden sich irgendwann auf der Veranda wieder, um die nicht mehr ganz so schwüle Sommernacht zu genießen. Sie unterhielten sich so lange, dass Kurt fürchtete, es wäre unhöflich, Justin die ganze Zeit für sich zu beanspruchen. Und er war nicht sicher, ob Justin sich von ihm angezogen fühlte oder nur Mitleid mit ihm hatte.

„Hör zu, darf ich ehrlich zu dir sein?", fragte er schließlich. Seit seinem Geburtstag hatte er sich eine direktere Art angewöhnt.

Justin hob den Kopf und warf ihm einen skeptischen Blick zu. „Ähm, natürlich."

„Für mich ist das alles noch ziemlich … neu." Kurt deutete auf Justin und ihn.

„Neu?" Justin runzelte die Stirn und beugte sich wieder zu Kurt vor. „Warte, du hast dich gerade erst geoutet?"

Kurt nickte.

„Wann?"

Wann? Seit seinem Geburtstag war er so beschäftigt gewesen, dass die Tage einfach an ihm vorbeigezogen waren. „Vor ungefähr sechs Wochen."

„Mein Gott, dann bist du ja praktisch noch Jungfrau."

Hoffentlich verbarg die Dunkelheit, wie heftig er errötete. Allerdings war es nicht so dunkel, dass er übersah, wie Justin sich in seiner Jeans zurechtrückte, was seine eigene ebenfalls noch enger werden ließ.

Justin schaute sich um. „Sollen wir uns einen etwas ruhigeren Ort suchen?"

Es gab keinen Zweifel daran, wie Justins Vorschlag gemeint war. Kurts Schwanz wurde noch steifer. „Gerne."

SIE GINGEN – mit etwas Abstand zwischen sich – ein Stück um das Haus herum, bis sie eine besonders schattige Stelle gefunden hatten. Die Geräusche der Party waren hier kaum zu hören, als würden sie von der Dunkelheit verschluckt, was Kurt das Gefühl gab, mit Justin ganz allein zu sein. Trotz seines zierlichen Körperbaus schob Justin ihn energisch an die Hausmauer und küsste ihn.

Kurt öffnete den Mund für Justins Zunge. Er packte Justins schmale Hüften und presste sich gegen ihn, während er Justins Mund mit seiner Zunge erforschte. Justin schob sich ihm entgegen, rieb seine Erektion an Kurts steifem Schwanz.

Genau wie beim ersten Mal fühlte es sich richtig an, einen Mann zu küssen. Nur fiel es ihm schwer, dabei nicht pausenlos an Davy zu denken. Er versuchte, den Gedanken zu verdrängen, und küsste Justin heftiger und leidenschaftlicher. Justin stöhnte und schob eine Hand zwischen sie, um durch die Jeans hindurch Kurts Schwanz zu streicheln. Es war lange her, dass sich etwas so gut angefühlt hatte … seit der Sache mit Davy. Es war so viel besser als mit einer Frau.

Justin öffnete geschickt Kurts Reißverschluss. Das Gefühl, im Freien so entblößt zu sein und jeden Moment von anderen Menschen überrascht werden zu können, ließ seinen Schwanz vor Lust pochen und tropfen. Zum ersten Mal verstand er, warum einige Menschen das Risiko eingingen, wegen Erregung öffentlichen Ärgernisses verhaftet zu werden. Eigentlich sollte er es als Polizist besser wissen, konnte aber kaum noch klar denken. Das warme Stück Fleisch in Justins Hand hatte die Kontrolle übernommen.

„Mach meinen Reißverschluss auf", flüsterte Justin.

Oh, natürlich. Kurt sollte sich revanchieren. Mit leicht zitternden Fingern schob er seine Hände um Justins herum und schaffte es schließlich, seine Erektion zu befreien. Als sich seine Hand zum ersten Mal um den Schwanz eines anderen Mannes legte, vergaß er für einen Moment seine eigene Lust. Er fühlte sich gleichzeitig hart und weich an, vertraut und doch unbekannt. Er erkundete ihn, streichelte ihn, wie er es bei sich selbst getan hätte. Dass er dabei gedanklich Davy vor sich sah, musste niemals jemand erfahren. Ihm wurde schmerzlich bewusst, dass er nie die Gelegenheit gehabt hatte, Davy so zu berühren. Sein Daumen glitt über die Eichel, spürte dort die ersten feuchten Tropfen. Leider hatte er Davy auch nie schmecken dürfen. Stattdessen hatte er sich in den einsamen Nächten in seiner Wohnung den eigenen Samen von den Fingern geleckt und sich vorgestellt, es wäre Davys.

Justin schob sich noch dichter an ihn, um beide Schwänze in seine Hand zu nehmen, sodass Kurt sich allein auf seine Gefühle konzentrieren konnte, während Justins Hand sich immer schneller bewegte. Kurts Atmung beschleunigte sich ebenfalls, bis er plötzlich zum Höhepunkt kam und es Justins Hand mit seinem Sperma noch leichter machte.

Bebend und stöhnend folgte Justin ihm nur wenige Sekunden später und die feuchte Sommerluft mischte sich mit dem schweren Geruch von Sex.

Nachdem Justin in die Knie gegangen war, um seine Hand am Gras abzuwischen, brachte er seine Kleidung in Ordnung. Kurt tat es ihm nach, wenn auch wesentlich langsamer. Er hatte zum ersten Mal seit langer Zeit einen Orgasmus mit einem anderen Menschen erlebt. Doch das erwartete gute Gefühl blieb aus, während die schmerzhafte Leere in seinem Innern noch zunahm.

An die Wand gelehnt dachte er darüber nach, ob sein Sexleben, sein Liebesleben, jemals leichter werden würde. Ob ihm jemals eine so glückliche

Beziehung möglich wäre, wie er sie bei seinen Freunden und Verwandten beobachtete.

„Das war toll, Kurt." Justin küsste ihn flüchtig. „Sollen wir das mal wiederholen?"

Kurt dachte darüber nach. Justin machte einen netten Eindruck. Sie hatten sich gut unterhalten und fühlten sich voneinander angezogen. Aber war es fair, sich mit Justin einzulassen, wenn er noch nicht über Davy hinweggekommen war? Seine Mutter hätte ihn sich vorgeknöpft, wenn er eine Frau als Ersatz für eine andere benutzt hätte – also warum sollte das bei einem Mann anders sein? Außerdem hätte er es selbst nicht mit seinem Gewissen vereinbaren können. Er war Polizist geworden, weil er Wert darauf legte, das Richtige zu tun. Und das hier war nicht richtig.

„Tut mir leid, Justin, ich …" Er atmete tief durch und zögerte kurz, als ihm erneut Justins männlicher Duft in die Nase stieg, fuhr dann aber fort: „Ich liebe jemand anderen. Darüber muss ich erst hinwegkommen."

„Tja, das ist schade. Und bei diesem Typen gibt es keine Hoffnung mehr?"

„Lange Geschichte, aber er will absolut nichts mehr mit mir zu tun haben. Und damit muss ich mich erst abfinden. Er ist der Grund, aus dem ich mich überhaupt geoutet habe."

„Und trotzdem will er nichts von dir wissen? Das verstehe ich nicht. Wir kennen uns zwar noch nicht lange, aber du wirkst nett. Und du siehst verdammt gut aus."

Die Dunkelheit überdeckte Kurts rotes Gesicht. „Danke, du machst auch einen netten Eindruck. Er hat mich abserviert, weil er dachte, dass ich ihn wie mein schmutziges kleines Geheimnis behandeln wollte. Und ich habe mich geoutet, weil er recht hatte. Ich hätte von Anfang an zu ihm stehen sollen."

„Und warum hat er dann nicht …? Moment mal, Kurt, weiß er überhaupt von deinem Coming-out?"

„Nein, ich … ach, verdammt."

„Oh, Kurt." Justin küsste ihn ein letztes Mal und trat zurück. „Sag es ihm. Und wenn dann trotzdem nichts daraus wird, ruf mich an. Sag Simon und Jen von mir danke für die schöne Party. Ich mache mich jetzt besser auf den Weg."

Justin ließ ihn dort in der Dunkelheit stehen, während Kurt einen Entschluss fasste. Er würde es Davy nicht schreiben. Er war nicht sicher, ob Davy seine Nachrichten überhaupt las. Nein, er musste Davy persönlich aufsuchen und dafür sorgen, dass dieser ihm zuhörte.

Kurt hatte in seiner Familie schon früh lernen müssen, sich durchzusetzen. Er hatte hart dafür arbeiten müssen, es bis zum Detective zu schaffen. Er hatte mit sich gerungen, bis er sich sein Schwulsein hatte eingestehen können, und trotz seiner Furcht, sie könnte ihn verstoßen, sogar den Mut gefunden, es seiner Familie zu sagen. Und doch wurde ihm erst jetzt klar, dass er vielleicht auch um Davy kämpfen musste. Er hatte sich lange genug selbst bemitleidet. Sobald der große Einsatz vorbei war und die Arbeit ihm etwas mehr Zeit ließ, würde er etwas unternehmen.

Der Partylärm wurde wieder lauter – oder zumindest nahm er ihn deutlicher wahr. Er stellte sicher, dass er vorzeigbar aussah und nichts auf sein kleines Date im Dunkeln hinwies. Er lachte. Wie bei einer Highschoolparty voller hormongesteuerter Teenager. In seinem Alter hätte ihm das eigentlich ein bisschen peinlich sein sollen.

Er ging um das Haus herum zur Veranda, wo sich mittlerweile der Großteil der Gäste aufzuhalten schien, und trat aus dem Schatten möglichst unauffällig ins freundliche Licht der Tiki-Fackeln.Simon bemerkte ihn natürlich trotzdem und kam mit einem Bier in der Hand auf ihn zu.

„Wo hast du Justin gelassen?" Wenigstens sprach er leise.

„Er ist gegangen. Ich soll euch von ihm danke für die Einladung sagen."

„Aha, gegangen also. Aber mir ist trotzdem aufgefallen, dass ihr ganz schön lange weg wart. Trefft ihr euch wieder?"

Oh Gott. Vielleicht hatte es doch seine Vorteile, wenn sich ein Partner nicht für sein Privatleben interessierte. Trotzdem war er froh, Justin kennengelernt zu haben. Es machte ihn noch sicherer, dass er schwul war, und auch wenn er immer noch nicht viel mehr über Beziehungen zwischen Männern wusste, war mit Justin alles wesentlich besser gelaufen als mit seinen letzten weiblichen Verabredungen.

„Nein, ich glaube nicht."

Simon wirkte überrascht. Diese Antwort schien er nicht erwartet zu haben.

„Nein", wiederholte Kurt. „Ich … ich will mit Davy reden. Persönlich. Vielleicht können wir einiges klären. Vielleicht kriegen wir das wieder hin."

„Freut mich für dich. Ich habe mich schon gefragt, wann du dir endlich ein Herz fasst. Es macht mich jede Woche traurig, dich diese Nachricht schreiben zu sehen."

„Ja. Vielleicht wird es nichts ändern, aber ich brauche endlich Gewissheit – für immer so weiterzumachen, ist mir zu dämlich."

Simon stieß ihm einen Ellbogen in die Rippen. „Tja, da kann ich dir nur schwer widersprechen. Und wann machst du es?"

„Realistisch gesehen ist es unwahrscheinlich, dass er seine Meinung ändert. Also warte ich lieber noch, bis wir unseren großen Einsatz hinter uns haben. Sonst bin ich am Ende noch unkonzentriert, weil es mit Davy schlecht gelaufen ist." Aber wenn wirklich nichts daraus werden sollte, wenn Davy wirklich nichts mehr mit ihm zu tun haben wollte, dann würde er wenigstens wissen, dass er darüber hinwegkommen musste. Und wenn er es geschafft hatte, konnte er sich wieder an Verabredungen wagen – diesmal mit Männern.

Sie tranken von ihrem Bier.

„Sag mal, bist du eigentlich schon zum Essen gekommen?"

„Nein." Kurts Magen unterstrich das lautstark.

„Dann komm, wir haben bestimmt noch ein paar Burger."

Sie gingen zum Grill, wo Simon ein Stück Fleisch zwischen zwei Brötchenhälften legte und es auf einem Teller Kurt reichte. „Hmm, wir haben hier Ketchup, Senf und Relish. Wenn du etwas anderes willst, musst du reingehen."

Kurt stellte sein Bier ab und griff nach der Flasche hinter dem Dijonsenf. Doch als er sie in der Hand hielt, erstarrte er. Oh Gott, er musste an die vielen Diskussionen über Senf denken, die er mit Davy gehabt hatte. Er erinnerte sich an das erste Mal, dass er in Davys Haus Burger gegessen hatte – ohne Senf. An ihre Burger im Lettie's, als Davy ihm den Senf gereicht hatte, ohne zu fragen. An den Senf, den Davy zu den griechischen Burgern auf den Tisch gestellt hatte … den er wegen Kurt gekauft haben musste, denn Davy hasste Senf. Und das waren nur einige der vielen Gelegenheiten, bei denen Davy gezeigt hatte, wie wichtig ihm Kurts Wohlergehen und Vorlieben waren.

Der Senf gehörte zu den Kleinigkeiten, die Kurt bei anderen Paaren beneidet hatte, die wortlose Verständigung, Witze, die nur sie verstanden, und vielsagende Blicke. All das hatte er mit Davy gehabt, ohne es zu merken. Er hatte es für die beste Freundschaft seines Lebens gehalten, dabei war es viel eher einer Beziehung gleichgekommen. Vermutlich hatte Davy es genauso wenig bemerkt, weshalb der stürmische Sex sie beide so sehr aus der Bahn geworfen hatte. Keiner von ihnen war bereit gewesen, sich die Veränderungen zwischen ihnen einzugestehen. Wahrscheinlich hatte Davy bis zu diesem Abend noch nicht einmal etwas von Kurts Unsicherheit in Bezug auf seine Sexualität geahnt, was vielleicht einer der Gründe für ihren heftigen Streit war.

Hoffnung, echte Hoffnung, füllte plötzlich die Leere in ihm. Vielleicht hatte er doch noch eine Chance.

Simon bemerkte das breite Grinsen, das Gesichtsmuskeln beanspruchte, die Kurt seit Langem nicht mehr benutzt hatte.

„Was ist los?"

„Mir ist nur gerade etwas eingefallen. Etwas, das mich glauben lässt, dass Davy vielleicht auch Gefühle für mich hatte."

Simons Antwort war ein Schnauben. „Das weiß ich schon seit dem Abend, an dem Jen und ich euch getroffen haben. Ich war nur nicht sicher, ob du dasselbe empfindest. Aber Jen wusste es.""Sie wusste es?", fragte Kurt überrascht.

„Ich habe es erst nicht geglaubt, bis ich es dann von dir gehört habe. Obwohl ich sehen konnte, wie wohl du dich in seiner Nähe gefühlt hast. Jen war seit der Sache mit Tiffany ziemlich sicher." Simon sah sich um und sagte den Namen sehr leise, falls Tiffany sich in der Nähe befand.

Oh. Seltsamerweise wusste er seine Freundschaft mit Simon und Jen jetzt noch mehr zu schätzen, denn sie hatten ihn nie anders behandelt oder zu irgendetwas gedrängt und Jen hatte ihn an Mikes Geburtstag sogar vor dieser Frau gerettet. Waren Frauen nicht oft mit schwulen Männern befreundet? Vielleicht hatte sie es sogar lange vor ihm geahnt – was seine Heimlichtuerei noch viel dümmer machte.

Zwei Wochen. In zwei Wochen würde er mit Davy reden. Vielleicht würde er Davy irgendwann einmal hierher mitbringen können. Oder zu einer der wilden Geburtstagsfeiern seiner Familie.

Er würde am Boden zerstört sein, wenn Davy ihn ablehnte, und trotzdem konnte er die aufkeimende Hoffnung nicht unterdrücken. Eigentlich wollte er es auch nicht. Der Gedanke an den Senf würde ihm durch die nächsten Tage helfen.

16

DIE BLINKENDEN roten Lichter blendeten Kurt. So war das nicht geplant gewesen. Die Trage wurde klappernd in den Krankenwagen gehoben und er keuchte. Am liebsten hätte er laut geschrien, konnte aber vor lauter Schmerzen kaum atmen.

„Vorsichtig!", fauchte Simon die Sanitäter an.

Kurts Augen tränten.

Simon kletterte zu ihm in den Krankenwagen und Kurt starrte zu ihm hoch. Sein Partner hatte die Gesichtsfarbe eines Zeichentrickgespensts und sein blaues Hemd war blutbespritzt. Ein metallischer Geruch mischte sich mit dem der Antiseptika.

„Halt durch, Kurt."

Er wollte antworten, doch seine Lunge und seine Stimmbänder versagten. Der Stich der Infusionsnadel überraschte ihn, weil er nicht damit gerechnet hatte, etwas anderes als die Schusswunde spüren zu können. Er wollte nicht sterben, hatte aber das Gefühl, eine Kanonenkugel hätte seine Brust durchschlagen.

„Es geht Ihnen bald wieder gut", sagte eine Sanitäterin in dem Versuch, ihn zu beruhigen. Kurt glaubte ihr nicht. Es ging ihm nicht gut. Vielleicht würde es ihm nie wieder gut gehen. Er ertrank langsam, aber sicher in einem Meer aus Schmerzen.

„Ssss …" Fuck.

Er stöhnte laut auf, als der Krankenwagen durch ein Schlagloch rollte.

„Meine Güte, geben Sie ihm doch was gegen die Schmerzen!" Simon klang gereizt und ängstlich, was Kurt verdammt erschreckte. Er streckte eine Hand aus, um an Simons Ärmel zu zupfen.

Simon fuhr zu ihm herum. „Ganz ruhig, Kumpel, alles wird gut."

Kurt öffnete den Mund und zupfte erneut an seinem Ärmel.

„Versuch lieber nicht zu reden."

Er atmete durch, so gut es ging.

„Ich habe deine Eltern angerufen. Sie kommen zum Krankenhaus."

Kurt bemühte sich, den Kopf zu schütteln, und ließ Simon nicht los. Hätte er doch nur sprechen können.

Simon beugte sich zu ihm hinunter. „Ich weiß nicht, was du mir sagen willst."

„Davy", brachte er schließlich flüsternd hervor. Er wollte ein letztes Mal Davy sehen.

„Davy. Ich rufe ihn an, versprochen. Aber jetzt beruhige dich erst mal, okay? Du musst durchhalten." Simons Hand auf seiner kam ihm glühend heiß vor. Was aber auch daran liegen konnte, dass Kurt furchtbar fror. Ein Schauer durchlief seinen Körper und Simon drückte seine Hand. Fühlte es sich so an, wenn man verblutete?

Dann plötzlich, als hätte er ins falsche Ende eines Fernglases geschaut, rückte Simon in immer weitere Ferne und die Welt um ihn herum verdunkelte sich.

KURT ZWINKERTE. Seine Augen brannten und fühlten sich verklebt an. Als er eine Hand hob, um sie sich zu reiben, bemerkte er die Nadel in seiner Hand. Er hing also schon wieder am Tropf. Allmählich wurde es zur schlechten Angewohnheit. Eine verschwommene Erinnerung an schreckliche Schmerzen kehrte zurück. Er zwinkerte ein zweites Mal. Das Atmen funktionierte problemlos und schmerzfrei. Wären da nicht der Tropf und die typisch langweiligen Deckenplatten des Krankenhauses gewesen, hätte er vermutet, gestorben zu sein. Er wunderte sich sehr darüber, dass er das nicht war.

Als er von der Kugel getroffen worden war, hatten sie eigentlich bereits die Gefahr für gebannt und alle Bandenmitglieder für verhaftet gehalten. Außerdem hatte Kurt eine kugelsichere Weste getragen, sodass es Simon anfangs überhaupt nicht aufgefallen war. Hoffentlich konnte er bald jemanden fragen, was schiefgegangen war.

Plötzlich bemerkte er, dass neben ihm ein leises Gespräch geführt wurde. Als er sich auf die Seite drehen wollte, zischte er leise. Fuck, da waren die Schmerzen ja wieder. Er lag kurz still und drehte dann vorsichtig den Kopf, was trotzdem noch ein leichtes Ziehen in seiner Brust zur Folge hatte.

Nicht weit von ihm standen seine Eltern und Simon. Das Zimmer war erstaunlich geräumig – vielleicht hatte sich das Personal an seine große Familie erinnert. Wo sich wohl der Rest von ihnen befand?

Schließlich bemerkte Simon Kurts Blick und informierte seine Mutter.

„Oh, Schatz, du hast uns solche Angst eingejagt – schon wieder. Wie geht es dir? Soll ich einen Arzt rufen?" Sie ließ sich auf einen Stuhl neben seinem Bett sinken und streichelte ihm die Wange.

„Ich sage jemandem Bescheid, dass er wieder wach ist", beschloss Simon. Beim Anblick seines schlecht sitzenden, mit dem Namen des Krankenhauses bedruckten T-Shirts erinnerte sich Kurt undeutlich an Simons verzweifelten Versuch, die Blutung zu stoppen, der seine Kleidung ziemlich in Mitleidenschaft gezogen hatte. Anscheinend war er noch nicht zu Hause gewesen, um sich umzuziehen.

Seine Mutter küsste Kurts Wange, während ihm sein Vater sanft den Arm tätschelte. „Ich bin froh, dass es dir besser geht, Junge."

„Wie spät ist es? Was ist heute für ein Tag?" Seine Stimme war heiser, aber hörbar. Gott, in diesem Krankenwagen hatte er sich so gefürchtet.

„Heute ist Mittwoch und es ist zehn Uhr morgens. Die anderen haben wir gestern Abend nach Hause geschickt, aber Simon und wir sind geblieben", antwortete sein Vater.

Nur ein Tag, falls er nicht doch eine ganze Woche bewusstlos gewesen war. Allerdings hätte Simon dann sicher Zeit gefunden, nach Hause zu fahren und sich frische Kleidung anzuziehen. Was Verletzungen anging, war Dienstag wohl sein Pechtag.

„Oh, Schatz." Seine Mutter presste ihr Gesicht an seinen Hals und begann zu weinen. „Sie mussten dich stundenlang operieren und die Fahrt hierher hättest du beinahe nicht überstanden. Schatz, das muss endlich aufhören. Noch öfter macht mein Herz das nicht mit."

Er spürte ihre nassen Tränen und hätte sie am liebsten umarmt, wollte aber keine neuen Schmerzen heraufbeschwören.

„Deirdre, Liebling, du durchnässt den armen Jungen ja." Sein Vater setzte sich neben seine Mutter und legte sowohl ihr als auch Kurt beruhigend eine Hand auf den Arm.

Schon bald kam Simon zurück. „Sie wollen gleich jemanden schicken. Verdammt, Kurt, es tut gut, dich wach zu sehen." Er blieb am Fußende des Bettes stehen.

„Was ist passiert?" Simon konnte ihm hoffentlich alles erklären, denn eigentlich waren sie tatsächlich nur als Verstärkung für den Notfall eingesetzt worden und hatten dem gefährlichsten Teil der Operation nicht beigewohnt.

„Willst du das jetzt wirklich hören?"

„Ja, bitte." Er würde sich wieder bei seinen Eltern auskurieren müssen. Verdammt.

„Was weißt du noch?"

Kurt dachte darüber nach. „Abgesehen von kurzen Abschnitten im Krankenwagen erinnere ich mich daran, dass die Operation erst ziemlich gut gelaufen ist. Es waren schon alle Verdächtigen verhaftet und wir wollten sie gerade abtransportieren. Und dann lag ich plötzlich auf dem Rücken und konnte nicht atmen." Der Himmel hatte so klar und blau ausgesehen.

„Tja, das stimmt alles. Leider ist ihnen jemand entwischt. Zwei von unseren Jungs haben ihn eingekreist und überwältigt, aber erst, als er bereits Schüsse auf sie abgegeben hatte. Und dabei wurdest du unglücklich von einer verirrten Kugel getroffen, die neben dem Schulterriemen in deine Brust eingedrungen ist." Simon schluckte schwer und hob den Blick zur Decke. „Gott, als ich mich umgedreht habe, lagst du auf dem Boden und alles war voller Blut. Im Krankenwagen ist deine Lunge kollabiert. Ich dachte … ich dachte, es wäre vorbei."

Von der Tür her war ein Keuchen zu hören. Alle wandten sich um und Kurt dachte kurz, er hätte Halluzinationen.

Davy. Dünner als bei ihrem letzten Zusammentreffen und blass. Geschwollene, rote Augen. Und unter der Oberfläche von Angst der zärtliche Gesichtsausdruck, von dem Kurt geträumt hatte.

141

„Ich sollte ihn anrufen." Daran erinnerte sich Kurt nicht und ihm war nicht klar, warum Simon so verärgert wirkte. Wenn sie dazu geführt hatte, Davy zu sehen, war eine Schussverletzung vielleicht gar nicht so übel.

„Davy. Schön, dass du es endlich geschafft hast." Oh, Simon war *wirklich* verärgert – so sarkastisch klang er selten. Seine Eltern standen auf und schienen zu überlegen, ob sie etwas unternehmen sollten, wie zum Beispiel diesen Fremden rauzuwerfen.

Davy lächelte unsicher, wandte den Blick aber nicht von Kurt ab. „Ich war mit meiner Schwester und ihrer Familie in Pickle Lake. Von da aus fährt man acht Stunden bis Thunder Bay, und als ich da gestern angekommen bin, hatte ich den letzten Flug verpasst."

„Pickle Lake? Oh, dann warst du wohl noch ziemlich schnell. Tut mir leid. Du hast nur am Telefon gesagt, du kommst sofort …"

„Tja, ich bin in Panik geraten." Davy näherte sich dem Bett, blieb aber auf halbem Weg stehen. Er schien nicht sicher zu sein, ob man es ihm erlauben würde.

Als Kurt ihm die Hand entgegenstreckte, machte er einen weiteren Schritt auf ihn zu, war jedoch trotzdem noch zu weit entfernt. „Mom, kann Davy kurz deinen Stuhl haben?"

Sie warf Kurt einen langen, prüfenden Blick zu, bevor sie sich an Davy wandte: „Setzen Sie sich. Davy, richtig? Wir warten draußen auf den Rest der Bande. Und wenn sie hier sind, können sie Kurt Gesellschaft leisten, während wir uns ein bisschen unterhalten."

„Mom! Lass ihn in Ruhe."

„Aber er ist es, oder? Er ist der …"

Davy verfolgte das Gespräch, als wohnte er einem Tennismatch bei.

„Mom, hör auf, bitte."

„Aber ich habe doch das Recht, den Mann kennenzulernen, in den mein kleiner Schatz verliebt ist."

Alle Anwesenden atmeten hörbar ein. Niemand konnte ihn so gut blamieren wie seine Mutter. Er hatte nicht vorgehabt, Davy gleich unter Druck zu setzen. Er wollte nur seine Gesellschaft genießen. Doch jetzt stand Davy wie erstarrt da und Kurt fürchtete, er würde aus dem Zimmer fliehen, bevor er eine Chance auf ein Gespräch mit ihm hatte.

„Komm mit, Deirdre, lass die Jungs reden." Sein Vater führte seine Mutter aus dem Zimmer und Simon folgte ihnen, drehte sich allerdings noch einmal um.

„Wenn du etwas brauchst, Kurt, ruf einfach."

„Ich komme schon zurecht", antwortete Kurt. Es sei denn, Davy lief tatsächlich weg. Dann brauchte er Simon, damit dieser ihn zurückbringen konnte.

Das Geräusch der sich schließenden Tür riss Davy aus seiner Starre. Plötzlich stürzte er an Kurts Seite und nahm seine Hand.

„Es … es …" Tränen tropften auf Kurts Handrücken. „Es tut mir so leid, Kurt."

„Mir tut es auch leid."

Davy stand unruhig neben seinem Bett, zupfte an der Decke, tätschelte Kurt den Arm, streichelte seine Finger.

„Bitte setz dich."

Davy kam der Aufforderung nach und verschränkte seine Finger mit Kurts. „Wir müssen reden, aber jetzt ist wohl kein guter Zeitpunkt."

Plötzlich spürte Kurt eine Art Echo der erschreckenden, atemlosen Hilflosigkeit, die er im Krankenwagen erlebt hatte. Die Worte „wir müssen reden" waren nie ein gutes Zeichen. War Davy nur hier, weil Kurt in seinem kritischen Zustand darum gebeten hatte? Um dem Wunsch eines vielleicht sterbenden Mannes nachzukommen? Wie furchtbar. Als er Davy in der Tür gesehen hatte, war er voller Hoffnung gewesen. Doch Davy hatte noch nicht einmal Kurts Gefühle angesprochen, die seine Mutter so einfach ausgeplaudert hatte. Vielleicht waren sie ihm egal.

„Bitte sag es einfach. Ich will nicht warten. Wenn du nichts mehr mit mir zu tun haben willst, sag es jetzt. Dann habe ich es hinter mir." Kurt wich Davys Blick aus, da er das Mitleid darin nicht sehen wollte.

Der Herzmonitor piepte plötzlich schneller und Davy warf einen Blick darauf, bevor er Kurt musterte.

„Wir haben einiges zu bereden und in deinem Zustand ist das keine gute Idee. Aber ich kann dir versprechen, dass ich dich nicht aus meinem Leben verbannen möchte. Ich … ich möchte, dass du wieder mehr daran teilhast."

Kurt wagte es, Davy anzusehen. Anscheinend hatte er sich den liebevollen Blick bei Davys Ankunft nicht eingebildet, denn er war zurück. „Wirklich?"

„Ja. Natürlich nur, wenn du es auch willst."

Kurt nickte. „Unbedingt."

Davy beugte sich vor und küsste ihn. Seine Lippen waren so sanft und weich wie in Kurts Erinnerung und schienen ihm den fehlenden Teil seiner Seele zurückzubringen.

Irgendwann löste Davy sich von ihm und Kurt sagte: „Mehr."

Obwohl ihm Tränen übers Gesicht liefen, lachte Davy kopfschüttelnd. „Wenn es dir besser geht. Betrachte es als Motivation."

Kurts Augenlider fühlten sich schwer an.

„Ruh dich ein bisschen aus. Ich schätze, ich unterhalte mich dann mal mit deiner Mutter. Ich … ich kann kaum glauben, dass du ihr von mir erzählt hast."

„Na ja, *alles* habe ich ihr nicht erzählt."

„Oh, so ein Glück."

„Simon dagegen …"

Davy riss entsetzt die Augen auf. Kurt nickte und hätte gelacht, hätte er sich nicht so sehr vor den Schmerzen gefürchtet.

„Du hast ihm wirklich …? Warte mal, heißt das, du hast dich auch bei deinen Kollegen geoutet?"

Davy hatte recht: Sie mussten wirklich dringend reden. Wäre er doch nur nicht so verdammt müde gewesen …

„Ähm, ich lasse dich jetzt schlafen. Aber … was deine Mutter gesagt hat … stimmt es wirklich, dass du mich …"

Den Rest der Frage hörte Kurt nicht mehr.

ALS ER aufwachte, saß Davy wieder neben ihm – oder immer noch. Doch diesmal schlief er und hatte seinen Kopf auf eine Ecke von Kurts Krankenhauskissen – wie üblich platt wie ein Pfannkuchen – gelegt. Kurt musste lächeln, als ihm über den Desinfektionsmittelgeruch hinweg der Duft von Zitronengras in die Nase stieg. Er musste dringend mal wieder thailändisch essen – seit dem Streit mit Davy hatte er sich nicht dazu überwinden können. Kurt bewegte sich versuchsweise und stellte fest, dass die Schmerzen etwas nachgelassen hatten. Allerdings weckte er durch seine Unruhe Davy, der den Kopf hob und zärtlich auf Kurt herablächelte. Diese Grübchen waren so vertraut und luden dazu ein, darüberzulecken. Kurt hatte vor, diesem Drang schon bald nachzugeben.

„Wie geht es dir?"

„Ein bisschen besser." Vielleicht sogar mehr als nur ein bisschen, denn er konnte viel klarer denken – was sich allerdings wieder ändern konnte, wenn er neue Medikamente bekam. „Wie war das Gespräch mit meiner Mutter?"

„Eigentlich gut, aber ziemlich kurz. Sie hat mich nämlich nach Hause geschickt, weil sie fand, dass ich Schlaf brauchte. Und als ich wieder hergekommen bin, war es so spät, dass alle anderen schon gegangen waren."

„Haben sich meine Brüder einigermaßen gut benommen?"

„Ich bin keinem von ihnen begegnet. Sie müssen zwischen meinen Besuchen hier gewesen sein."

Kurt war ziemlich sicher, dass sie ihn besucht hatten, konnte sich aber ebenfalls nicht daran erinnern.

„Wie spät ist es?"

Davy schaute auf seine Armbanduhr. „Fast Mitternacht."

Mitternacht? Damit hatte er nicht gerechnet. Dem Krankenhauslicht hätte man es nicht angemerkt. „Ich bin ja froh, dass du hier bist, aber warum hat man es dir erlaubt?"

Davy errötete und senkte den Blick. „Deine Mutter hat behauptet, ich gehöre zur Familie."

Kurt war nicht sicher, warum Davy so verlegen war. Oder schuldbewusst. Vielleicht …

„Können wir jetzt reden? Meine Familie dürfte uns in nächster Zeit nicht unterbrechen."

„Darf ich dich erst küssen?"

144

Oh. Er spürte ein Kribbeln zwischen seinen Beinen. Obwohl es noch viel zu früh war, um über Sex auch nur nachzudenken, tat es gut zu wissen, dass alles noch funktionierte.

„Ja, bitte." Kurt konnte es kaum erwarten, mehr als nur das zu tun. Er hatte das Gefühl, schon ewig auf Davy zu warten. „Oh, Moment … ich konnte mir schon ziemlich lange nicht mehr die Zähne putzen."

Davy lächelte. „Wir sind in einem Krankenhaus – da wollte ich dir sowieso nicht gleich die Zunge in den Hals stecken." Er beugte sich vor und ließ seine Lippen von Kurts Wange zu seinem Mund gleiten, wo er sanft an seinen Lippen knabberte.

Kurt erwiderte den Kuss, auch wenn er albernerweise enttäuscht war, dass Davy sich zurückhielt.

„Wenn ich rüberrutsche, legst du dich dann neben mich?"

„Ich will dir nicht wehtun."

„Bitte."

Ein paar schmerzhafte Sekunden später war es Kurt gelungen, auf der schmalen, unbequemen Matratze Platz für Davy zu schaffen. Davy legte die Arme um ihn und Kurt seufzte erleichtert.

„Also, rede mit mir", forderte er Davy auf.

„Wo soll ich anfangen? Ich bin zu einem Therapeuten gegangen, wie du es vorgeschlagen hast. Erst wollte ich nicht. Ich war verdammt sauer auf dich. Aber Jon hat mich schließlich doch dazu überredet. Ich … ähm … habe Jon auch alles erzählt."

Oh. Das würde seine nächste Begegnung mit Jon ziemlich interessant machen. „Und dann?"

„Tja, ich habe einiges über mich und meine Beziehung mit Ben herausgefunden. Und ich habe eingesehen, dass ich viel von meiner Verärgerung über Ben auf dich übertragen habe. Und obwohl du mir über eine schwere Zeit hinweggeholfen hast und ich dich mochte, war es ein etwas … erniedrigendes Gefühl. Als wäre ich nicht in der Lage, allein zurechtzukommen. Ich kam mir mies vor, weil ich mich so kurz nach Bens Tod zu einem anderen Mann hingezogen fühlte – und dann auch noch einem heterosexuellen. Bis zu diesem Abend in meinem Haus wusste ich nicht, dass du mich auch mochtest. Und dann haben sich meine Wut und meine Lust vermischt … und ich habe dich einfach furchtbar behandelt. Ich hoffe, du kannst mir verzeihen."

Kurt kuschelte sich dichter an Davys warmen, schlanken Körper und seufzte erneut. „Ich bin selbst schon darauf gekommen, dass wir beide nicht bereit für die ganze Sache waren. Ich, na ja, ich habe vor dir noch nie etwas für einen Mann empfunden. Ich war erst nicht sicher, ob es mehr als Freundschaft war – aber dann habe ich dich mit Andrew gesehen und bin so wütend geworden … Trotzdem bereue ich nicht, dass wir miteinander geschlafen haben. Auch wenn der Streit danach furchtbar war, war es der beste Sex meines Lebens. Was wohl vor allem damit zusammenhing, dass ich bereits in dich verliebt war – auch wenn ich mir das erst viel später eingestanden habe."

Während Kurt sprach, stützte Davy sich auf einen Ellbogen und sein Blick wurde immer ungläubiger.

„Oh Gott, jetzt fühle ich mich noch viel mieser. Du hast noch nie einen Mann gemocht? Und ich dachte, du verheimlichst es nur genauso verbissen wie Ben und deshalb hätte ich es in meinem eigenen Gefühlschaos nicht bemerkt. Deshalb war ich auch so wütend auf dich." Davy schloss die Augen. „Oh, Kurt, es tut mir so leid. Habe ich dir wehgetan?"

Kurt schnaubte. „Hast du nicht zugehört? Der *beste Sex meines Lebens*. Allerdings hätte ich auf das Drama und die Funkstille verzichten können."

Davy wurde rot wie ein Feuerwehrauto. „Entschuldige."

„Und der Tag, an dem du mir deine Untersuchungsergebnisse geschickt hast ... war nicht gerade mein bester. Ich hatte überhaupt nicht darüber nachgedacht, ein Kondom zu benutzen."

„Dafür muss ich mich ebenfalls entschuldigen. Ich habe mich sehr dafür geschämt, dass ich es auch vergessen habe. Ben und ich haben monogam gelebt und deshalb seit Jahren keine benutzt. Aber ich hätte daran denken müssen, dich zu schützen."

Eigentlich hätte Kurt dieser Gedanke unangenehm sein sollen, doch mittlerweile war ihm klar, dass es in einer Beziehung ganz natürlich war, einander beschützen zu wollen.

„Diesen Umschlag aufzumachen, war ein ziemlicher Schock. Da ich nicht schwanger werden kann, hatte ich mir über so etwas ehrlich gesagt überhaupt keine Gedanken gemacht. Hätte ich dir auch meine Ergebnisse schicken sollen?" Vielleicht gehörte sich das ja.

Davy schüttelte den Kopf. „Bei deinem Beruf ist es doch sowieso Vorschrift, dass du dich regelmäßig testen lässt. Um mich habe ich mir keine Sorgen gemacht. Ich hätte wirklich anrufen oder wenigsten einen Brief schreiben sollen ... aber ich habe mich nicht getraut. Ich war sicher, du würdest mich – und das, was zwischen uns passiert ist – hassen, sobald du zu Hause darüber nachgedacht hattest."

„Du hast dich geirrt: Ich liebe dich. Und es war wundervoll. Ich bereue nur, dass ich dich nicht berühren konnte ... und schmecken." Kurt spürte, wie sich etwas gegen seine Seite presste und Davy rutschte ein wenig herum. Er grinste. Manche Signale waren ziemlich leicht zu verstehen, besonders wenn ihm der Schwanz seines Gegenübers als Barometer zur Verfügung stand. Dann musste er daran denken, wie er zuletzt mit einem anderen Mann geübt hatte, und errötete.

„Also, ähm, das alles läuft doch darauf hinaus, dass wir zusammen sein wollen, oder?"

Davy nickte.

„Ähm, tja, dann sollte ich dir auch ein paar Dinge erzählen, bevor wir irgendwelche Entscheidungen treffen."

146

Kurt verschwieg absolut nichts. Weder seine Depressionen und sein Alkoholproblem noch sein Coming-out und Ians Reaktion darauf oder die Sache mit Justin. Nachdem er alles erzählt hatte, betrachtete er Davys Gesicht und versuchte, seine Gedanken zu erraten.

„Sehe ich das richtig? Du hast dich wegen mir geoutet und mir jede Woche geschrieben, obwohl du keine Antwort bekommen hast. Du hast mir diese wunderschöne Rose geschenkt – die habe ich übrigens getrocknet und behalten. Zu wissen, dass du noch irgendwo da draußen warst und an mich gedacht hast, hat mir sehr dabei geholfen, meine Probleme zu verarbeiten. Du dachtest, ich wollte dich nie wiedersehen. Und jetzt glaubst du, deine paar Minuten Spaß mit einem fremden Mann könnten mich daran zweifeln lassen, dass ich dich liebe?"

„Na ja ..." Kurt konnte kaum glauben, dass Davy ihm gerade seine Liebe gestanden hatte.

„Oh, Kurt. In deiner Situation hätten die meisten Männer jede Gelegenheit genutzt, ihre neue Freiheit zu genießen. Ich bin dankbar, dass du es nicht getan hast, aber Justin kann ich dir nun wirklich nicht vorwerfen."

Allmählich wurden ihm Davys Worte wirklich bewusst. Das hier passierte gerade tatsächlich. Die Schmerzen in seiner Brust kamen nicht gegen den überwältigenden Drang an, Davy zu küssen. Er legte ihm eine Hand in den Nacken und zog ihn zu sich herunter, küsste ihn voller Leidenschaft.

Davy stöhnte und schien vergessen zu haben, dass er im Krankenhaus nicht zu weit gehen wollte. Kurt seufzte zufrieden und liebkoste Davys Zunge mit seiner.

Als Davy sich nach einer Weile von ihm löste, atmeten sie beide schwer. „Gott, ich will dich."

„Aber nicht hier, oder?", fragte Kurt voller Bedauern.

Davy strich ihm lächelnd die Haare aus der Stirn. „Nein, nicht hier. Später, wenn wir zu Hause sind."

„Zu Hause?"

„Ich weiß, dass wir noch einiges besprechen müssen, aber ... wenn man ganz ehrlich ist, haben wir die Kennenlernphase doch bereits hinter uns, auch wenn uns beiden nicht klar war, dass unsere Verabredungen mehr als nur freundschaftlich waren. Also wollte ich dich fragen, ob du zu mir ziehen willst. Ich möchte mich um dich kümmern und dir beim Gesundwerden helfen. Und später möchte ich für dich da sein, wenn du von einem langen Arbeitstag nach Hause kommst."

Zu Davy ziehen. Er hasste seine Wohnung schon seit Monaten, weil – jetzt konnte er es zugeben – Davy nicht dort war. Bei Davy hatte er sich dagegen von Anfang an wie zu Hause gefühlt. Immer dort zu sein war ein traumhafter Gedanke.

„Bist du sicher? Meine Arbeitszeiten sind ungewöhnlich und ziemlich lang. Und oft muss ich Pläne in letzter Minute absagen." Als Polizist gestalteten sich Beziehungen schwierig.

Davy lachte und küsste ihm die Stirn. „Danke, Kurt, aber das wusste ich schon."

Ach ja, natürlich wusste er das. Er hatte damit zehn Jahre Erfahrung.

„Aber da wäre etwas anderes … ach, vergiss es."

„Was?" Kurt konnte keine Entscheidung treffen, bevor sie alle Zweifel beseitigt hatten.

„Vielleicht sollten wir das später besprechen." Davy verbarg sein Gesicht an Kurts Hals.

„Nein. Ich bin wach, du bist wach und wenn du dir Sorgen machst, möchte ich wissen, warum."

Davy schwieg so lange, dass Kurt schon glaubte, er wäre wieder eingeschlafen.

„Ich habe Angst", murmelte er schließlich gegen Kurts Hals. „Du hast dich jetzt zum zweiten Mal verletzt und wir wissen beide, dass du fast gestorben wärst."

Kurt drehte den Kopf, wobei er das Ziehen in seiner Brust ignorierte, um Davys Haare zu küssen, während er über seine Antwort nachdachte. „Ich weiß, wie schwer es ist, zu warten und sich zu sorgen. Deshalb ist bei Polizisten die Scheidungsquote so hoch. Aber ich bin kein großer Fan von Krankenhäusern und bemühe mich deshalb sehr, mich nicht zu verletzen. Vielleicht sollte ich die Gruppeneinsätze in Zukunft vermeiden. Bei der Mordkommission geht es wesentlich ruhiger zu."

„Es ist also nicht bei einem normalen Einsatz passiert?" Davy stützte sich wieder auf seinen Ellbogen, um auf ihn herunterzuschauen.

„Nein, diesmal nicht." Eigentlich waren seine Verletzungen auch eher zufällig gewesen – niemand hatte ihm persönlich nach dem Leben getrachtet.

„Dann … dann mach das nicht mehr. Ich glaube … ich glaube, mit dem Rest kann ich umgehen."

„Na gut. Ich rede mit meinem Chef." Er würde sich später noch Gedanken um seine berufliche Zukunft machen müssen. Obwohl er seine Arbeit liebte und gut darin war, wollte er nicht Teil dieser traurigen Scheidungsquote werden. Er wusste bereits, wie sich ein Leben ohne Davy anfühlte: einfach grauenhaft. Sie hatten beide ein bisschen Glück verdient und er würde dafür kämpfen. Wenn Davy auf Dauer wirklich nicht mit Kurts Beruf zurechtkam, würde er etwas anderes finden müssen.

„Und ja, ich mache es. Ich ziehe bei dir ein." Der Gedanke war kein bisschen erschreckend. Es fühlte sich gut an, richtig. Selbst der Verlust von Ians Freundschaft würde mit Davys Liebe leichter zu ertragen sein.

Davy lächelte mit der vollen Kraft seiner Grübchen und küsste ihn. Erst sanft, bis es plötzlich in wild und leidenschaftlich überging. Eine von Davys Händen schob sich unter die Decke und glitt an Kurts – dank des schicken Krankenhauskittels nacktem – Bein hinauf. Das Ding hatte also auch seine Vorteile. Ohne nachzudenken, streckte er eine Hand aus, um sie zwischen Davys Beine zu schieben, und stöhnte … vor Schmerzen. Davy ließ sofort von ihm ab.

„Oh, Kurt, bitte entschuldige."

Kurt brach der Schweiß aus und sein Schwanz hatte leider das Interesse verloren.

„Nein, es ist ja nicht deine Schuld. Ich muss wohl warten, bis es mir besser geht."

Davy kuschelte sich wieder an ihn und küsste seine Schulter. Während seine Erregung nachließ, wurden seine Atemzüge immer ruhiger und ruhiger, bis er wieder eingeschlafen war.

Wärmer und zufriedener, als er es in den letzten Monaten je gewesen war, tat Kurt es ihm nach.

„HE, KNIRPS, wach werden."

Kurt riss die Augen auf. „Was soll das, Mike?" Wie konnte er jemanden, der sich von einer Schussverletzung erholte, so unsanft wecken?

„Das ist also der berühmte Freund, Knirps?"

Davy lag noch immer warm und schlafend neben ihm. War es Mike jetzt doch nicht mehr so egal, wenn er seinen kleinen Bruder tatsächlich mit einem anderen Mann sah? Kurt hob, so gut er konnte, das Kinn. „Ja. Na und?"

„Meine Güte, was hat dich denn gebissen?" Kurts Magen knurrte. „Oh, ich verstehe. Wenn du Hunger hast, ist deine Laune immer unerträglich. Na ja, jedenfalls ist Mom auf dem Weg hierher. Und ich bezweifle, dass sie das als besonders förderlich für deine Genesung betrachtet." Mikes Finger zeigte erst auf ihn, dann auf Davy. „Und der Rest der Familie ist auch dabei."

Plötzlich verspannte sich Davy, der offenbar wach war und zumindest den letzten Teil gehört hatte. Durch die offene Tür drangen bereits die Stimmen seiner Familie herein. Davy setzte sich mit zerzaustem Haar auf und wirkte schuldbewusst, ängstlich und benommen. Am liebsten hätte Kurt ihn wieder an seine Seite gezogen, die sich jetzt kalt anfühlte, verzichtete aber darauf und hielt stattdessen nur Davys Hand fest. Nach einigen Sekunden gab Davy es auf, sie ihm wegziehen zu wollen.

Mike betrachtete ihn. „Wie heißt du, Kurts Freund?", fragte er, während Dylan und seine Schwestern gefolgt von seinen Eltern das Zimmer betraten. Plötzlich blieb die ganze Horde stehen und starrte auf Davy und ihre Hände.

„Davy", flüsterte Davy.

„Mike, lass ihn in Ruhe."

Mike warf Kurt einen kühlen Blick zu. „Er hat dich verletzt, Knirps. Er war nicht für dich da."

„Das mag ja sein, Mike, aber … du weißt nicht alles. Ich habe ihn ebenfalls verletzt. Aber wir haben alles geklärt und wir lieben uns. Ich ziehe bei ihm ein."

Die Frauen im Zimmer keuchten laut auf.

Mike musterte Davy, dann wieder Kurt. Kurt warf ebenfalls einen Blick auf Davy und schmolz beinahe dahin, als er das glückliche Lächeln sah, das seine Worte hervorgerufen hatten.

Plötzlich schob sich Erin an Mike vorbei, wobei sie ihm einen Klaps auf den Hinterkopf verpasste. „Hör auf, dich hier wie Kurts Vater aufzuspielen. Hi, ich bin Erin … Davy, richtig?"

Sie umarmte ihn und Davy wirkte gleichzeitig schockiert und erleichtert.

ALS IRGENDWANN die Schwester kam, um den Großteil seiner Besucher nach Hause zu schicken, hatte sich Davy schon einigermaßen an seine laute, chaotische und herzliche Familie gewöhnt. Der Gedanke, jetzt zu einer großen Familie zu gehören, schien ihn sogar zu freuen. Obwohl er seine Meinung vielleicht ändern würde, wenn er sich erst bei einer Feier in einem Raum mit der ganzen Familie samt Partnern und Kindern befand. Das war noch wesentlich überwältigender als nur seine engsten Angehörigen.

Nur dass Ian sich noch nicht einmal sehen ließ, machte ihn traurig, was er auch seiner Mutter mitteilte.

„Der beruhigt sich schon wieder. Er war hier, als du noch operiert wurdest, und hat sich eindeutig Sorgen gemacht. Ich weiß nicht, was in ihn gefahren ist, aber er wird darüber hinwegkommen."

„Ich bin nicht sicher, Mom. Meidet er euch denn auch?"

„Schwer zu sagen – euch Jüngste sehe ich sowieso ziemlich selten, weil ihr immer mit Partys, Verabredungen und der Arbeit beschäftigt seid."

Tja, bei ihm war es in letzter Zeit eigentlich nur die Arbeit gewesen.

„Aber dafür ist Dylan doch jetzt ruhiger, erst recht, wenn er bald verheiratet ist."

Seine Mutter warf ihm einen strengen Blick zu. „Von dir und Davy erwarte ich ebenfalls regelmäßige Besuche. Aber erst mal werden wir dir alle beim Umzug helfen. Schließlich wirst du selbst in nächster Zeit nichts Schweres tragen dürfen."

„Danke, Mom."

„Konzentrier dich einfach aufs Gesundwerden, Schatz."

Nachdem sich seine Familie zum Mittagessen verabschiedet hatte, blieb nur noch Davy an seiner Seite zurück. „Ich mag deine Familie."

„Sie mögen dich auch."

„Abgesehen von Ian."

Kurt runzelte die Stirn. „Meine Mutter denkt, er beruhigt sich wieder."

„Aber du glaubst es nicht?"

Tat er es? Auch wenn es ihm schwerfiel zu glauben, dass Ian so einfach auf ihre Freundschaft verzichten wollte, hatte er schon viel schlimmere Geschichten gehört. „Ich bin nicht sicher. Wohl eher nicht."

„Es tut mir leid. Es kommt mir vor, als wäre das alles meine Schuld."

„Nein, das ist es nicht. Und ich bereue kein bisschen, dass wir uns gefunden haben. Ich liebe dich."

„Ich liebe dich auch. Aber du siehst müde aus. Ich sollte dich jetzt ein bisschen schlafen lassen und zu Hause schon mal alles für dich vorbereiten." Davy küsste ihn flüchtig und warf Kurt einen gespielt bösen Blick zu, als dieser versuchte, etwas Leidenschaftlicheres daraus zu machen. „He, du sollst schlafen."

„Sonst ...?", fragte Kurt mit verführerischer Stimme.

Davy betrachtete ihn mit hungrigem Blick. „Mir würde da so einiges einfallen. Aber leider wirst du dazu erst wieder gesund werden müssen. Also, streng dich an."

Kurt hätte niemals gedacht, dass es ihm gefallen würde, jemand anderen beim Sex die Kontrolle übernehmen zu lassen. Und bevor er es erlebt hatte, hätte er es nie von seinem Freund ... Geliebten ... Partner erwartet. Doch jetzt liebte er es. Und er liebte Davy. Lächelnd ließ er den Blick auf dem beeindruckenden Hintern ruhen, den er hoffentlich bald anfassen konnte, bis er aus seinem Blickfeld verschwunden war.

Noch vor einem Jahr war es Kurt so schlecht gegangen wie nie zuvor. Doch ohne diese furchtbare, furchtbare Zeit hätte er nie so viel Glück und so viel Liebe gefunden.

EPILOG

SIMON STRECKTE sich, bis er mit den Fingern beinahe die Zimmerdecke berührte. Er hatte nur ein paar kleine Farbspritzer abbekommen, während Jon, Rick und Davy ziemlich bunt aussahen. „Ich gehe uns ein paar Pizzas holen. Bin bald wieder da.",,Weichei", sagte Kurt von seinem gemütlichen Platz auf der Couch.

Simon zog eine Augenbraue hoch. „Du kannst froh sein, dass du dich noch erholen musst, sonst dürftest du das jetzt alles selber streichen." Er warf Kurt einen nassen Lappen an den Kopf.

Davy lachte und ließ sich neben Kurt nieder. „Ich glaube, wir haben uns alle eine kleine Pause verdient. Wir haben hart gearbeitet."

„Ich auch. Ich musste alles beaufsichtigen." Kurt grinste Davy zu. Nachdem er das Krankenhaus hatte verlassen dürfen, war er gleich hier eingezogen und schon nach ein paar Wochen fühlten sie sich wieder so wohl miteinander, als wären sie nie getrennt gewesen, als hätten sie schon immer zusammengewohnt. Einiges hatte sich natürlich geändert: Kurt begleitete Davy jetzt alle zwei Wochen zu Bens Mutter, er hatte seine Mitgliedschaft im Fitnessstudio gekündigt und Sandra erzählte dem kleinen Oliver von seinem Onkel Kurt.

Aber das Beste waren die vielen Blowjobs, die neuerdings einen Teil seines Lebens darstellten. Gott, sie waren einfach unglaublich. Er hatte ziemlich schnell herausgefunden, dass Geben dabei fast noch schöner war als Nehmen. Davy hilflos vor Lust zu sehen, war wundervoller und befriedigender als alles, was er je erlebt hatte.

Weshalb er plante, ihre Freunde so bald wie möglich loszuwerden. Kurts Arzt hatte am Vortag endlich auch seine Erlaubnis für größere Anstrengungen gegeben – sie hatten beide ungeduldig darauf gewartet, endlich einen Schritt weitergehen zu können –, doch Kurt hatte Davy mit dieser Nachricht überraschen wollen und dieser hatte gestern Überstunden machen müssen. Die Anstreich-Party abzusagen, wäre unhöflich gewesen und jetzt brannte Kurt darauf, seinen Mann endlich für sich allein zu haben. Jedes Mal, wenn Davy sich bewegte, reagierte mittlerweile Kurts Schwanz.

„Und du machst das sehr gut", lobte Davy und streichelte ihm über den Oberschenkel. Kurt keuchte leise. Bei dieser Berührung in Kombination mit der Erinnerung daran, wie er Davy letzte Nacht einen geblasen hatte, war Kurt ziemlich froh, dass er gerade saß. Er musste aufhören, an Sex zu denken, solange ihre Freunde noch bei ihnen waren.

„Du musst nicht auch noch ständig damit angeben", schmollte Rick.

„Angeben?"

„Wir wissen alle, dass du den großen, starken Detective um den Finger gewickelt und auf unsere Seite gebracht hast. Wir haben's ja verstanden. Also lass endlich die Finger von ihm und hör auf, uns alle eifersüchtig zu machen."

„Ich bin nicht eifersüchtig", sagte Simon grinsend.

„Wenn du meinst ...", neckte Rick.

„Tja, das ist wohl der richtige Moment, um zu verschwinden." Simon schnappte sich seine Schlüssel und verließ das Zimmer.

„Aber, um mal wieder ernst zu werden, bis jetzt sieht alles richtig gut aus." Kurt war es wichtig gewesen, das Haus zu renovieren. Nicht unbedingt, um Erinnerungen an Ben auszulöschen – viel hatte ohnehin nicht auf seinen persönlichen Geschmack hingewiesen –, sondern um es wirklich zu *ihrem* Haus zu machen. Davy hatte sich mit unerwartet großer Begeisterung auf die Baumärkte gestürzt, und bald würde der Rest des Hauses so farbenfroh sein wie dieser Raum. Nur das Schlafzimmer würde weiß bleiben, allerdings hatte Davy dafür schon einige Aquarellbilder ausgesucht. Je weiter die Renovierungsarbeiten fortschritten, desto mehr blühte Davy auf. Kurt zog ihn an sich und küsste ihn, was dazu führte, dass Davy bald auf seinem Schoß saß und Jon und Rick sich noch lauter beschwerten.

Eigentlich war Kurt nicht exhibitionistisch veranlagt, aber Davys Freunde zu ärgern, war ziemlich lustig. Das schlechte Gewissen, das er deswegen eigentlich hätte haben sollen, hielt sich in Grenzen.

Plötzlich klingelte es an der Tür.

„Nein, nein, bleibt ruhig sitzen, ich geh schon", sagte Jon augenrollend. Davy erhob sich von Kurts Schoß, woraufhin Rick einen Blick zwischen Kurts Beine warf und erneut schmollte.

„He, hör auf, meinen Mann anzustarren", befahl Davy streng.

„Ich wusste nicht, dass dein Bruder zum Helfen kommen wollte", rief Jon aus dem Flur.

Kurt und Davy sahen einander verwirrt an. Seltsam. Dann musste Mikes Geschäftsreise ausgefallen sein – Dylan würde sich garantiert nicht einen ganzen Samstag von seiner Hochzeitsplanung loseisen, nur um bei ihnen zu streichen.

Doch der Bruder, der Jon ins Wohnzimmer folgte, war Ian. Er sah Kurt mit einem beinahe flehenden Blick an, den Kurt nicht verstand. Ian hatte ihn seit Monaten gemieden. Trotz der Versicherungen seiner Mutter, Ian habe ihn im Krankenhaus besucht und werde sich deshalb sicher wieder beruhigen, war es Kurt schwergefallen, ihr zu glauben. Das tat es auch jetzt noch.

„Was willst du hier?" Kurt stand auf und ging ein paar Schritte auf ihn zu.

Davy stellte sich neben ihn, leistete stummen Beistand. Außer Simon wussten ihre Freunde nichts von dem Vorfall mit Ian und hatten bisher auch noch keinen von Kurts Brüdern kennengelernt – obwohl Kurt vorhatte, sie demnächst zu Erins Geburtstagsfeier einzuladen.

„Oh mein Gott, Kurt! *Das* ist einer deiner Brüder?" Ricks Stimme senkte sich zu diesem Tonfall, den Kurt gedanklich seine „Nimm mich"-Stimme nannte. „Bitte sag mir, dass er auch schwul ist."

„Er ist hetero", antworteten Kurt und Davy wie aus einem Munde.

„Das bin ich nicht", widersprach Ian.

153

Kurt nahm undeutlich wahr, dass Rick irgendwo im Hintergrund ein glückliches Quietschen von sich gab, konnte den Blick aber nicht von seinem Bruder abwenden.

Da ihm im Augenblick die Worte fehlten, packte er Ian am Arm und führte ihn die Kellertreppe hinunter. Sie mussten unter vier Augen reden und er wollte Ian nicht ihr Schlafzimmer, ihre Zufluchtsstätte, betreten lassen – vor allem, weil dieses Gespräch durchaus schlecht ausgehen konnte.

„Oh mein Gott, Kurt." Ian sah sich staunend in Davys riesigem Heim-Fitnessstudio um. „Das ist ja unglaublich."

Ja, das fand Kurt auch. Er hatte sogar schon Träume – und zwar ziemlich feuchte – von diesem Raum gehabt, in denen Davy und er die Geräte nach dem Training für andere schweißtreibende Aktivitäten nutzten.

„Lenk nicht ab. Was ist los?"

Ian schaute ihn an, schwieg aber.

„Ernsthaft, Ian, was hast du vorhin gemeint?" Kurt hatte noch nie das Bedürfnis verspürt, einem seiner Brüder ernsthaft wehzutun, doch wenn es so weiterging, würde es nicht mehr lange dauern. Schließlich hatte Ian ihn ebenfalls verletzt. Und zwar sehr.

Ian strich sich nervös die Haare aus dem Gesicht und begann, im Raum auf und ab zu gehen.

„Ich … ich bin auch schwul."

Kurt runzelte die Stirn. Eigentlich hätte er so positiv reagieren sollen, wie der Rest seiner Familie es bei ihm getan hatte. Aber was, wenn das alles nur ein übler Scherz war?

„Und was ist dann mit den ganzen Mädchen? Den Stripperinnen?"

„Ich könnte dich dasselbe fragen. Du hattest doch auch Freundinnen", antwortete Ian in einem ähnlich vorwurfsvollen Ton und warf ihm einen finsteren Blick zu.

„Heißt das, du hast es jetzt erst gemerkt?"

Ian schaute auf den Boden. „Nein. Ich weiß es schon länger. Seit Jahren. Mit den Frauen wollte ich es nur verheimlichen."

„Seit Jahren? Meinst du das ernst? Das soll ich dir alles glauben?"

„Ich hatte Angst. Ich dachte, ich würde euch alle verlieren. Also habe ich es verschwiegen. Und als du mir das von dir erzählt hast, so selbstbewusst und offen, dachte ich, du hättest es irgendwie rausgefunden und wolltest dich über mich lustig machen. Und als dann klar wurde, dass du es ernst meintest und alle es problemlos hinnahmen … war ich wütend." Ian wich seinem Blick aus, stand mit hängenden Schultern niedergeschlagen da.

Kurts Wut verflog. Er erinnerte sich an die qualvollen Monate, in denen er seine Sexualität verheimlicht hatte. Wäre da nicht Davy gewesen … seine Liebe zu Davy … hätte er vielleicht auch nicht den Mut gefunden, sich zu outen. Und bei Ian waren es Jahre gewesen. Gott, *Jahre*.

154

„Komm her." Kurt breitete die Arme aus und Ian kam ihm mit einem unterdrückten Schluchzer entgegen. Während sie sich so umarmten, schien es Kurt, als wäre sein Leben endlich perfekt.

Am Ende saßen sie auf einer der gepolsterten Plastikbänke und redeten.

„Wirst du es allen sagen?" Er wollte Ian zu nichts drängen, wollte ihm aber klarmachen, wie gut es tat, offen zu sein.

„Ja. Das viele Lügen hat mich echt fertiggemacht. Ich kann immer noch nicht glauben, dass du dich getraut hast, es bei deiner eigenen Geburtstagsfeier zu sagen."

„Na ja, ich hatte den richtigen Anreiz: Hast du meinen Freund gesehen?", fragte Kurt, um die Stimmung ein bisschen aufzulockern.

Ian lächelte und rieb sich die Augen. „Der niedliche Blonde?"

Rick? Ernsthaft? „Hast du einen Freund?"

„Nein, ich hatte nur viele One-Night-Stands."

„Dann komm mit hoch und ich stelle dir Rick vor."

„Rick?"

„Der niedliche Blonde. Mein Davy ist der Große mit den dunklen Haaren." Beinahe hätte er die Worte „geil" oder „scharf" in seine Beschreibung eingeflochten. Rick hatte eindeutig einen schlechten Einfluss auf ihn.

„Okay. Und ich würde gern bleiben und helfen, wenn du nichts dagegen hast."

Kurt stellte Ian allen vor und dann aßen sie die Pizza, die Simon mittlerweile gebracht hatte. Anschließend wurden sie Zeuge, wie Ian und Rick sich umkreisten wie … tja, es fiel Kurt schwer, einen Vergleich zu finden. Es war ein bisschen wie ein Balztanz, bei dem die Beteiligten abwechselnd ihr prachtvolles Gefieder zur Schau stellten und ihre Hörner aneinanderstießen. Trotz des vielen Testosterons waren bald alle Wände gestrichen, auch wenn Ian und Rick irgendwann heimlich verschwunden waren.

DAS ROTE Licht des Sonnenuntergangs fiel auf die weißen Tücher, die außer im Schlafzimmer alle Möbel bedeckten. Sie waren endlich allein … und Kurt war etwas nervös.

„Ich wollte kurz duschen." Davy küsste Kurts Schläfe. „Willst du mitkommen?" Gemeinsame Duschen waren ein weiterer Genuss, den er in seiner Zeit mit Davy entdeckt hatte. Obwohl er nicht sicher war, ob er danach noch die Energie für seine großen Pläne haben würde, konnte er der Verlockung eines nassen, nackten Davy nicht widerstehen.

Kurt streckte die Hand aus und ließ sich von Davy ins Badezimmer führen.

DAS WASSER war warm, doch Davys Hände, die ihn sanft einseiften, waren verdammt heiß. Sie küssten sich unter dem herabströmenden Wasser, das ihre sich berührenden Münder umspülte. Davys Zunge schob sich tief in Kurts Mund und erkundete ihn, wie es hoffentlich später sein Schwanz mit Kurts Körper tun würde. Während Davy sich von seinem Mund löste, um Wasser von seinen Schultern und seinem Hals zu lecken, ließ Kurt seine Hände neckend und forschend über Davys ganzen Körper gleiten, ohne lange zu verweilen. Nachdem er jeden Zentimeter von Davy eingeseift hatte, widmete er sich Davys langem, schlankem Schwanz. In seiner Hand fühlte er sich genauso gut an wie in seinem Mund, aber er war ziemlich sicher, dass er sich auch jetzt noch am besten anfühlen würde, wenn Davy es ihm damit besorgte.

Bald würde er es herausfinden.

Davy revanchierte sich, streichelte mit der einen Hand Kurts Erektion und spielte mit seinem feuchten Schamhaar, während die andere erst sanft seine Hoden und dann die Stelle direkt dahinter massierte. Bald ließ die andere Hand seinen Schwanz los und wanderte über seine Hüfte zu seinem Hintern. Kurt schob sich Davy entgegen, rieb sich an seinem Bauch.

Seine Hände, die sich jetzt an Davys Hüften klammerten, glitten ebenfalls um Davy herum und legten sich auf seinen Hintern. Er fühlte sich so perfekt an, feste Muskeln und feine Härchen, ganz anders als bei einer Frau.

„Ja, weiter so, mein heißer, heißer Mann. Ich liebe es, dich verrückt zu machen. Willst du meinen Schwanz lutschen? Bis zum letzten Tropfen alles aus mir raussaugen?"

Kurt wusste nicht, wie es Davy in so einer Situation gelang, zusammenhängende Sätze zu bilden, doch er hatte sich mittlerweile daran gewöhnt. Jedes Mal, wenn sie Sex hatten, gaben diese weichen, hübschen Lippen plötzlich verdorbene, verführerische Worte von sich, die Kurts Schwanz zum Zucken und Tropfen brachten.

Trotzdem – wenn der Abend so enden sollte, wie Kurt es sich vorgestellt hatte, würde er die Konzentration und den Mut aufbringen müssen, etwas zu sagen.

„Ich will, dass du mich fickst."

Davys Finger kamen zum Stillstand. „Was?"

„Der Arzt hat mir seine Erlaubnis für … äh … anstrengendere Aktivitäten gegeben."

Davy gab ein heiseres Stöhnen von sich und seine Hüften zuckten. „Mein Gott, Kurt. Ich wäre fast gekommen. Willst du das wirklich?" Seine Hände massierten Kurts Hintern.

Kurt löste sich ein Stück von ihm, um seine Hände an Davys Wangen zu legen und ihm in die lusterfüllten Augen zu sehen. „Ich träume jede Nacht davon."

Davy starrte ihn kurz mit offenem Mund an, bevor er sich wieder fing.

„Dann solltest du deinen Arsch lieber ins Schlafzimmer bewegen", befahl er und unterstrich die Worte mit einem Klaps auf Kurts Hintern, der durchs Badezimmer hallte.

„Fuuuck", stöhnte Kurt. Das leichte Brennen verursachte ihm weiche Knie.

Er streckte einen Arm an Davy vorbei, um das Wasser abzudrehen. Kaum waren sie abgetrocknet, stürzte Kurt mit Davy auf den Fersen ins Schlafzimmer. Als er sich auf die Matratze warf, spürte er nur ein leichtes Ziehen in der Schulter. Davy krabbelte zu ihm aufs Bett und küsste ihn stürmisch, stieß seine Zunge in Kurts Mund, als wollte er nachahmen, was noch kommen sollte.

Kurt stöhnte. Er liebte es, wenn Davy die Führung übernahm. Als könnte er seine Gedanken lesen, presste Davy Kurts Hände rechts und links von seinem Kopf auf die Matratze und hielt sie dort fest. Dann schob er die Hüften vor, sodass sein Schwanz zwischen Kurts Hinterbacken rutschte und seinen Eingang streifte.

Kurt stöhnte noch lauter und spreizte seine Beine weiter, lud Davy dazu ein, es endlich zu tun. Davy knurrte in seinen Mund, bevor er sich von Kurt losriss, um hektisch im Nachttisch nach dem Gleitgel zu suchen.

Als er die Flasche gefunden hatte, zögerte er.

„Kondom?"

„Hattest du seit mir andere?", keuchte Kurt.

„Natürlich nicht."

„Dann los, mach es endlich."

Davy träufelte sich das Gel auf die Finger und schob sofort zwei davon in Kurt. Dieser bäumte sich auf. Es brannte, da er noch nicht viel Erfahrung mit der ganzen Sache hatte, doch der leichte Schmerz war unerheblich, weil es sich gleichzeitig so verdammt gut anfühlte, erst recht, als Davys Fingerspitzen seine Prostata fanden.

„Oh Gott, ja!"

„Du bist so heiß", flüsterte Davy. „Und eng. So verdammt eng." Er beugte sich vor und saugte eins von Kurts Eiern in seinen Mund. Kurt schrie auf und verkrallte seine Finger in Davys nassem Haar.

Davy nahm einen weiteren Finger hinzu. „Weiter so, entspann dich. Zeig mir, wie sehr du mich willst."

Davys gesenkte Stimme ließ seine Hoden vibrieren, brachte ihn dem Orgasmus immer näher.

„Bitte beeil dich."

Davy leckte sich die Lippen und zog seine Finger zurück. Kurt konnte nicht anders, als jeden Muskel anzuspannen, um zu versuchen, diese magischen Finger in sich zu behalten, obwohl er doch wusste, dass sich Davys Schwanz noch besser anfühlen würde. Diesen beträufelte Davy jetzt ebenfalls mit Gel und verteilte es ausgiebig darauf, ließ Kurt den Anblick genießen.

Schließlich beugte er sich über Kurt und griff wieder nach seinen Handgelenken, als würde er Kurt dort festhalten, auch wenn ihnen beiden klar war, dass Kurt sich jederzeit problemlos hätte befreien können. Aber das wollte er nicht. Am liebsten hätte er für den Rest seines Lebens so dort gelegen und in Davys gefährlich verführerisches Gesicht hinaufgeschaut.

Endlich berührte ihn Davys Schwanz und Kurt schob sich ihm entgegen, doch Davy wich grinsend zurück. Kurt wand sich auf dem Bett und gab verzweifelte Laute von sich.

„Oh ja, du sehnst dich wirklich danach."

„Nach dir." Kurts Stimme hatte zum letzten Mal so atemlos geklungen, als sie zum ersten Mal Sex gehabt hatten.

Davy senkte den Kopf, um an Kurts Brustwarze zu saugen, während er in einer fließenden Bewegung in Kurt eindrang. Beides zusammen war beinahe zu viel für Kurt. Er krallte sich in den Laken fest und bog den Rücken durch.

Davy zog sich so langsam aus ihm zurück, dass Kurt hätte schwören können, jedes winzige Äderchen zu spüren. Dann kam der nächste Stoß, der zielsicher Kurts Prostata traf. Kurt schrie auf.

Während Davy sich der anderen Brustwarze widmete, konnte Kurt sich kaum auf etwas anderes konzentrieren als Davys quälend langsame Stöße. Mehr. Er brauchte mehr.

„Davy, oh, Davy."

„Ich liebe es, wie du mich allein mit meinem Namen so anflehst." Davy ließ seine Handgelenke los, doch noch bevor Kurt endlich eine Hand um seinen Schwanz legen konnte, schob ihm Davy die Knie dichter an die Brust und befahl: „Halt sie fest."

Kaum war Kurt der Aufforderung nachgekommen, stieß Davy immer schneller und heftiger zu.

„Davy, bitte." Er musste einfach kommen. Musste einfach Davy in sich kommen fühlen.

Davy legte eine Hand um Kurts beinahe schmerzhaft steifen Schwanz und bewegte sie zügig auf und ab.

Ein langes, lautes Stöhnen brach aus Kurt hervor, schien sich tief aus seiner Seele zu lösen, als er auf seinen eigenen Bauch kam.

Davy verzog das Gesicht und bewegte sich weiter, hielt sich zurück, bis Kurt ein letztes Mal erbebte und still lag. Dann schob er sich hinein, so weit er konnte, und zuckte einmal heftig zusammen, als er stumm zum Höhepunkt kam. Der Anblick seiner schweißüberströmten, leicht geröteten Haut und das Gefühl der warmen Flüssigkeit, die sich in ihn ergoss, brachten Kurts Schwanz ein letztes Mal zum Zucken.

Kurt zog Davy, der sich noch in ihm befand, auf seine Brust herunter und kuschelte sich an ihn. Das war einer der besten Teile ihrer Beziehung: mit Davy in seinen Armen einschlafen zu können.

„Lieb dich." Kurt küsste Davy.

Davy nahm Kurts Hand und legte seine Lippen auf das Ende der langen Narbe, bevor er den Kopf senkte und auch die frische Narbe auf Kurts Brust küsste. „Ich liebe dich auch."

Ja, die Narben auf seinem Körper waren Meilensteine ihrer Beziehung, die er für immer behalten würde. Kurt hatte sein Glück durch Schmerz, Trauer und Verzweiflung gefunden. Doch mit Davy als Belohnung hätte er es jederzeit wieder durchlebt.

KC Burn schreibt schon, seit sie denken kann, und hat eine Schwäche für Happy Ends aller Art. Nach ihrem Umzug von Toronto nach Florida, damit ihr Mann seinen Traumberuf ergreifen konnte, entdeckte sie ihr Interesse für schwule Liebesromane und beschloss, sich ebenfalls einen Traum zu erfüllen und ein Buch zu veröffentlichen. Seitdem arbeitet sie tagsüber als Online-Redakteurin und vernachlässigt abends ihren verständnisvollen Mann und ihre anhängliche Katze, um über Männer zu schreiben, die Männer lieben, sei es in der Vergangenheit, Gegenwart oder Zukunft. Ihre Männer machen das Schreiben zu einem noch viel größeren Vergnügen und sie hofft, dass ihr genauso viel Freude an ihnen habt wie sie.

Besucht KC auf ihrer
Website: http://www.kcburn.com
oder auf Twitter: http://twitter.com/authorkcburn.